돈 한 푼 안 드는 꿈을
못 꾼다고?

내 안에 꿈 있지

———————

내 안에 꿈 있지

초판인쇄	2017년 9월 20일
초판발행	2017년 9월 25일
지은이	이경연
발행인	조현수
펴낸곳	도서출판 프로방스
마케팅	최관호 최문순 신성웅
편집교열	맹인남
표지&편집 디자인	오종국 Design CREO
본문 일러스트	서설미
ADD	경기도 고양시 일산동구 백석2동 1301-2
	넥스빌오피스텔 704호
전화	031-925-5366~7
팩스	031-925-5368
이메일	provence70@naver.com
등록번호	제2016-000126호
등록	2016년 06월 23일
ISBN	979-11-88204-09-0-03830

정가 15,000원

돈 한 푼 안 드는 꿈을
못 꾼다고?

내 안에 꿈 있지

———————

이경연 지음

 프로방스

"감사로 깊어가는 인생 2막"

"책과 글쓰기가 어떻게 감사와 손을 잡는지, 책을 읽고 글을 쓰는 사람들 가까이에서 따라만 했는데
어떻게 날로 삶이 깊어져 가는지를 전할 수 있다면 좋겠다. 나한테 그걸 알려준 사람들이 내게 한 것처럼,
내가 글을 써 가는 일이 누군가 단 한 사람에게라도 그런 울림이 될 수 있다면 좋겠다."

감동을 잘 하는 아줌마! 내가 좀 그런 편이다. 보통사람
들 같으면 힐끗 쳐다보고 지나칠 일에도 우와~!! 하고 과하게 반응한
다. 글을 쓸 때도 문장부호를 마구 남발한다. 물음표도, 느낌표도 하나
로는 부족한 듯해서 꼭 둘씩이나 붙이곤 한다. 감동받고 마음이 뒤설
레면 그 마음을 그냥 흘려보내지 못하고, 가다 말고 멈춰 서서 붙잡아
두는 짓도 종종 잘 한다. 어느 날 밤인가 12시가 다 된 시간에 오래 전
의 추억이 깃든 장소를 지날 때였다. 바로 그곳은 예전에 딸이 공연을
하던 장소였는데, 남편과 함께 꼽사리 껴서 노래 부르던 추억이 불현
듯 되살아났다. 나는 그 순간적 감상을 주체하지 못한 채, 바람 차갑고
어두컴컴한 가로등 아래 혼자 서서 그 스쳐가는 감상을 주절주절 블로

그에다 남기고 간 적도 있었다.

　우연한 기회로 알게 된 이은대 작가의 글쓰기/책쓰기 강의를 들으면서도 내 마음은 뒤설렜고, 그 마음을 수업이 끝난 후 들어간 카페에서 바로 붙잡아 기록으로 남겼다.

　'어쩌면 나도 책을 써 내게 될지도 모른다...는 천둥 같은 예감...'

　운운의 기록을 후에 다시 읽으며 얼굴이 달아올랐다. 그 '예감'에 대한 뒷감당을 우습지 않게 하려면 내가 뭘 해야 하는 거지? 내가 도대체 무슨 짓을 한 거야? 라는 생각이 시작이었다. 그 이후 지금까지 내 뇌리에는 늘 그 생각이 매달려 있었다. 다급하지는 않았지만 천성대로 느긋이, 그리고 꾸준히 그 생각을 데리고 함께 시간을 보냈다.

　결론적으로 나는 그때 참 잘 했다. 오밤중에 어두운 골목길에서 남긴 글도 그렇고, 천둥 같은 예감이라 써서 남긴 다소 과한 표현의 글도 그렇다. '나의 기타 이야기'랍시고 장장 3회씩에 걸쳐, 대단치도 않은 곡 하나 뒤늦게 껴들어 어찌어찌 연주회까지 따라서 해내는 과정을 야단스럽게 적어 남겼던 글들도 그렇다. 지나고 보니 그 모든 것들이 다 내 삶의 굽이마다 깃든 보석과 같은 성장사이다. 그 기록들이 단순한 삶의 기록일 수는 없다. 내밀한 성장판의 울림이 남긴 흔적들이었다. 무엇보다 나는 그런 짓이 즐거웠다. 누구에게도 속하지 않은 자연인 이경연만으로 오롯이 영역을 점할 수 있는 시간들이었고, 여러 이름들로 살며 어디에 박혀 있었는지도 몰랐던 나를 되찾아내는 소중한 시간이었다.

어렸을 때부터 내 꿈은 '작가'였다. 책이 주는 재미를 알게 되면서 그냥 막연히 작가라는 꿈을 함께 떠올리게 되었다. 아마도 그러는 사이에 주인 따라 꿈도 통통 제 몸집을 불려왔을 것이다. 글쓰기 과정을 듣게 되면서 막연했던 꿈은 구체화되기 시작했다. 구체화라는 과정에 한 발을 들여놓으면서 그동안 가져왔던 내 꿈의 형태가 얼마나 막연했던 것이었는지를 알게 되었다. 언젠가... 라는 얘기는 그냥 꿈일 뿐이라는 사실도 알게 되었다.

그런 의미에서 글쓰기 과정을 접하게 된 건 큰 행운이라는 생각이 든다. 더군다나 그 과정을 함께 공부한 사람들이 무더기로 내 인생 안으로 걸어 들어왔다. 그들은 아주 평범한 사람들이었다가 책과 글쓰기를 통해 다른 인생을 살아가는 사람들이다. 그들을 통해 그 두 가지가 얼마나 한 개인의 삶과 의식을 바람직하게 변화시킬 수 있는지를 날마

어렸을 때부터 내 꿈은 '작가'였다.
책이 주는 재미를 알게 되면서 그냥 막연히 작가라는
꿈을 함께 떠올리게 되었다.

다 지켜볼 수 있었다. 그리고 더 놀라운 사실은 그런 변화의 움직임은 가까이서 마음을 열고 지켜보는 사람에게 깊은 울림으로 전파된다는 사실이었다. 마음이 열려있기만 하다면 말이다.

다행히 나는 그 두 가지에 늘 열려 있던 사람이었다. 변화와 성장, 배움에도 연하고 무른 마인드로 열려 있었다. 그래서 이미 나보다 앞서 무리를 이루고 있었던 〈글사랑〉 군단이 내게 미치는 선한 영향력의 파워는 강렬했다. 나는 아주 순하게 거기에 동화되어 갔다. 그만하면 그런대로 괜찮다고까지 생각하며 살아왔던 그동안의 내 삶이 얼마나 부실했는지가 투명하게 들여다 보였다. 허술하기 짝이 없는 기초 위에 세워진 날림공사 투성이의 삶이었다는 것도. 그건 단지 그들 가까이에 있다는 한 가지 사실만으로, 블로그에 자주 써서 올릴 수밖에 없게 된 글들을 통해 절로 느끼게 되는 이상한 흐름이었다. 글쓰기라는 것이 그런 놀라운 순기능을 한다는 얘기를 글쓰기 과정 내내 들었었다. 하지만 동색의 사람들을 블로그 이웃으로 만나지 않았더라면 그 가르침은 내가 깊이 경험해 보지는 못 했을 이론으로 흘러가 버렸을 것이다.

'마음밥' 이 같은 사람들은 꿈도, 추구하는 가치도 닮아갈 수밖에 없다. 이 나이 되어서도 새로이 깨닫고 배울 인생 공부가 너무 많다. 하루라는 시간이 너무 짧아서 아쉬울 만큼 하고 싶은 일, 해야 할 일이 많은 요즘이다. 마음밥 같이 먹는 사람들의 삶이 좋아 보이고, 가치롭게 보여서 따라 사느라 그렇다. 이름하여 '깊어가는 인생 공부' 다. 학교 때 그리도 안 하던 공부였는데 이 나이에 이리 즐거울 수가 없다.

책과 글쓰기, 감사로 깊어가는 인생 2막 성장사의 기록들을 모아보고 싶었다. 2막이란, 1막을 전제로 한다. 2막을 빛나게 하기에 부족함이 없는, 다시 들여다보고 만나는 일을 두고 그리 오랜 망설임의 시간이 필요했던 1막이 섞여드는 건 당연하다. 1막 묘사에 쓰일 물감의 색은 '대부분 회색, 어쩌다 영롱' 이다. 주인공 묘사에 쓰일 표현들은 어리버리, 맹탕, 철딱서니 없는, 허술 부실, 함량 미달,...로도 부족하다.

그밖에 어떤 것이 더 섞일지는 나도 궁금하다. '영롱' 을 위한 순수, 설렘, 치기... 정도는 섞여들 만도 하다.

내 인생의 습작기였던 1막의 주인공, 참 허술하기 짝이 없고, 평범하기 그지없는 아줌마가 유일하게 남달리 입에 달고 살던 말 한 마디는 '꿈'이었다. 보통의 내 나이 또래 아줌마들이 입에 달고 살지는 않는 말인 것 같다. 왜 내 입에는, 마음에는 늘 그 말이 매달려 있었나 모르겠다. 그 꿈이 시키는 대로 가보다 여행작가 과정도 만났고, 글쓰기 과정도 만났다. 다채로운 빛으로 눈부신 글 쓰는 사람들의 삶도 별책 부록으로 만났다. 그 만남들로 인해서 지표가 갈라지고 뒤흔들리는 내 인생 2막의 출발선 풍경들도 모아보고 싶었다.

여러 다른 이름들에서 놓여났을 때, 유년의 기억으로부터 이어진, 오래된 꿈길을 걸어 온 내 꿈이 나를 흔들었다. 우리는 서로를 일으켜 세웠다. 내 삶의 동행, 내 꿈의 손을 잡고 걷는 길 위의 풍경들도 그려 넣고 싶었다.

책과 글쓰기가 어떻게 감사와 손을 잡는지, 책을 읽고 글을 쓰는 사람들 가까이에서 따라만 했는데 어떻게 날로 삶이 깊어져 가는지를 전할 수 있다면 좋겠다. 나한테 그걸 알려준 사람들이 내게 한 것처럼, 내가 글을 써 가는 일이 누군가 단 한 사람에게라도 그런 울림이 될 수 있다면 좋겠다. 그 도구가 글쓰기여서 꿈꿀 수 있다. 꿈이 가르친 길을 가다 만난 이 모든 행운이 감사하다. 쥔 따라 나이 먹지 않고 독야청청 푸른 내 꿈이 고맙다.

자식은 가장 무서운 스승이라고 했다. 아이들이 커가면서 그 말이 무섭도록 실감날 때가 있다. 아이들을 대하며 가장 가슴 아픈 순간은 내가 잘못 끼친 내 모습을 아이들을 통해 보게 되는 순간이다. 인생 2막의 지각 변동을 경험하게 되면서 나 먼저 좋은 모습으로 변화되는 모습을 보여주고 싶다는 생각을 자주 하게 되었다. '책이 네 삶의 질을 바꿀 것이다'라고 노래 불러온 엄마가, '꿈과 감사'를 입에 달고 산 엄마가, 책과 꿈과 감사로 익어가는 인생을 어떻게 살아내는지, 글이라는 익숙한 도구를 통해 아이들 앞에 남기고 싶었다. 비록 내가 걸어온 길과 걸어갈 길이 남길 자취가 습작 정도의 내용일지라도 내 딴에는 끊임없이 꿈의 손을 잡고 걸어온 길임을 나 혼자는 안다. 꿈의 손을 잡기부터 해야 습작도 되고, 습작이 모이고 모여야 명작도 되는 이치도 안다. 내가 알고 느끼는 귀한 것들을 자식에게 주고 싶은 걸 누가 말릴까? 사실은 이 마음이 나를 가장 많이 움직였다. 내 자식이든 그 누구든, 꿈의 손을 잡는 법부터 알게 한다면 이 습작여행은 그 길에 들인 시간과 노력의 값을 하고도 남을 것이다.

못 먹어도 go!
내 인생의 구호, 너도 함께 가자. 아자!

2017년 9월

저자 **이경연**

Contents | 차 례

[제 1 장]

위로해 줄게

막혀버린 말문 대신 마음눈이 밝은 길을 냈을까? 언니 눈을 떠올려본다.

선함만 가득 고인... 언니 예전 모습이 그립다.

내가 이렇게 책을 좋아하고 글쓰기를 즐길 수 있도록 처음 길을 내준 언니,

1

가슴 속에 흐르는 슬픈 강물

"잊혀진 것처럼 살다가도 누군가, 혹은 어떤 상황이 조금만 그 일을 건드려 놓아도
지금처럼 다시 생생해지고, 여태껏 못 다 흐른 슬픈 강물 소리가 여전히 갈비뼈 밑에 웅얼대며
고여있는 듯, 묵직한 슬픔에 젖는다."

세상에는 도저히 믿기지 않는 일들이 많다. TV 드라마나 뉴스, 영화를 통해 그런 일들을 대할 때면 안타까운 마음에 때로는 함께 눈물을 흘리기도 하고 가슴을 쓸어내리기도 한다. 그리고 '설마 나한테는 저런 일이 일어나지 않겠지...' 하는 생각도 갖게 된다. 그것이 마치 당연한 일인 듯이...

그런데 단지 이렇게 석 줄 글로 시작만 하고 있는데도 벌써 눈물부터 흘러내리는, 드라마에만 있는 얘긴 줄 알았던 일이 내 사랑하는 언니에게 일어난 지도 어언 15년 가까운 세월이 흘렀다. 강산이 바뀌고도 남을 만큼의 시간이 흘렀다고 무뎌지는 건 아니다. 잊혀진 것처럼 살다가도 누군가, 혹은 어떤 상황이 조금만 그 일을 건드려 놓아도 지금처럼 다시금 생생해지고, 여태껏 못 다 흐른 슬픈 강물 소리가 여전

히 갈비뼈 밑에 웅얼대며 고여 있는 듯, 묵직한 슬픔에 젖게 된다. 그렇게 착하디 착한 언닌데 왜, 왜 하필 우리 언니한테 그런 일이 일어났을까? 나는 아직도 그 답을 알지 못한다.

그때 누구한테서 전화를 받았는지, 오래되어 이제는 기억도 나지 않는다. 둘째 언니가 쓰러져 병원으로 실려 갔는데 의식이 없다는 거였다. 남편과 함께 급히 병원으로 달려가면서도 현실감이 느껴지지 않아 혼자서 몰래 어딘가를 꼬집고 비틀어 보았던 것 같다. 떨리는 마음을 진정할 수가 없어 남편한테 손을 잡아 달라고도 했다. 어떻게 그런 일이 우리 언니한테 일어날 수가 있는지 믿어지지가 않았다. 망우리 고개 가까이에 있는 어느 병원에 도착해보니 이미 많은 사람들이 모여 있었다. 그날 언니는 마침 오랜 친분을 맺어온 교회 친구들과 모임이 있었다고 했다. 모임 장소가 병원에서 가까웠던 것도, 친구들과 함께 있었던 것도 그나마 불행 중 천만다행이었다. 그게 아니었다면 어땠을지는 상상도 하기 싫다.

언니 친구 분들 얘기에 의하면 언니가 갑자기 말이 어눌해지면서 앉은 채로 쓰러지며 속옷도 다 적셨다고 했다. 나이 마흔 아홉밖에 안 된 우리 언니가 말로만 듣던 뇌졸중으로 쓰러진 거였다. 평소에 언니한테서 혈압이 높다거나 뇌졸중과 연관될 만한 어떤 얘기도 들어본 적이 없었기 때문에 더 현실감이 들지 않았다. 한 가지 연결될 만한 사실은 아버지도 중풍으로 쓰러져 거동을 못한 채로 살다가 돌아가셨다는 거다. 그렇다고는 해도 아버지는 칠십이 넘어 쓰러지셨고 언니는 그때 겨우 마흔 아홉이었다. 게다가 중학생부터 대학생까지, 하나 둘도 아닌 넷이나 되는 딸들을 줄줄이 거느린 엄마였다.

지금도 어제 일인 듯 기억나는 장면이 있다. 바로 언니가 결혼하던 날 아침, 언니랑 같이 동네 목욕탕에 다녀오던 장면이다. 언니는 결혼 전에 아주 날씬하고 여리여리해서 바람 불면 날아갈까 걱정될 정도였다. 나는 그때 중학생이었고, 방학 때면 언니 혼자 방 얻어 직장 다니던 서울에 올라와 잠깐이나마 같이 살기도 했다. 언니한테 한 달쯤 가 있던 서울에서의 생활이 경상도 어느 첩첩 농촌 마을의 시골뜨기 가시내였던 내게는 꿈만 같이 설레고 황홀한 경험이었다. 지금도 생각난다. 겨울이었는데, 출근길에 언니가 나 먹으라며 살짝 언 삼각뿔 모양의 비닐팩에 든 우유를 들여놔 줬었다. 그때만 해도 그런 음식은 우리 고향인 시골에서는 흔하게 먹던 음식이 아니었다. 그때 우유라는 걸 처음 먹어본 건지는 정확히 기억이 나지 않지만, 그렇게 세모 모양 비닐팩에 든 우유는 처음 먹어봤던 것 같다. 그 서울스럽고 도회스러운 먹거리가 준 첫 느낌이 지금도 아련히 떠오르니 말이다. 언니는 내가 방학 때 가 있던 동안 매일 아침 그 세모난 비닐팩에 빨대를 꽂아서 도회지 애들 흉내를 내며 우유를 먹게 해 주었다.

그러다 어느 날 언니는 어느 형제 많은 집의 맏며느리로 시집을 간 거다. 언니가 결혼할 당시 시댁 형제자매들은 모두 4남 2녀였는데, 그 중에서 막내 시누이와 그 위 시동생은 초등학생이었다. 시어머니가 안 계신 집안이어서, 이를테면 언니는 그 어린 시댁 형제자매들에게는 엄마 같은 존재였을 것이다. 나는 나중에 대학을 서울에서 다닐 때 그 형제 많은 집에 염치도 없이 얹혀서 일 년인지 이 년인지를 더부살이하며 살았던 기억이 난다. 어렵고 어렵다는 사돈들끼리 언니, 누나로 부르고 불리며 사는 동안에 정이 들어서였던지, 언니가 엄마 노릇하며 그 많은 형제자매들 키우다시피 해서 결혼시킬 때마다 언니 따라 나도 눈이 빨개지도록 울곤 했었다. 언니도 나도 마음이 여리고 눈물이 많은데, 언니가 나보다 훨씬 더했을 것이다. 착한 걸로 치면 내가 한참을 따라가야 할 만큼 착했다. 그래서 언니 주변에는 항상 사람들이 몰려 있었다. 언니가 편하고 다 받아들여 주니까 언니한테 달라붙어 있었다. 그 중 하나가 바로 나였다.

내가 결혼할 때 언니는 남편을 보지도 않은 채 우리 시댁의 여러 상황과 조건에 대해 듣기만 한 상태에서 내 결혼을 완곡하게 말렸었다. 우리 시댁도 여섯 형제였고, 그 형제들 중에서도 시누이가 넷이라는 점과, 홀어머님의 장남이라는 점, 게다가 시누이들이 시댁에 자주 드나든다는 형편에 대해 나를 통해 들은 언니가 나한테 해준 얘기가 지금도 기억난다.

"형제 많은 집, 홀 어른의 맏며느리는 나 하나로 족해. 너는 좀 편한 데 가서 살아라."

그렇게 말렸음에도 운명이었는지 나는 결혼을 했다. 그리고 후에 힘들 때마다 왜 좀 더 말려주지 않았냐며 되지도 않는 말로 하소연을 몇 번 하기도 했었다. 아마 그때는 내가 언니라도 말렸을 것 같다. 그 고달 픔을 아니 당연한 일이다. 자기 아이 넷만으로도 버거운 엄마 노릇이었 을 텐데 언니가 마음 쓰고 돌보고 신경 써야 할 사람들은 많고 많았다. 우리 친정 형제들도 무슨 일만 있으면 언니한테 전화하고 마음으로 기 댔다. 동생들 줄줄이 데리고 살면서 큰누나에 맏언니 노릇하느라 고생 많이 했던 큰언니도, 마음으로 늘 부대끼며 품고 살아낸 작은언니도, 두 동생 대학공부 다 시켜주고, 크고 작은 온갖 집안일에 동생들 치다 꺼리까지 아버지처럼 도맡아 해준 둘째 오빠까지.. 뿐이랴? 혼자 누려 도 되는 뜻밖의 유산을 여러 형제들의 형편에 세심히도 맞춰 골고루 나 눠준 셋째 오빠도 있다. 막내쪽이라 평생 받고 누리기만 한 내 눈에는 그런 언니, 오빠들이 참 대단해 보였고 안됐기도 했다.

친정도 친정이지만, 언니에게는 엄마처럼 마음 쓰고 돌봐야 할 시 댁 형제들이 많고 많았다. 한순간에 쓰러져 너무나 낯선 사람이 되어

버리기 얼마 전에도 언니한테서 어려운 상황에 대한 얘기를 들은 기억이 난다. 그 당시 언니 상황에서는 당연히 노(No)를 해야 하는 상황으로 보였는데 유감스럽게도 나도 언니도 노(No)를 잘 못하는 사람들이었고, 언니는 나보다 좀 더 그런 편이었다. 그래서 언니는 그때 그 상황으로 인해 이러지도 저러지도 못하고, 대신 바깥일에 정신없이 자신을 내몰며 그 상황을 견디고 있었던 걸로 기억된다. 그런저런 모든 상황들에 내리눌리며 과부하 상태가 됐고, 어느 순간 더 이상 버텨내지 못하게 됐을 것이다. 물론 내 짐작이다. 내 짐작이 일부만 맞을 수도 있다. 어쨌거나 그 당시 내가 본 언니는 과한 스트레스 상태였던 건 분명히 기억한다. 언니가 쓰러진 이후로 나는 의식적으로 싫은 건 싫다고, 안 되는 건 안 된다고 말해야겠다는 생각을 여러 번 했지만 지금까지도 그게 맘처럼 잘 되지는 않는다. 타고난 천성을 바꿔 살기란 쉬운 일이 아닌가보다.

언니는 3주를 중환자실에서 깨어나지 못 했다. 그 병원은 개원한 이래 처음으로 한 환자를 보기 위해 날마다 끊임없이 몰려드는 사람들을 보고 '대체 뭘 하던 사람이기에 이렇게 사람들이 끝도 없이 몰려드냐?'며 묻더란 얘길 나중에 들은 것 같다. 머리를 다 깎이고 중환자실에서 온 몸에 몇 개씩 줄을 매달고 거친 숨을 몰아쉬며 의식불명인 상태로 누워있는 언니를 보기 위해 정말 많은 사람들이 쉼 없이 몰려들었고, 온갖 종류의 밑반찬과 김치들이 냉장고 가득 쌓여갔다. 식구들이 다 못 먹어 우리 집으로 가져온 적도 있었다. 주로 교회 분들이었다. 나랑 언니가 같이 다녔던 그 교회는 역사가 오래된 교회였고, 등록 교인도 많았다. 언니도 나도 결혼 전부터 다니기 시작했으니 서울살이에서 가족들 빼고 첫정을 들인 친정 같은 교회였다. 그곳에서 언니는 수많은 교인들의 경조사에 거의 빠짐없이 참석해 몸과 마음과 물질로 기쁨과 슬픔을 함께 나누는 일에 지극정성인 사람이었다. 그래서 그 교회의 제대로인 교인들이라면 언니를 모르는 사람이 없었을 것이다. 매일 새벽예배와 금요예배 시간마다 온 교인들이 울부짖으며 언니를 위해 기도드리더라며, '교회를 오래 다녔지만 너희 언니한테처럼 그렇게 온 교회 교인들이 마음을 다해 기도드리는 건 처음 봤다.'고 어머니가 전하시기도 했다.

언니는 3주 만에 깨어나 조금씩 몸을 일으켰지만 이미 예전의 내 언니가 아니었다. 말을 잊었고, 지능은 아기처럼 떨어졌고, 15년이 지난 지금도 '아이구, 죽겠어' '불쌍해, 불쌍해' '고맙습니다' … 서너 마디밖에 못하는 아기가 되어 살아간다. 다행히 걸을 수는 있지만 오른쪽 신체 기능이 거의 마비된 상태로 한 쪽 팔을 꼬부린 채 뒤뚱거리며 걷는다. 우리 언니가 아니다. 그 다정하고 착하고 어여쁘던 우리 언니는 하루 아침에 어디로 가버렸을까? 어른인 나도 그 사실을 지금도 받아들이기 어려운데 겨우 중 고등학생이었던 네 아이들은, 형부는, 그 엄청난 사실을 어떻게 받아들이고 지금까지 견뎌내고 있을까? 다른 답은 모르겠지만 그 엄청난 날마다의 현실을 십수 년 견뎌내고 보듬고 살아내는 것이 다름 아닌 신앙일 거란 한 가지 사실은 알 것 같다. 더 깊은 얘기는 후일로 미뤄둔다. 아직은 내 그릇이 너무 얕으니..

그때는 어느 해 봄날이었고, 병원 뜰에는 목련꽃이 하염없는 슬픔을 하얗게 피워내고 있었다. 그 꽃들 옆에서 나는 자주 하늘가를 올려다보곤 했다. 하염없이 흐르는 눈물을 훔치며 혹시 언니가 못 깨어나고 저 하늘 어딘가에 있을 하늘나라로 간다면 그 하늘나라가 어디쯤일까를 찾아보곤 했다. 3주째였다. 깨어나지 못한 채 거친 숨을 내쉬며 한 자세로만 누워있는 언니를 보고 나올 때마다, 평소에 허리를 아파했던 언니가 저렇게 한 자세로만 계속 누워있으면 허리가 얼마나 아플까, 언니가 그건 못 느꼈으면 좋겠단 생각을 했었다. 그때 끊임없이 찾아와 함께 그 시간들을 견뎌준 그 고마운 분들이 없었다면 얼마나 더 견디기 힘들었을까? 그 많은, 마음 따뜻한 사람들을 보면서 나는 감사와 함께 내 언니가 자랑스러웠다. 그렇게나 엄청난 사람 부자로 산 언니의 삶이 들여다보여 내 삶을 되돌아볼 수 있었다. 내가 만약 그렇게 병원에 누워 있었다면 날 위해 마음 다해 울어주고 찾아줄 사람이 몇이나 될까도 생각해보게 되었다. 그리고 다짐했었다. 나도 언니처럼 사람 부자로 살자고!

그로부터 15년이 흘렀는데 나는 과연 그렇게 살았을까? 언니 근처도 못 갈 것 같다. 언니가 말을 다 알아듣고 예전처럼 말할 수 있다면, 걸을 수 있다면 언니 뒤를 졸졸 따라다니며 배울 텐데... 말하지 못하고 걷지 못해도 언니 대답이 들리는 듯하다.

'이미 알고 있잖아, 알고만 있어서 그렇지...'

막혀버린 말문 대신 마음눈이 밝은 길을 냈을까? 언니 눈을 떠올려본다. 선함만 가득 고인...

언니 예전 모습이 그립다. 내가 이렇게 책을 좋아하고 글쓰기를 즐길 수 있도록 처음 길을 내준 언니, 〈아라비안 나이트 전집〉을 처음 읽던 때의 신비감과 흥분이 이리 생생한데 언니는 그 사실을 기억이나 할까? 나한테 책이라는 재미의 씨앗을 뿌려주고 싹 틔워 준 사람이 자신이란 걸 언니는 기억도 못 할 것이다. 나도 이렇게 글쓰기를 시작하며 그 사실을 떠올릴 수 있었으니...

내일 혹시라도 언니한테 물어봐야겠다.

'네가 유난히 책을 좋아했잖아.' 언니가 이렇게 말하지 않고,

'고맙습니다, 고맙습니다.' 라고 울듯이 아기처럼 말할 테지만, 나는 그 얘길 꼭 해야 한다.

2

구름 한 점 없는 날

"셋이나 되는 우리 딸들도 친정엄마인 나보다 제 남편의 어머니와
더 오랜 세월을 살았다고, 그래서 더 말로 못할 여러 감정들로 인해 울게 된다고... 구름 한 점 없는
어느 가을날, 툇마루에 앉아 그렇게 글로 쓴대도 뭐랄 수는 없겠다."

재작년 가을, 하늘에 구름 한 점 없이 맑던 시월 어느 날, 우리 가족은 아침 일찍 서둘러 정말 오랜만에 올림픽 공원엘 갔었다. 옷들을 나름대로 차려입고 나들이에 나선 건 오랜만이 아니라 이십 몇 년 만이었다. 생각해보면 내 삶은 참 소박한 삶이었단 생각이 든다. 요즘은 젊은 사람들이고 나이 든 사람들이고 내가 신혼여행으로 가 본 후 30년 만에 처음 찾은 제주도 정도는 옆집 드나들 듯 오가는 세상인데, 나는 올림픽 공원도 어쩌자고 이십 몇 년 만에 처음으로 찾았을까? 무슨 일들을 그리 거하게 해내며 사느라 그렇게도 소박하게 살아왔을까?

올림픽 공원 옆 방이동의 반 지하 단칸방으로 이사를 했을 때는 큰

아이가 서너 살 때였으니 까마득한 옛날 얘기다. 결혼 후 2년 간 시댁에서 살다가 어느 날 '너희도 분가해서 한번 살아보라.'는 어머니 말씀을 듣고, 그날 밤 둘이서 한 마디 말도 없이 각자의 생각에 잠겨 밤새 뒤척이다 잠이 든 기억이 난다. 그날 낮에, 나랑 동갑내기에다 같은 맏며느리 입장인 아가씨가 친정에 왔었다. 결혼 첫날부터 지금까지 시집살이 경험은 없는 아가씨가 친정에 와서 언니들에게 전화로, 우리가 어머니를 버려두고 나가 살지도 모를 말도 안 되는⑾ 상황에 대해 설명하며 흥분된 어조로 통화하는 얘기들을 들었다. 그날은 내 기억에 큰어머니 생신이라 저녁에 생신 잔치에 가야 하는 날이었다. 나는 부엌 끝에 딸린 코딱지만한 우리 방에서 흐르는 눈물로 범벅이 된 채 눈이 빨개져 있었다. 통통 부어오른 얼굴은 곧 가야 하는 잔치 자리에서 사람들과 맞닥뜨리기 민망할 정도였다. 더구나 가라앉지 않는 감정의 격랑에 휩싸여 나도 몰래 꺼내놓은 큰 가방을 앞에 두고 어찌할 바를 모르고 서성대고 있었다. 그때 심정은 쥐도 새도 모르게 어딘가로 사라지고 싶다는 한 가지 생각뿐이었다. 아무 파란도 일으키지 않고, 먼지가 아무 흔적도 없이 다른 곳으로 옮겨가듯이 그렇게 옮겨갈 수만 있다면 그리고 싶다는 허황된 생각을 속으로만 참 많이도 품고 살았으니, 2년이라는 신혼살이가 신혼이란 말은 무색하고도 남을 만큼, 부족한 내 용량에는 버겁고도 버거운 시집에서의 살이, 그 자체였다.

어머니는 2남 4녀를 두신 홀어머니셨고, 모성애가 극진하셨던 어머니의 가장 큰 낙은 바깥에 있는 여러 자식들 번갈아, 혹은 한꺼번에 불러들여 푸짐하게 해 먹이고 집집이 싸 보내시는 거였다. 그래서 시댁에는 한 주도 빠짐없이 평균 한두 집, 많을 때는 두세 집 식구들이 주말마다 몰려들었고, 주중에는 주중에대로 어머니 친구분들이 수요예배나 금요예배, 노인대학이 끝나는 시간에 맞춰 시시로 들이닥치셨다. 거기다 우리가 결혼하기 전부터 시댁에서 키워온 다섯 살 난 조카아이도 그대로 시댁에서 키우고 있었다. 하나밖에 없는 아이가 친정에서 자라고 있으니 아이를 보러 매 주말이면, 혹은 주중에라도 온 식구가 아이가 있는 친정으로 모일 수밖에 없는 상황도 있었다. 나중에 다 큰 조카를 데리고 있을 때도 상황은 비슷했다. 한동안은 시이모님이 그럴 만한 사정으로 여러 자식들을 데리고 모이던 집도 시댁이었다. 우리 집 가까이서 혼자 사시던 어머니 친구분도 계셨는데, 혼자 끼니 챙기기가 성가실 때마다 오가며 우리 집에 들르셨다. "새댁이요, 나 먹던 밥 남은 거 있으면 한 술만 줘." 하시며 수시로 드나드시던 그분 성함은 지금도 안 잊히고 생각난다. 지금도 떠오른다. 어느 날은 비지를 끓였다고, 어느 날은 만두를 빚었다고, 가까이에 사는 자식한테 저녁 먹으러 오라고 전하시며 자식들 차려먹일 생각에 생기로, 흐뭇함으로 기운이 펄펄 나 보이시던 어머니 모습이…

아주 오래 전, 우리 할머니가 살아계셨을 때 생각이 난다. 그때 우리 집 바로 옆에는 고모댁이 있었는데 우리 집에서 고깃국만 끓여도 그 소식을 전하러 가는 건 언제나 내 몫이었다. 신이 나서 고모네로 달려가

"고모, 고깃국 끓였다고 빨리 오시래요." 라고 전할 생각에 바람처럼 날아가던 때의 그 신바람이 지금도 기억에 생생하다. 나는 그런 심부름을 꽤 자주 했었다. 어느 날은 음식이 든 그릇을 고모네로 나르기도 했다. 물론 고모네서도 음식이 날라져 왔다. 집에서 농사지은 밀을 빻아 직접 반죽해서 쪄 주던 우리 고모네 올케언니표 찐빵은 지금도 참 먹고 싶은 음식이다. 그런 음식만 해도 신식 음식이라 우리 엄마표 음식은 아니었다.

다 어른 된 고모가 좋은 음식을 맛있게 먹는 걸 바라보는 건 우리 할머니의 낙이었을 것이다. 나라도 내 자식이 맛나고 좋은 음식 먹는 걸 바라보는 게 어찌 안 즐거우랴? 그래서 내 기억에는 고모가 우리랑 같이 밥을 먹던 장면에 대한 기억이 많다. 고모는 마르셨고 음식을 걸게 드시는 분이 아니었고, 천천히 조금씩 드시면서 입도 짧은 분이셨다. 살 안 찔 수 있는 비결을 이론으로는 우리 고모한테서도 배울 수 있다.

나한테 그 심부름을 시킬 때마다 우리 엄마 표정도 할머니랑 똑같았다고는 말 못하겠다. 으레 그러려니 하고는 살았겠지만 어찌 엄마

마음까지 할머니랑 같으리라 기대할 수 있겠는가? 그럴 수 있는 여자라면, 어느 집 며느리라면 그 여자는, 그 며느리는 평범함의 경지를 벗어난 사람일 것이다. 나 또한 그런 비범한 며느리는 못 되었다. 못 됐을 뿐만 아니라 내 용량으로는 그 모든 상황들이 버거웠다. 갓 결혼한 새댁 입장에서는 당연히 어려울 수밖에 없는 많은 사람들에 둘러싸여, 그 사람들의 필요를 채워주는 일에 내 신혼생활의 대부분을 써야 했고, 먹고 자고 일어나고... 같은 기본적인 생체 리듬조차 내 맘대로 정해 살 수 없는 생활이 이어졌다. 하루하루를 살아가는 것이 내 의지나 계획보다는 어머니의 하루하루 계획과 의지에 맞춰져 이어졌고, 내 삶의 주인은 내가 아니었다. 그렇게나 좋다는 핑크빛이래나 뭐래나 하는 신혼의 즐거움 같은 건 어디 가서 찾아야 하는지도 모르는 먼 나라 얘기였다. 신혼 2년 동안 남편과 둘이서만 있어 본 날은 단 이틀이었다. 그러니 허황된 생각으로라도 생각만의 도피를 삼곤 했다. 그런다고 먼지처럼 감쪽같이 옛날로 돌아갈 수는 없었다. 생각해보면 그 힘듦이라는 것들이 기실 드러내놓고 이렇다하게 떠벌여서 펼쳐놓을 만큼 대단한 것들은 아닐 수도 있다. 그리고 시댁 식구들이 일부러 나를 힘들게 하거나 어렵게 한 상황들이 전혀 아니다. 단지 내가 시댁이라는 환경으로 들어가기 전까지 살아왔던 삶 그대로를 그분들은 그대로 이어갔을 뿐이고, 어느 날, 용량이 부족한 나라는 사람이 맏며느리라는 중차대한 역할을 맡아 그 환경 속으로 들어갔던 것이다. 내가 경험해 본 적 없는 상황들이었고, 뭣보다 나는 그때 공부나 하다가 아무 것도 모른 채 고민만 하다 결혼한 갓 스물 대여섯 살짜리 애였다. 지금 내 곁에 있는 그때 내 나이 또래의 우리 애들을 보면 그런 환경들을 견디고 산 그 나이의 내가 대견하다는 생각이 절로 든다. 우리 애들 중 누구 하나도 나랑 똑같이 살아낼 수 있을 것 같지 않으니 말이다.

그래서 시동생의 결혼을 앞두고였던지는 오래되어 기억도 가물거리지만 분가해 살아보라시는 어머니 말씀에 아니란 말씀을 못 드렸다. 어머니도 그냥 한 번 해보신 말씀이셨고, 말도 안 된다며 그냥 살겠단 얘기를 기대하셨을지도 모르겠다. 그렇지만 나는 그러지 못했다. 처음에는 '분가라는 걸 할 수도 있는 거구나!' 라는 생각에 혼자 속으로 놀란 기억이 난다. 그럴 수도 있다는 걸 알았다면 조금 덜 힘들었을지도 모르겠다. 그 말씀 듣기 전까지는 평생 분가라는 건 할 수 없는 줄 알았고, 그래서 몇 십 년이 계속될 건지 짐작도 안 되는 매일의 삶이 그리 버겁게 느껴졌을 것이다. 많은 시간을 여러 사람들과 부대끼며, 또 내 맘대로 자고 싶을 때 자고, 일어나고 싶을 때 일어나고, 쉬고 싶을 때 쉴 뿐 아니라 컨디션이 안 좋을 때는 설거지를 몰아놨다 나중에 할 수도 있는... 기본적인 자유마저도 누릴 수 없는 환경에 눌려 사느라 지쳐 있을 때, 나랑 같은 해에 결혼해 둘만의 꿈같은 신혼을 즐기며 살던 아가씨가 친정에 와서 하던 얘기 한 마디는 그때 당시 꽤 사무쳤던지 지금도 기억이 난다.

"둘이서 심심해서 숨바꼭질 하다 왔다…"고 했던 것 같다. 그 한 마디가 사무칠 만큼 비교되는 환경 속에 자유를 누리고 사는 같은 맏며느리 입장인 사람이, 자신은 단 하루도 감당해 보지 않은 생활을 신혼 첫날부터 2년을 살아낸 사람한테 말도 안 되는 상황인 듯 흥분하여 하는 얘기들이 내 입장에서는 너무 억울해서 눈물이 쏟아졌을 거다. 나는 지금도 그렇게밖에 못하는 쪽이 더 편한 사람이지만, 그때는 더 등신같이 속으로만 따지며 울고 있었다. 그렇게 등신 같았던 나도, 아버지 없이 홀로 남동생이랑만 남게 될 친정 엄마에 대한 애틋함만 앞섰을 아가씨도, 생각해보니 지금 내 곁에서 그저 애들이기만한 우리 아이들 나이였다. 서로를 헤아려 주고, 상대방의 입장에서 바라보며 보듬어 주기에는 각자에게 닥친 자기만의 삶을 살아내기에도 급급했을 만한 나이였다. 그녀 또한 나 못지않은 자신만의 삶의 무게를 견디고 산 걸 나도 안다.

그렇게 한바탕 마음으로 홍역을 앓고 어쨌거나 우리는 분가라는 걸 했다. 일원동 어느 단독주택에 딸린 반지하 단칸방으로 분가하던 날, 몸은 홀가분해질 수 있는 환경으로 나가면서도 마음 한켠은 어머니에 대한 죄스러움으로 뒤꼭지가 자꾸 시댁 쪽으로 딸려가는 듯하던 그 느낌이 지금도 생생하다. 그건 나중에 아파트라는 걸 처음으로 우리 힘으로 분양받아 입주하던 때도 마찬가지였다. 몸이 좀 편하면 마음이 불편하고, 마음이 편하려면 몸이 불편해야 하는 맏며느리의 애환을 오랜 시간 동안 겪고 살면서 도대체 맏이는 무슨 죈가? 라는 생각도 참 많이 했다. 그건 어른이 그렇게 하라고 시키셔서가 아니라 내 스스로 만들어 가진 마음이기도 했다. 요즘 젊은 사람들처럼 어려운 점들을 말씀도 드리고, 해결할 수 있는 방법도 서로 의논해 찾아보고... 그렇게 좀 더 지혜롭게 살 수는 없었을까? 그때의 나는 어른께 그런 말씀을 드리고 의논도 하여 내가 찾아 누릴 수도 있는 것들을 찾아 누리고... 같은 건 꿈도 꿀 수 없는 걸로 안 맹꽁이였다. 그저 힘들면 구석진 곳 찾아가 찔찔 우는 게 쉬웠다. 그런 말씀을 드리는 어려움보다는 그렇게 하는 것이 내게는 더 편한 일이었다.

어느 날은 아침을 드신 어머니가 밥상도 방 안에 그대로 둔 채 옛날 살아오신 얘기들을 시작하시게 됐는데, 나는 그 말씀들을 쪼그려 앉아 2시간 넘게 계속 들었던 것 같다. 나중에는 발도 저리고 화장실도 가고 싶은데 말씀도 못 드리고 고개를 끄덕이며 계속 어머니 말씀을 듣고 있었다. 그때는 신혼 때였는데 처음 본 며느리와 옛날 살아오신 얘기들을 마주보고 앉아 나누는 즐거움에 잠시 빠지셨던 것 같다. 그렇게 오래 서로 눈을 맞추며 얘기를 들려주신 건 그때 한 번뿐이었던 걸로 기억된다. 지금 생각하면 '어머니, 저 발 저려요.' 란 말 한 말씀을 못 드리고, 혹은 자세라도 바꾸면 되지, 왜 그걸 못 하고 계속 한 자세로 앉아 견뎠나 이해가 안 가는데, 그때 당시의 나는 그렇게 쑥맥이었다. 그러니 결론은, 내가 살아오며 겪은 모든 일들은 다 나의 나됨으로 겪은 일들이었다. 내가 그 모든 상황들을 불러들인 것이다. 이 나이까지 살아보니 이제야 그걸 알겠다.

그날, 올림픽 공원에서 우리 가족은 영화를 찍는 듯한 호사를 누리고 왔다. 두 번째로 이사해 잠시 살았던, 올림픽 공원 옆 반지하 단칸방에서 살 때는 그 어린 딸들이 어느새 다 자라 자식 노릇 한답시고 그리 눈부신 시간을 우리에게 줄 줄 생각도 못 했다. 그때 셋이나 되는 아이들을 차도 없이 업고 안고 걸리면서, 기저귀에, 분유에, 옷가지들에... 보따리보따리 싸들고 매주 버스를 두 번씩 바꿔 타며 어머니를 찾아뵐 때도 나는 그것만이 우리가 할 수 있는 효도인 줄 알았다. 그날처럼 그렇게 눈부신 날, 구름 한 점 없이 맑고 푸른 날, 언제 우리가 어머니 한 번 모시고 그리 좋은 곳에 가서 맘껏 웃으시도록, 자식 키운 재미로 함박웃음 지으시도록 마음 다해 자식 노릇해 본 적이 있었을까? 그저 힘들다고만 생각하며 견디고만 사느라 눈앞의 상황에만 급급해하며 살았다. 어머니도 나처럼 그렇게 웃으셨을 텐데 친정 엄마처럼 모시고 살지 못했다. 나는 어머니라는 말만 들으면 우리 엄마 때문에도 울지만, 어머니가 내게 남기신 여러 감정들 때문에 운다. 생각해보니 우리 엄마보다 어머니랑 산 세월이 더 길었다. 셋이나 되는 우리 딸들도 친정 엄마인 나보다 제 남편의 어머니와 더 오랜 세월을 살았다고, 그래서 더 말로 못할 여러 감정들로 인해 울게 된다고... 구름 한 점 없는 어느 가을날, 툇마루에라도 앉아 그렇게 글로 쓴대도 뭐랄 수는 없겠다. 부디 한 녀석쯤은 아니었음 좋겠다.

ㅋ

커피 한 잔 앞에 두고

"찻집에서 남편과 마주앉았던 그 쓰린 순간이 이렇게 빛나는 길을 낼 줄 알았더라면
그 순간의 쓰거운 감정에만 내 마음이 휘둘리도록 두진 않았을 것이다.
식어버린 커피향 너머로 머언 길을 고요히 내다볼 여유쯤은 가졌을지 모른다."

　　　　일주일 만에 만난 남편과 커피 한 잔씩을 앞에 두고 내가
무슨 얘기를 나눴었는지 지금 구체적으로는 기억이 안 난다. 그때는
큰애가 중학교에 다닐 때였으니 오래된 얘기다. 추석을 앞둔 때로 기
억되는데, 나는 애 셋을 내버려두고 일주일이나 가출을 해버렸었다.
남편과의 싸움은 집 나가서 생각해보니 맞춤한 계기였고, 내 마음 속
에는 십여 년 가까이 계속된 시집살이로 인한 온갖 스트레스가 어지러
이 널려 있었다. 무슨 용기로 그런 짓을 감행했는지 모르겠다. 무슨 일
인가로 남편이랑 다퉜는데, 자기 말을 따르지 않고 내 주장을 펴는 나
한테 있는 대로 화가 난 남편이 내 화장대 위에 널려있는 화장품 병들
을 거칠게 쓸어내려 깨버리는 행동을 했었다. 단지 그 이유만의 다툼
은 아니고, 기억은 희미하지만 그 전 상황들이 겹쳐 있었던 걸로 기억

된다. 내가 여러 식구들과 부대끼며 느끼는 스트레스가 100이면 중간에 끼어 이러지도 저러지도 못하는 자기 스트레스도 80은 됐다고 가끔씩 말하는 남편은, 말 그대로 그 자신 또한 중간에 끼어 나에 버금가는 마음의 어려움들을 겪고 산 걸 나도 안다. 그런 베이스가 늘 깔려있는 상황에서는 작은 다툼도 커질 소지가 많게 된다.

평소에 그런 짓을 하던 사람이 아니었기 때문에, 그리고 내가 결혼할 남자의 조건으로 반드시(!!) 피하고 싶었던 남자들이 하는 짓을 내 남편이 처음으로 했기 때문에 나는 그때 절망스러웠다. 친정 쪽에 술만 취하면 거칠어지고 다른 사람이 돼버리는 남자들이 있었고, 그런 환경으로 인한 트라우마는 그 어떤 것보다 특별했기 때문에, 그런 남자를 피하고자 했던 건 언니들에게도 내게도 무언의 약속 같은 거였다. 어머니도 무안하셨던지 내 눈치를 살피시며 깨진 유리병들을 쓸어 담을 빗자루를 찾아오셨다. 다행히 곧바로 이성을 되찾은 남편이 청소 마무리를 했던지는 기억이 가물거린다. 어쨌거나 그 사건이 남긴 충격으로 나는 가출을 했다. 그런 행동이 나한테 어떤 의미인지를 남편에게 뚜렷이 각인시켜 주고 싶었을 것이다. 어쩌면 이유는 그뿐만이 아니었을지도 모른다.

어머니께는 친정에라도 며칠 가 있다 오겠다고 쪽지를 써 놓고 나왔는지 어쨌는지도 지금 잘 기억나질 않는다. 내 기억력이 똘똘치 못한 건 고향 친구들을 만나보면 안다. 그때 그 수업이 어떻고, 그 선생님이 어떠셨고... 호호하하 배꼽 잡고 깔깔대며 하는 얘기들을 나 혼자만 기억 못 할 때가 많았다. 평소의 나됨으로 비추어 볼 때 감히 어머니께 한 마디 말씀도 없이 며칠씩을 나와 있지는 못 했을 것이라 짐작될 뿐이다. 아들이 한 짓이 있어 어머니도 뭐라고는 못 하셨을 테지만 그렇다고 그만한 일로, 그것도 추석 명절을 코 앞에 두고, 많고 많은 음식 준비를 해야 하는 맏며느리가 감히 집을 비우고 있었으니, 생전 처음 하는 맹랑한 짓을 두고 바깥의 여러 든든한 지원군들과 어떤 얘기들을 나누셨을지는 짐작이 된다. 나라도 그랬을 것이다. 때로는 네 분의 따님과 한 아드님까지, 언제든 어머니 말씀에 동조해 드리고 응원군이 될 수밖에 없는 바깥 자식들과 떨어져 어머니랑 우리만 있는 구도였다면 여러 상황들이 덜 어려웠을까, 생각해 보기도 했다. 그런 구도라면 서로 좀 더 마음을 향하고 의지하며 살게 됐을지도 모르겠다. 무엇보다 바깥 형제들이 오가는 거리가 가깝고, 부딪치는 회수가 빈번한 기본 구도 자체가 내 용량으로는 늘 버거운 환경이었고, 끈끈이 이어진 오겹 혈육의 정 속으로 나까지 녹아들지 않아도 이미 충만하게 느껴지기도 했다. 이런 내가 아니라, 식구들 불러 모아 웃고 떠들고, 음식들 푸지게 해 먹이고, 집집이 싸서 보내고... 그런 일들을 좋아하고 즐기는 맏며느리였으면 어머니께도, 여러 형제들에게도 참 좋았을 것이다. 이제서야 내 입장을 떠나서도 생각해

보게 된다.

　그때도 아마 그런 비슷한 상황들에 맞물려 있었을 것이다. 늘 과하게 느껴졌던 양의 음식 준비와, 명절 한 번을 치르기 위해 며칠 동안 온 몸과 마음으로 부딪치며 부대껴야 하는 여러 상황들에 대한 부담감도 새삼스러웠을 것이다. 십수 년 이어져 온 지치는 상황들 위에 남편이 남긴 거친 상처로 인해 나는 그때 정말 맘으로는 그만 살고 싶다는 생각을 잠시라도 했던 것 같다. 그만 살면 앞으로 어떻게 살 수 있을지를 생각이라도 한 번 해보고 싶었을 것이다. 여러 스트레스가 극에 달해 있으니, 그리고 그만큼 하고 살았으니, 나도 한 번쯤은 집을 비우는 짓을 해볼 용기를 있는 힘껏 다 짜냈을 것이다. 확실하고 뚜렷하지 않고 아련하기만한 기억이 안타깝다.

　그 환경에서의 어려움들에 대해 내가 늘 느꼈던 마음을 두고 때로는 내가 인내심이나 사람 됨됨이에서 특별히 부족한 사람인지를 고민해본 적도 있었다. 그 고민에 대한 답을 어머니 가시는 길 마지막 4년을 지켜 주신 형님을 뵈며 짐작해볼 수 있었다. 많이 힘들어 하셨고, "내가 엄마를 모셔보니 네 마음이 150프로 이해가 간다."라는 얘기까지 해주셔서 얼마나 안심되고 감사했는지 모른다. 그냥 그 상황은 그렇게, 누가 들어가 감당해도 힘들 수밖에 없는 상황이었던 것 같다. 다른 형제들도 형님이 모시는 상황에서는 그 어려움에 대해 인정하고,

형님 어려움을 덜어줄 수 있는 방법들을 찾아보는 노력들을 하였으니 말이다. 그 중 하나가 어머니를 뵈러 서로 돌아가며 한 달에 한 번씩만 가는 거였다. 그 전까지, 죽전에서 고양으로 매주 찾아뵈다가 우리도 한 달에 한 번씩만 가 봤다. 들어가기 전에는 꼭 집 앞에서 저녁을 때우고 들어갔다. 내가 힘들었던 걸 형님한테 끼치고 싶지 않았고, 당연히 그래야 한다고 생각했다. 형님도 직장 생활을 하셨고, 한 달에 한 번씩 번갈아 가도 다섯 형제들이 번갈아 한 번씩이라 형님한테는 매주가 되기 때문이다. 어른을 모시고 살아보지 않은 사람들이 이 얘기에 얼마나 공감할 수 있을지는 나도 모르겠다.

다 놔버릴 각오를 비슷하게라도 가지니 감히 집을 나가 버릴 용기가 생겼을 것이다. 혼자가 되는 상황이 어떤 의미인지를 가늠해 보고 느껴볼 시간이 꼭 필요했을 것이다. 맏며느리가 해야 할 숱한 일들을 눈감아 버리고, 셋이나 되는 애들도 다 놔둬 버리고라도. 그런데 친정에는 갈 수가 없었다. 명절을 앞두고 남의 집 맏며느리된 딸이 식구들과 떨어져 혼자서 친정엘 가면 그 상황이 뻔히 짐작될 터라 그 걱정을 시켜 드리고 싶지 않았다. 그 이유도 이유지만 더 큰 이유는 아이들이었다. 둘째, 셋째가 초등학생일 때라 막상 집을 나서니 눈에, 마음에 밟히는 건 아이들이었다. 물론 맏며느리 없이 따님들이랑 명절 준비하실 어머니에 대한 마음 불편함도 그에 못지 않았다. 그 불편함은 이것

저것 따져볼 것도 없이 그냥 내게는 내 몸과도 같은 익숙함이었다. 그렇지만 일주일쯤을 눈 꾹 감고 버텼다.

내가 가 있을 곳은 찜질방밖에 없었다. 나는 일주일 간 분당에 있는 어느 찜질방에서 자면서, 낮에는 일부러 수업을 비우거나 비어 있는 시간에 마트에 들러 아이들이 먹을 만한 간식거리들을 한보따리 사서 경비실에 맡기고, 우리 집으로 연락해서 아이들이 가져가도록 해 주십사 부탁을 하고 왔다. 그렇게라도 해야 마음이 놓이기도 했지만 그건 그냥 엄마로서의 본능이었다. 어미새가 새끼들 곁을 못 떠나고 맴돌듯이 나도 집에서는 나와 있었지만 세 아이들 곁을 못 떠나고 맴돌고 있었다. 그때만 해도 아이들마다 휴대전화를 지니던 때가 아니었다. 그래서 아이들이 집으로 돌아갈 만한 시간에는 학교 가까이로 가서 아이들을 만났고, 차에 태워 이런저런 얘기도 들었다. 어느 날은 아이들에게 엄마랑 아빠가 헤어지면 누구랑 살 거냐고 묻기도 했단다. 나중에 둘째한테 들은 얘기지만 자기는 혼자 살겠다고 했고, 내가 나와 있던 동안 집안 분위기가 너무 무서웠었다고 전했다. 그 얘길 들으며 새삼 아이들한테 참 못할 짓을 했구나! 라는 자책으로 가슴을 쓸어내려야 했다.

퇴근 후에는 우리 집에서 차로 20여 분 떨어진 이웃 동네로 갔다. 놀이터 쪽에 차를 세워두고 고급 주택들이 즐비한 동네를 골목골목 돌아다니며 남의 집 예쁜 정원도 기웃거리고, 담장 너머로 핀 갖가지 꽃들 향기도 맡고, 대궐 같이 높이 솟은 어느 집 축대도 올려다보며 시간을 보냈다. 고급 주택단지 앞쪽으로는 갖가지 채소들이 자라고 있는 밭이 있었다. 고향 생각나게 하는 여러 작물들을 헤집고 이랑마다 돌아다니며 만져도 보고 구경도 하면서 시간을 보냈지만 가슴 한켠으로는 계속 찬바람이 새어들었다. 그러면서 나는 아마 남편의 전화를 기다렸을 것이다. 아무리 그만 살고 싶은 생각으로 집을 나와 버렸지만 남편이 전화해주기를, 만나서 자기가 한 행동에 대해 사과하고 집으로 가자고 얘기해주기를 기다렸을 것이다. 남편은 끝내 자기 고집을 지켜냈다. 오래 돼서 생각도 안 난다고 얼버무리지만 아마도 버릇을 고쳐주려 그랬을 거다. 나가봤자 셋이나 되는 애들 두고 안 돌아올 만큼 모질지도 못한 주제니 내버려두면 제 풀에 지쳐 돌아올 거라 예상했을 것이다.

　다시 생각해도 약오르지만 기다리다 지쳐 결국은 내가 전화를 했고, 혼자 쓸쓸히 돌아다니던 그 동네 어느 찻집으로 불려나온 남편은 속으로 고소하기가 참기름 맛이었겠지만 겉으로는 화가 안 풀린 표정으로 앉아 내가 한 짓에 대한 못마땅한 심사를 있는 대로 드러냈었다.

　그 표정에 대한 기억만 아련하고, 그때 그 찻집에서 식어버린 커피

한 잔을 앞에 두고 남편이랑 무슨 얘길 했었는지 아무 기억도 안 날 만큼 시간이 흘렀지만, 몇 년 전에 근처 병원에 일이 있어 그 동네를 지나쳐 가면서 나는 느꼈다. 가슴 속으로 그때처럼 불어들던 찬바람을... 아마 나이가 더 들어서 그 동네를 지나쳐 간대도 나는 똑같이 가슴 한켠으로 불어들었던 찬바람의 기억에 젖을 것이다. 그때는 몰랐다. 그 쓸쓸하고 불안했던 시간들을 이렇게 글로 써서 남기게 될 줄... 그 시간들의 의미를 돌아보며 사색하게 될 줄...

아, 한 가지를 잊었다. 나는 그때도 그렇게 남의 동네를 헤매 다니다 지치면 차를 밝은 불빛 아래로 옮겨 놓고 차 안에서 책을 읽었었다. 책 속으로 빠져들어 잠시라도 쓰린 현실을 잊을 수 있길 바라며 읽었다. 다른 날들은 다른 이유들로 읽었다. 어쩌다 한 번씩은 내 꿈이 작가였다는 걸, 그리고 그 꿈은 여전히 현재 진행형이라는 걸 떠올리기만 했었다. 그런 순간에도 나는 아주 확실히는 몰랐다. 내가 그렇게 형편에 따라 읽은 책들이 언젠가 이렇게 글쓰기라는 제 짝을 만나 길을 낼 줄은! 어쩌다 한 번씩 떠올려 보기만 했던 오래된 꿈도 이렇게 어느 날 제 길을 찾아낼 줄은!

그러니 그저 감사할 일이다. 허술하게라도 희미하게라도, 오래되고 낡은 꿈 하나 내버리지 않고 지금껏 지녀온 것도, 편안키만 하고 무미무취한 삶을 살지 않았던 것도 돌아다보니 그저 감사할 일이다. 그때, 남편과 마주앉았을 때도 그 쓰린 순간이 이렇게 빛나는 길을 낼 줄 알

앞더라면 나는 그 순간의 쓰거운 감정에만 내 마음이 휘둘리도록 두진 않았을 것이다. 식어버린 커피향 너머 보이는 머언 길을 고요히 내다 볼 여유쯤은 가졌을지 모른다.

4

여기가 너무 아프다

———

"아이는 겁에 질려 울었고, 나는 꽝 소리나게 대문을 닫고 들어와 버렸다.
문을 안 열어주는 엄마를 원망하며 아이가 얼마나 무서워했을까?
어쩌자고 그 어린 아이한테 그런 짓을 했는지, 스스로 용서가 안 되고 부끄럽기 그지없다."

큰 아이가 어렸을 때를 떠올리면 늘 가슴이 쓰라린 장면
하나가 떠오른다. 그때는 큰아이가 초등학교에 갓 들어갔을 때쯤으로
기억된다. 우리 시댁은 한옥이었고, 육중한 나무 대문이 달려 있었다.
그날 우리 집에는 어느 집 식구였는지는 기억이 희미하지만 한두 집
식구들이 몰려와 있었고, 그 상황이 그날 하루만인 것 같진 않다. 하루
나 이틀 정도, 한 달에 두어 번 묵어가는 식구들도 있었으므로 아마 그
런 날들 중 하나였을 것이다. 필시 그때도 이런저런 스트레스로 인해
혼자 삭여내기 버거운 감정들에 휘둘리고 있었을 것이다. 그러다 그
나이의 아이가 엄마에게 했을 만한 요구나 행동을 했을 큰아이에게 그
감정을 쏟아부으며 아이를 그 육중한 나무 대문 밖으로 끌어내어 세우
고 이렇게 소리쳤던 것 같다.

"너 여기 서 있어. 말 안 듣는 애들 잡아가는 망태 할아버지한테 너 데려가라고 했으니까 여기 서서 기다려!" 라고...

아이는 겁에 질려 울었고, 나는 꽝 소리나게 대문을 닫고 들어와 버렸다. 다른 식구들 앞에 내 감정 상태를 그렇게라도 표하고 싶다는 의지를 가지고 그런 건 아니었겠지만, 무의식 중에 나 자신도 어찌할 수 없는 마음을 그렇게 어리디 어린 아이를 통해 풀고 있었을 것이다. 아이는 아마 문 열어달라고 문도 두드렸을 것이다. 한참동안 문을 안 열어주는 엄마를 원망하며 그 어린 아이가 얼마나 무서워서 울었을까? 그 장면이 세월이 많이 흐른 후에 어느 집 아이를 보며 불현듯 생각이 나서, 어느 날 일하러 다니면서 꺽꺽 소리를 내며 울었던 기억이 난다. 딱 한 번만 그런 것 같지도 않다. 어쩌자고 그 어린 아이한테 그런 짓을 했는지, 아무리 이런저런 변명을 늘어놓아도 스스로 용서가 안 되고 부끄럽기 그지없다. 그런 벌 말고도 나는 아마 아이가 성장해가는 과정에서 형제 많은 집, 홀어머니를 모시고 산 긴 세월 동안의 스트레스를 아이에게 이런저런 형태로 풀었던 것 같다. 남편은 저녁에 들어오고, 두 동생은 한참 더 어리니 그나마 내 맘대로 되는 큰애한테 그날도 그 화살이 향했을 것이다. 그러나 그 모든 것들이 이제 와 생각해보니 다 비겁한 핑계일 뿐이다. 나는 그저, 그럼에도 불구하고 더 귀한 것들에 내 마음을 두지도, 지켜내지도 못한 엄마였다. '마음의 힘'이란 게 있는 줄도 몰랐던 '함량 극 미달'의 엄마였을 뿐이다.

얼마 전에 받아본 '가짜부모 진짜부모' 책을 읽으면서도 너무나 허술하고 모자라기 짝이 없는 엄마로 산 시간들이 들여다보였다. 큰아이가 아기였을 때는 첫 아이라 나름대로 남들 한다는 만큼의 이런저런 엄마 흉내를 한껏 내보았다. 태교로 책도 많이 읽었고, 클래식 음악도 들었다. 아기 때 이유식을 먹일 때는 매일 대여섯 가지의 좋은 재료들로 하루도 빠짐없이 이유식을 끓여 먹였고, 틈틈이 끌어안고 앉아 책도 참 많이 읽어줬다. 조금 더 자라 말을 배우기 시작할 때는 온갖 노래들을 가르쳐서 부르게 했는데 지금도 생각나는 노래 하나가 있다. 말을 막 배우기 시작할 때였는데 그때 당시 유행하던 노래가 하나 있었다.

'청바지가 잘 어울리는 여자, 밥을 많이 먹어도 배 안 나오는 여자...'로 시작되는 '희망사항'이라는 건전 가요였는데, 엄마 아빠 소리 겨우 하는 아이가 그 노래를 되지도 않는 발음으로 끝까지 불러서 다들 배꼽 잡고 웃으며 자꾸 부르게 하여 들었던 기억이 난다. 그 노래를 녹음해둔 테이프는 지금도 큰아이가 간직하고 있다. 그때 우리 집에 와서 그 노래 부르는 걸 지켜본 친구들이 가끔씩 묻기도 했다. '우현이 요즘도 말 그렇게 잘하고 노래도 잘하냐?' 고.

뿐만 아니라 데리고 앉아 온갖 것 만들기도 같이 참 많이 했고, 아이는 엄마가 가르치는 대로 성경 암송이니, 찬양 율동도 못하는 게 없이 잘 따라했었다. 어느 집이나 그렇듯이 사진도 제일 많이 찍어 남겨서 둘째, 셋째의 원망을 듣기도 했다. 굳이 남들 다 하고 산 엄마 노릇을 줄줄이 나열해보는 이유는, 스스로 나도 최소한의 엄마 노릇은 했는데... 라며 확인도 하고 싶지만, 더 큰 이유는 큰아이에게도 이 사실을 한 번 더 얘기해주고 싶어서이다. 아이가 부모한테 사랑받은 기억보다는 혼난 기억을 더 많이 가지고 있는 듯해 언젠가 길고 긴 메시지로, 또 말로도, 아픈 마음 담아 사과하고, 미숙했던 엄마 노릇에 대해 용서를 구한 적이 있다. 아이는 기억에 없다고 하니, 인간의 기억력이란 것이 도무지 믿을 만한 게 아니다.

몇 가지 나열한 엄마 노릇을 아이한테만 집중해서 하고 산 시간들은 대부분 신혼 2년을 시댁에서 살고 나와 분가해 살 때였다. 지금도 아련히 떠오른다. 큰애를 앞에 두른 띠에다 매달고 큰형님을 따라 일원동 지하 단칸방들을 구경 다니던 그날이...

반지하고 단칸방이고, 아무 상관이 없었다. 나중에 처음으로 우리 집이랍시고 와 본 친정 식구들이 속상해하고 많이 심란해하던 반지하 단칸방이었지만 나한테는 꿈만 같은 우리 집이었다. 우선은 결혼을 앞두고 한 달 만에 살이 5킬로씩이나 빠질 만큼 고민만 하다가 결혼했을 만큼 자신 없었던 맏며느리 노릇에 분가라는 상황이 포함될 수 있다는 걸 한 번도 생각해 본 적이 없었다. 몇십 년 계속될 시집살이인 줄만 알았다. 시집살이라는 말이 시댁 식구들 입장에서는 불편할 수도 있다는 걸 안다. 실지로 언젠가 그런 불편한 심사를 아가씨가 표한 적도 있었다. 나도 안다. 누구 하나 시집살이를 나쁜 마음으로 일부러 심하게 시킨 사람은 없다는 걸. 그렇지만 그 시댁에서의 이런저런 고달픔을 겪고 산 며느리 입장에서는 그 생활을 두고 달리 무어라 표현해야 할지는 모르겠다. 그냥 '시집에서의 살이'라고 풀어쓸 수는 있겠으나 그냥 대부분의 며느리들은, 특히 맏며느리라면 더 '시집에서의 살이'를 두고 이런저런 섞인 감정들까지 새삼스레 느끼며 시집살이라고 표현할 것으로 나는 안다.

어쨌거나 그 동네를 큰형님이 데리고 가 알려주셨고, 마침 남편 직장과도 더 가까웠다. 유일하게 어른을 모시고 살아보셨던 큰형님이 그때 당시의 내 형편에 대해 여러모로 이해해 주시고 헤아려도 주셨는데, 그 고마움에 대한 기억이 지금도 남아 있다.

우리가 정한 집은 2층짜리 단독주택이었고, 마당에는 잔디도 깔려 있었다. 그 당시 우리는 애 셋을 데리고 버스를 두 번씩 갈아타며 주일마다 어머니를 찾아뵀었는데, 그런 우리 형편에는 식구 넷인지 셋인지에 자동차가 두 대씩이나 되고, 그림 같은 잔디도 깔려있는 주인집이 대궐 같아 보였다. 나중에 남편이 직접 설계해서 지은 3층짜리 단독주택에다 차도 2대씩이나 갖게 되고 나서 그 집에 추억을 찾아 가봤는데, 그때 그리도 커보이던 집이 생각보다 작아 보여서 깜짝 놀랐던 기억이 난다.

그때는 그 대궐 같아 보이던 집의 반지하 단칸방도 그저 감지덕지였다. 내 맘대로 일어나고, 내 맘대로 자고, 일 안 하고 싶거나 컨디션이 안 좋을 때는 미뤄놨다 나중에 해도 되는 자유를 누릴 수도 있다는 것 하나만으로도, 내 생활의 온전한 주인이 내가 될 수 있다는 사실 하나만으로도 그저 꿈만 같았다. 그래서 주일을 뺀 나머지 날들은 남편과 아이한테 집중할 수 있었고, 아이를 데리고 온갖 엄마 노릇들도 해 볼 수 있었다. 그때를 큰아이가 기억할 수 있다면 혼난 기억들을 많이 지울 수 있을 텐데, 그때는 너무 어렸다. 그리고 나 또한 아무 것도 준비 안 되고, 너무 어리기도 한 초짜 엄마였다.

몇 년을 분가해서 사는 동안 시동생이 결혼을 해서 어머니를 모시고 살았다. 길지는 않았다. 그 길지 않은 시간 동안 시댁에서는 이런저런 불협화음이 들려왔고, 어머니는 다른 자식들 집에 가 계신 날도 많았다. 우리가 어머니를 뵈러 가면 동서는 대부분 친정에 가고 없었다. 어쩌다 집에 있는 날도 얼굴에서 짜증이 읽혔고, 그 속내를 너무 잘 이해하는 나는 오히려 동서가 친정에 가고 없는 편이 마음이 편했다. 스트레스를 받던 내가 주는 상황으로 바뀐 것이다. 그때도, 나한테만 힘든 환경이 아니구나... 라는 사실을 확인하는 듯해 안도감이 들었던 기억이 난다.

계속 나가 살 수는 없었다. 어쨌거나 우리 맏이였고, 잠시의 일탈이 주어질 순 있었어도 우리가 있어야 할 자리는 정해져 있었다. 시동생네가 일 년 넘게 어머니를 모시고 살다가 분가한 후 어머니는 혼자, 여러 자식들이 들락거리며 찾아뵙는 걸로 위로를 삼고 사셨다. 우리가 결혼하던 해에 어머니 육순 잔치를 했으니 생각해보면 60대 초반에서 중반 정도밖에 안 되시던 때였다. 지금 세태로 생각하면 자식이 모시겠다고 해도 내칠 나이셨는데, 아무리 세상이 바뀌었다고 해도 그 젊으신 나이에 왜 우리는, 또 어머니와 여러 형제들은 어머니가 혼자 사시는 상황에 대해 그렇게 예민하게 생각했을까? 왜 나는 늘 나가 사는 내내 죄책감에 시달렸을까? 세대 차이가 그렇게 큰 것이었나? 갑자기 내가 산 세월이 한 백 년은 된 옛날처럼 느껴진다.

일원동과 방이동에서 일이 년씩을 살다가 세 번째로 남편 직장이 있는 인천으로 옮겨가게 되었다. 1년인가를 살다가 큰아이가 유치원에 다닐 때쯤 다시 어머니 댁으로 들어가게 되었다. 처음 시작하던 때의 어려움과 나가 살면서의 자유로움을 다 경험한 후라, 그만만 해도 감사했다는 마음과 다시 부자유스럽고 사람들로 북적이는 생활을 어떻게 견뎌야 하나, 하는 두 마음 사이에서 심란했던 당시가 떠오른다.

다시 처음과 같은 생활이 시작되었다. 그때부터는 끝까지 가야 한다는 생각에 마음을 다잡고는 시작했겠지만, 한참 동안의 자유로움을 경험한 후라 아마 더 힘들기도 했었을 것이다. 그러다 어느 날인가 그런 짓을 저지르고 말았을 거다. 그때부터 큰아이가 대학생이 될 때까지 거의 계속된 생활이라 그 환경 속에서 내가 느낀 어려움만큼 아이들에게도 그 영향이 미쳤으리라 생각한다. 특히 큰아이는 더, 맨 앞에서 엄마의 이런저런 감정 변화를 심하게 겪어야 했을 것이다. 그런데 그 정도일 줄은 몰랐다. 어쩌자고 그렇게나 무지하고 끔찍한 부모로서의 흑역사를 아이의 가슴에 대못으로 남겨 놓고도 정작 부모된 남편과 나는 까맣게 잊고 살았던 걸까? 큰아이에 대한 참회록 비슷이 쓴 글을 읽은 큰아이가 "그 정도 가지고 그랬겠냐?"며 하나하나 들춰내어 밝힌 얘기들은 외국 같았으면 즉각 체포되기에 부족함이 없을 만행에 가까웠고, 듣는 남편도 나도 스스로 한 짓이라고 믿어지지 않을 만큼이었다. 어쩌자고 그렇게 거칠고 날카로운 원석의 부모였을까? 아무리 아이와 엄마, 아빠로서만 오롯이 마주할 수 없는 환경에 휘둘려 살았기로 그렇게까지 할 수 있었을까? 그 시간 속의 나는 도대체 누구였을까? 이 나이가 되어 살아온 날들을 돌아보면서 나 스스로를 이해할 수 없는 시간은 대학 시절만이 아니었다.

아이는 그 상처들을 교회에서 만난 사람들에게서 위로받으며 자신을 지켜낼 수 있었노라고 했다. 아이가 그렇게 다른 이들로부터 상처를 아물리고 있었을 때 부모인 우리는 뭘 하고 살았던 걸까? 자식농사보다 귀한 일이 어디 있다고 그 귀한 일을 놓치고 어디 엄한 데다 정신을 휘둘리고 살았던 걸까? 후에는 기억조차도 못 한 채로...

책과 글쓰기로 날마다의 삶을 바로 세워가고, 마음의 힘을 단단히 지켜가는 블로그 이웃들을 보면서 자주 생각하게 되는 건, 아이에게 그런 함량 미달 부모로서의 흑역사를 써 가며, 내 삶의 온전한 주인으로 살지 못하던 시절에 그들의 삶을 알게 됐다면, 그 귀한 에너지로 지금처럼 함께 영향을 끼치고 나눌 수 있었다면 얼마나 좋았을까, 하는 안타까움이다. 그때의 나는 다른 여력이 없었다. 오로지 내게 닥친 하루하루를 견디고 살아내기에만도 나됨의 용량이 차고 넘쳤다. 정녕, 더 엄청난 고난조차도 고요히 다스려가는 마음의 힘을 가진 사람들과, 그 마음을 지켜가고 떠받치는 마음밥의 비밀을 공유하는 사람들만의 별세상이 이렇게 따로 숨겨져 있는 줄 그때는 몰랐었다. 만약 알았더라면 그렇게까지 나를, 내 마음을 지켜내지 못하진 않았을 것이다. 내가 이 세상을 내 자식들에게 꼭 알게 하고 싶은 이유다.

큰아이가 초등학교 4학년 때까지만 해도 세상에서 엄마가 제일 좋다고 했던 걸 기억한다. 문득 그렇게 말하던 아이가 그리워진다. 아이도 그때의 엄마가 그립다고 할지 모르겠다. 이상하게 큰아이랑 둘째, 셋째가 기억하는 엄마 모습이 많이 다르다고 나는 느낀다. 순한 아이도, 고집 센 아이도, 또 어떤 아이도, 그 아이 뒤에는 그 아이를 그리

만든 부모와 환경이 있다는 걸 이론으로는 모르지 않았다. 이론으로만 아는 건 내다 버려야 할 쓰레기 지식이라는 걸 부끄럽게도 내가 증명했다. 옥복녀 작가님의 '서툰 엄마'라는 책의 제목을 보는 순간 가장 먼저 떠올랐던 장면도 서두에 썼던 장면이었지, 그 뒤에 기억도 못한, 함량 미달의 흑역사가 숨어있을 줄은 정말이지 까맣게 모르고 참 오래도 살아왔다. 글쓰기를 시작하지 않았더라면 영원히 아이 가슴 속에서만 잊히지 않고 살아있는 상처로 남을 뻔했다. 기억도 못하고 살아온 그 긴 시간들을 되돌릴 수도 없고, 그렇게밖에 못 산 엄마 모습을 지워버릴 수도 없다. 아이한테 미안한 만큼 이제라도 뭘 해야 할까를 자주 생각하게 된다. 의지만큼 쉽게 되지도 않지만, 아직도 남아있는 서툰 엄마의 흔적을 이렇게 몇 줄 글로라도 지워내고 싶다.

이 글이 큰아이의 상처에 조금이라도 위로가 될 수 있길 빌어 본다. 어머니가 하늘나라로 가신 후 나는 화수분처럼 끝도 없이 온 마음 다해 붓고 부어 주는, 세상에서 가장 큰 축복의 샘 하나를 잃어버렸다는 걸 깨달았다. 살아생전 귀하고 귀한 자식을 위해 끝없이 축복의 기도를 부어 주신 어머니의 기도로 남겨진 우리의 삶에 평강과 감사가 흐른다는 걸 나는 안다. 나 또한 그 기도의 무릎을 이어받아 내게 맡기신 셋이나 되는 자식들을 위한 기도를 드려왔다. 이미 쓴 흑역사를 돌이킬 순 없을지라도 남은 생애 동안 어머니가 남기신 삶대로 내 아이들에게 끝없는 기도의 화수분이 되어 살아갈 것이다. 그것이 자식된 삶에 얼마나 큰 축복인지 저희들도 부모가 되어 보면 알게 될 것이다. 나도 그 귀한 것을 자식들에게 끼칠 수 있음이 감사하다. 큰아이에게 남긴 상처가 부디 기도의 화수분에 녹아 흘러내리길 비는 마음 간절하다.

"우리는 과거의 경험에 '어떤 의미를 부여하는가' 에 따라 자신의 삶을 결정한다네. 인생이란 누군가가 정해주는 것이 아니라 스스로 선택하는 걸세. 어떻게 사는 것도 자기 자신이 선택하는 것이고."

'미움받을 용기' 를 읽으며 밑줄을 많이 치게 된다. 이 부분을 읽으며 큰아이 생각을 했다. 많이 흐려졌겠지만 아이가 그 기억들을 말끔히 잊고, 자신은 부디 그런 함량 미달의 부모가 되지 않겠노라고, 과거의 경험으로부터 오히려 자신을 지혜롭게 세워가길 염치도 없이 빌어본다. 부모가 되어 자식이 가져갈 '타산지석' 의 지혜에서 그 거칠고 쓸모없는 돌멩이가 될 수밖에 없었던 시간이 부끄러운 줄은 아니 다행이라 해야 할지 모르겠다.

5

혼자에게만 남겨진 이름

"어머니가 하늘나라로 가신 후 유골함을 집으로 품고 온 남편은
그날 밤 침대에서 어머니 유골함을 가슴에 품고 흐느끼며 잤다. 마음 넉넉하고 인내심도 태산 같은
마누라를 만났더라면 남편은 어머니를 끝까지 모시고 싶었을 것이다."

그때만 해도 휴대전화가 보급되기 전이라서 집 전화로
아무개를 바꿔달라서 통화를 하던 시절이었다. 결혼 전에 시댁으로 남
편에게 전화를 걸었는데 어느 날은 어머니가 받으셨다. 한두 마디 인
사를 드리던 중에 처음으로 '어머니' 라고 불렀을 때, 공중전화기 선을
따라 흐뭇해하시는 어머니 기색이 느껴졌었다. 더 나중에 처음으로 찾
아뵀을 때는 엄마처럼, 딸처럼 살자 하셨다. 결혼해 살면서 가끔 그 생
각이 났다. 어머니 살아생전에는 딸처럼 살가운 며느리로 살지 못했었
다. 그리고 어머니 또한 이미 가지신 네 따님들만으로도 족하시어 뚝
뚝한 며느리까지 딸처럼 느끼지 못하셨을 텐데, 이상하게 나는 어머니
가 하늘나라로 떠나신 후부터 어머니란 말만 들으면 더 오래 전에 떠
나신 친정엄마보다 어머니가 남기신 여러 감정들에 먼저 사로잡힌다,

특히 교회에서 예배 시간에 어머니에 관한 설교 말씀을 듣거나, 어버이 주일에 '어머니의 넓은 사랑'이라는 찬양을 부를 때면 뜨거운 눈물이 흘러내린다.

어머니의 넓은 사랑 귀하고도 귀하다
그 사랑이 언제든지 나를 감싸줍니다
내가 울 때 어머니는 주께 기도 드리고
내가 기뻐 웃을 때에 찬송 부르십니다

아침 저녁 읽으시던 어머니의 성경책
손때 남은 구절마다
모습 본 듯합니다

이 가사들은 어머니 살아생전의 모습이 그대로 떠오르게 하는 가사들이다. 우리 어머니는 그 어느 어머니들보다 모성애가 강하신 분이셨다. '내가 울 때 어머니는 주께 기도드리고, 내가 기뻐 웃을 때에 찬송 부르십니다' 이 부분을 부를 때는 어머니가 그 모습 그대로 바로 곁에 계신 듯이 느껴져서 찬송을 이어갈 수가 없다.

홀로 누워 괴로울 때 헤매다가 지칠 때

부르시던 찬송 소리

귀에 살아옵니다.

이 부분은 내가 아파 누워 있을 때 떠오르는 어머니 모습에 대한 가 사인데, 늘 내 눈에는 홀로 병석에 누워 계시다 하늘나라 먼 길을 떠나 셨을 어머니 모습과, 비슷하게 떠나신 친정엄마 모습이 오버랩되어 눈 물이 흐른다. 마지막 순간에 보고 싶은 자식들 얼굴을 하나하나 다 찾 아서 보고 그 자식들에 둘러싸여, 자식들 따뜻한 손을 잡고 이 세상을 떠나가는 행운을 누리는 사람들이 얼마나 될까? 어머니 또한 떠나시 는 순간에는 밖에 있는 자식들이 모르는 새에 주무시는 것처럼 혼자 떠나셨다고 들었다. 진통제로 인해 주무시고 계실 때가 많아 그 순간 에도 주무시는 줄 아셨다 한다. 조금이라도 의식이 있으셔서 말씀을 하실 기운이 있으셨다면, 그리도 사랑하셨던 자식들 얼굴을 보고 싶다 고, 불러 달라고 하셨을 것이다. 친정엄마 가실 때는 막내아들이 혼자 곁을 지켰고, 어머니 또한 바깥 거실에서 마지막 4년을 지켜드리며 모 셨던 따님과 사위의 기척은 느끼셨으니, 그만하면 행운 가까이를 누리 셨다고 할 수 있을지 모르겠다. 게다가 요양 시설이 아니라 집에서 운 명을 하신 것도...

얼마 전부터 오래된 친구들의 부모님들이 차례차례 세상을 떠나가

서서 본의 아니게도 장례식장에서 계속 친구들 얼굴을 보게 된다. 그때마다 씁쓸하게, 그리고 웅크린 가슴으로 확인하게 되는 건, 멀쩡한 자식들 여럿 다 번듯하게 제각각 살고 있는데도 연로하신, 또 치매기나 병환이 있으신 부모님들이 하나같이 다 요양 시설에서 혼자 고독하게 마지막 길을 가신다는 거다. 그 사실은 요즘 세상에 그냥 상식 같다. 물론 다들 병들고 연로하신 부모를 요양원에 모셔다 놓고 며칠씩 가슴 아파하고, 가위에 눌리기도 하고, 우울증도 겪었다고 한다. 그리고 뵈러 가면 집에 데려다 달라고 애원하는 부모를 아픈 마음으로 그냥 두고 왔다고도 했다. 누구 하나 모셔 와서 감당할 사람이 없다는 이유로...

잠깐씩, 혹은 한참 동안 마음 아파하던 자식들은 곧 그 사실을 잊고 친구도 만나고, 여행도 가고, 제 식구들끼리 둘러앉아 맛있는 음식도 먹으며 제각각의 삶을 살아간다. 그러다 또 부모 생각에 가슴이 먹먹해질 테고... 그렇다 해도, 방이 남아돌아도, 제 집에 모셔들여 그 마지막 가시는 길을 지킬 엄두는 아무도 내지 못한다. 그러다가 어느 날 갑자기든, 예견했든 부모의 운명 소식을 듣고 울며 달려갈 것이다. 밤새홀로 고독하게 먼 길 떠나셨을 걸 생각하면 어느 자식인들 가슴이 찢어지지 않을까? 그걸 알면서도 요즘 자식들은 그냥 가슴은 아파하면서도 그렇게 늙고 병든 부모를 떠나보내는 걸 상식처럼 받아들이며 산다. 곧 그 부모의 길을 갈 죽음을 향해 한 발짝 한 발짝... 그 사실을 매

번 쓰겁게 확인하면서 이제는 그 일이 아주 먼 남의 일처럼 느껴지지 않는다. 내게도 언젠가 닥칠 일, 당할 일로도 느껴져서다. 나도 그런 자식들 중 하나였으니, 나라고 왜 그 일을 내 자식들한테 안 당할까보냐고, 부러라도 마음으로 당겨 그 길을 예견해보는 것조차 가소로울지 모르겠다.

어머니 모시고 산 지 15년쯤이 됐을 때 어머니는 따님들 중 한 분을 따라 거처를 옮기셨다. 형제들끼리 의논을 거쳐 그리 정해졌고, 내가 앞산에 올라 심란한 마음으로 헤매다닐 때 어머니는 옮겨가시면서 전화를 하셨다.

"에미냐? 나 지금 간다. 짐은 나중에 애비 편에 보내. 그동안 애썼다. 사랑해..."

라고 하셨다. 축축이 젖은 목소리로 그렇게 말씀하셨을 때 나는

"어머니, 가시기는 어딜 가세요?" 라고 말씀드리지 못했다.

"죄송해요, 어머니, 죄송해요." 라고만 되풀이하며 울기만 했다.

제대로 된 의논을 거쳐 그리 정해졌단 얘기를 남편한테서 들었지만 나는 그 말이 믿기지는 않았다. 그때 당시 나는 몸도 마음도 지칠대로 지쳐있어서, '아, 오랫동안 어른 모시고 사는 사람들이 이래서 정신과 치료를 받기도 하는구나!' 라는 생각을 하게 된 때였다. 금요기도회 때마다 내가 했던 일은 한두 마디 기도 드린 후에 흐느껴 우는 게 일이었

고, 걷잡을 수 없는 통곡으로 번질 때도 많았다. 그때 드린 기도는 두 마디였다.

"저 어떡해요? 일 년만이라도 저 좀 쉬게 해 주세요..."

그때 떠올렸던 건 시동생과 동서였다. 한 번도 그렇게 정해질 거라곤 생각조차 해본 일이 없었다. 그래서 나는 그때 그 결정이 언제라도 뒤집혀질 수 있는 일이라고 생각했었다. 어머니는 어느 집에 가신다고 하셨다가 당일 아침이나 전날 밤에 번복하실 때가 종종 있었기 때문이기도 했다.

내 예상과 달리 그렇게 따님을 따라 가신 어머니는 다시는 우리 집으로 돌아오시지 않고 형님 댁에서 하늘나라로 가셨다. 처음에는 잠깐의 방학을 주신다고 생각했다. 일 년만이라도 몸과 마음을 추스를 시간을 가진다면 그 다음의 상황들에 대비할 수 있을 것 같았다. 그러면서 4년 가까운 시간이 흘러갔다. 시간이 갈수록 형님도 어머니도 힘들어하신다고 느껴졌지만 그 상황은 그냥 그대로 흘러갔다. 몸만 가시지 않은 셈법이라는 상황도 있었고, 그에 따른 여러 자식들의 상황도 있었겠지만, 그 모든 걸 제쳐두고 내가 어머니께

'어머니, 이제 집으로 가셔야지요.'

한 마디만 드렸다면 어머니가 얼마나 기쁘게 따라오셨을지 나는 모르지 않았다. 그건 그곳에서의 생활이 어떻든지를 떠나 남편이 맏아들

이고, 15년을 함께 살아 어머니한테도 '내 집'이었던 집이 우리 집이기 때문이다. 어느 날은 어머니를 뵙고 돌아오는 길에

　'내가 지금 직장일이고, 하나가 모자라는 방 문제고를 다 눈감아 버리고, 어머니 마지막 가시는 길 지켜드리는 일을 지금 상황에서 선택한다면, 부모를 떠나서도 한 인간이 한 인간을 위해 할 수 있는 가장 고귀한 일을 하는 걸 텐데...' 라는 생각을 가슴 미어지게 속으로만 했었다. 앞서 모시고 산 세월과 그 시간 동안의 어려움들을 부러라도 불러내어 눈을 가리는 데에 쓰고 싶었으리라. 그러니 늙고 병든 부모를 요양원에 맡겨두고, 집으로 데려다 달라는 애원도 눈감아 버리는 자식들과 다를 게 아무 것도 없다.

　어머니가 하늘나라로 가신 후 유골함을 집으로 품고 온 남편은 그날 밤에 함께 자는 침대에서 어머니 유골함을 가슴에 품고 흐느끼며 잤다. 좀 더 마음 넉넉하고 인내심도 태산 같은 마누라를 만났더라면 남편은 어머니를 끝까지 모시고 싶었을 것이다. 나만 잘 견뎌냈더라면 늙고 병든 어머니를 누나 집으로 가시게 하지 않았을 것이다. 그 죄책감에 짓눌렸는지 남편은 어머니 가시기 일이 년 전부터 심하게 그 아픔을 이상한 증상들로 견뎠다는 걸 나중에야 짐작했다. 나한테도, 누구에게도 말하지 못하고 혼자서 그 중압감을 견뎌내느라 남편은 몸까지 빼빼 말라갔다. 물론 다른 안 좋은 상황들이 여럿 겹쳐있던 때였다.

그러나 그 중심에는, 뚝뚝한 며느리보다 열 배 나은 따님과 우리 집에서보다는 더 편히 살고 계셨을지라도, 어쨌거나 맏아들로서는 마지막까지 어머니를 모시지 못한 죄책감이 자리하고 있었으리라고 추측하는 건 내 죄스러움이 불러일으킨 얼마간의 억측일지도 모르겠다.

인생에 정답은 없다. 누구는 어머니가 마지막 길 가시기 얼마 전쯤에 내게 남겨준 한 마디에 대해 동의할 수 없다고 할 수도 있고, 또 누군가는 그럴 수도 있다고 할 것이다.

"너는 우리 집 보물이야. 세상에 없는 효부고.,, 내 얘기가 아니고 엄마 친구들이 그랬어..." 라고 하셨다. 둘만 있는 방에서 어눌한 어조로 그 얘기를 하시던 어머니 눈은 축축이 젖어 있었다. 어머니는 몇 번 나랑 얘기하시며 당신을 '엄마' 라 칭하셨고, 떨어져 사는 동안은 나도 때로는 어머니가 오래 살아온 혈육처럼 느껴졌었다. 그날도 그렇게 느끼면서, 그런 얘기를 듣고도 어머니를 다시 집으로 모셔오지 못한 죄로 나는 어머니 얘기만 들으면 평생 목이 멜 것이다.

온유하고 겸손하며 올바르고 굳세게
어머니의 뜻 받들어 보람있게 살리라
풍파 많은 세상에서 선한 싸움 싸우다
생명 시내 흐르는 곳 길이 함께 살리라

마지막 절에는 어머니가 자식들에게 남기신 무언의 유언이 담겼다. 이 얘기까지 어머니가 나한테 남기시진 않았지만 내게는 그렇게 남겨졌다. 그럴 자격을 따져야 할지는 모르겠으나 내 자식들도 나중에 이 찬송을 함께 부르며 목도 메고, '엄마가 우리한테 남긴 유언'이라고 생각해 주길 바라는 욕심 정도는 나도 부려보고 싶다.

6

서툴러도 엄마다

"아이들을 혼낼 때면 엄마처럼만 살아보라고 소리치지만, 이런 나도
내 엄마가 산 세월들을 흉내도 못 낸다. 그러나 부모 면허증을 따는 방법을 다 늦게라도 알고
어떻게든 달겨들어 보려는 엄마 정도면 그런 대로 괜찮지 않을까?"

옥복녀 작가님이 발간하신 두 권의 책은 제목부터가 나 같은 엉터리 엄마의 가슴을 찌른다. '가짜부모 진짜부모' 책의 프롤로그 제목은 또 얼마나 가슴을 울리는지...

'자녀가 더 부모를 포기하지 않는다'

작가의 사연도 가슴을 울리지만, 나 또한 이렇게나 엉터리 엄마를 엄마라 부르며 지금껏 성장해준 셋이나 되는 내 아이들 생각에 눈이 매워온다. 이 세 아이들을 태우고 작가의 표현대로 '부모 면허증' 없는 무면허 운전을 곡예하듯 30여 년이나 해왔다. 언젠가 한 번, 그만 살고 싶답시고 있는 용기, 없는 용기를 다 짜내어 일주일 가까이 가출을 감행했을 때도 나를 제자리로 돌아오게 만든 건 세 아이들이었다. 하나도 둘도 아닌, 셋이나 되는 아이들의 존재 자체만으로도 나는 그

아이들의 엄마라는 자리를 벗어난 삶은 정신이 온전한 상태로는 꿈도 꿀 수 없었다. 늘 생각만으로는 내 인생에서 자식 농사보다 더 소중한 일이 뭐가 있을까? 라는 생각으로 살아는 왔다. 생각은 그랬으나 내용을 들여다보면 허술과 부실, 함량 미달이라는 말을 다 합쳐도 모자랄 만큼이다.

첫 아이를 낳으러 가던 날이 흐린 날의 수채화처럼 아련히 떠오른다. 그때는 겨울이었고 하늘은 눈이 오려는지 흐려 있다가 눈송이를 날리기 시작했다. 나는 세 아이 다 쉽게 낳지를 못했다. 입덧도 무지 심했다. 큰아이 때는 그래도 죽을 힘을 다해 열 몇 시간의 진통 끝에 순산을 했다. 분만실로 들어가기 바로 전까지 내 손을 부여잡고 하늘이 노래지는 진통을 함께 겪어낸 남편은, 내가 분만실로 들어간 후에도 분만실 바깥에서 남들보다 조금 더 티를 냈었나보다. 나중에 간호사가

"두 분 연애하셨죠? 남편분이 어쩔 줄을 몰라하시던데요."

라고 해서 웃은 기억이 난다. 큰아이 때뿐만 아니라 둘째, 셋째 때도 남편은 처음부터 끝까지 곁을 지키며, 진통도 심하고 시간도 오래 걸리는 이중고를 함께 겪어냈다. 그렇게 엄마 아빠 고생시키고 태어난 첫 아이를 처음 안고 들여다보던 때의 낯선 감정을 무어라 표현해야 할까? 부모가 될 아무런 준비도 안 된 상태의 초짜 부모가 그저 어쩌

다 부모가 되어 자신들에게 부모라는 이름을 처음 달아준 아이를 얼떨떨한 심정으로 신기해하며 들여다보았을 것이다. 그때는 '부모공부'라는 말이 있는지조차도 몰랐던 때였다.

둘째 때는 열 시간이 넘게 진이 빠지는 진통이 계속되는데도 아이가 나오질 않아 결국은 갑작스럽게 수술을 하게 되었다. 나중에 담당 의사한테 들은 얘기로는 아이가 탯줄을 목에 감고 구석쪽으로 머리를 박고 있어서 수술로도 잘 안 꺼내지더라는 거였다. 수술 앞두고 병원 측에서 만일의 경우, 사망하거나 불시에 일어날 수도 있는 사고에 대해 대비시키는 서류를 내밀며 사인하라고 해서 남편이 엄청 겁먹으며 사인을 하던 기억이 난다. 수술이란 게 없었던 옛날 같으면 그런 경우가 산모도 아이도 큰일을 당하는 경우였을 것이다.

그렇게 엄마를 까무러치게 만들고 힘겹게 태어난 둘째는 그 미안함 때문인지 세 딸들 중에서 제일 순하고 여려 사춘기가 뭔지도 모르게 지나갔다. 혼날 때도 엄마 아빠 목소리가 조금만 커지면 바로 자세를 바로잡고 '알았어요...' 하는 순둥이다.

지금은 또 어떻게 바뀌었는지 모르지만 그때만 해도 수술로 아이를 낳으면 그 다음 분만 때도 수술을 하던 때였다. 덕분에 셋째는 날을 잡아서 수술로 낳았다. 진통의 고통은 없었지만 마취에서 깨어나 회복하기까지 느끼는 통증도 만만치 않았던 기억이 난다. 지금도 선연히 떠오른다. 셋째를 낳고 병원에서 닭똥 같은 눈물을 뚝뚝 떨구며 미역국을 먹던 순간이...

남편은 딸 많은 집안의 장남이다. 그래서 이미 두 딸을 낳은 다음이니 누구 하나 말은 안 했지만 셋째는 부디 아들이길 바랐을 것이다. 지금도 어머니께 감사한 것은 그런 일로 맏며느리에게 어떤 부담도 주지 않으신 거다. 마음으로야 안 바라시는 게 이상한 일이었겠지만 늘 건강만 하면 된다. 딸이 아들보다 낫다고 하시며 내 마음의 짐을 덜어 주셨다. 성별을 결정하는 게 남자 책임이라는 과학적 사실을 아셔서가 아니라, 어머니가 누구보다 그 마음을 아시는 분이셨고, 신앙으로도 그런 마음을 지켜가는 분이셨다.

어쨌거나 나는 생각해보니 골고루도 할 건 다 했으면서 아들은 못 낳은 맏며느리요, 아내였다. 칠거지악이 살아있었던 옛날로 치면 쫓겨날 처지였으나 바야흐로 세상은 변하여 딸이 더 좋다는 세상이 됐다. 어디 가서 딸만 셋이라는 얘길 하면 다들 부러워도 하고, 내 스스로도 비행기에서 못 내려올 팔자(!!) 라고 너스레를 떨게도 된다. 셋째 낳고 미역국 먹으며 눈물 뚝뚝 떨궜다는 얘기는 고리짝 옛날 얘기처럼 여겨지기도 한다. 그렇게 태어난 막내로 말할 것 같으면, 어느 집에선가 들어본 얘기겠지만 우리 집에서도 그렇다. '조렇게 이쁜 걸 안 낳았으면 어쩔 뻔 했냐' 는 얘기 그대로다. 자식은 낳아 놓으면 다 예쁠 수밖에 없는 존재다.

　이렇게 낳을 때는 제각각의 탄생 비화를 남기며 잠시의 고통만 견디면 부모가 될 수 있었다. 문제는 그 다음부터였다. 아이들이 어릴 때는 그런 대로 아이의 기본적인 욕구들만 들어주고 채워주면 크게 문제는 없었다. 내 경우는 아이들이 어렸을 때보다 컸을 때 아이들이랑 부딪치기도 하고 상처도 남겼던 것으로 기억된다. 기억력이 신통치가 않아 세세한 기억들이 많지는 않다. 또 하나, 어른을 모시고 산 세월 동안에는 아이들하고의 기억보다 그 환경 속에서 겪어야 했던 상황들이나 그 속에서 내가 느꼈던 복잡한 마음들에 대한 기억이 앞서 있어서 정작 아이들하고의 세세한 상황들에 대한 기억은 많지가 않다. 세 아이들 초등학생 때부터 대학생 때까지의 긴 세월 동안 내가 아이들에게 뭘 어떻게 해 줬는지에 대한 자세한 기억들을 어디 가서 찾아올까? 이 한 가지는 확실하게 내 가슴을 찌른다.

소극적 경청의 단계

* 하던 일 멈추고 아이를 향하여 앉기(편안한 간격, 각도로)
* 고개 끄덕여 주기
* “응~”, “그랬겠다.” “그랬구나.”로 맞장구 치기

* **"그래서 어떻게 됐니?"** (말문을 여는 대화 정도는 괜찮다)

− '가짜부모 진짜 부모' P67−

이 부분을 읽는 순간 나는 아이들 얘기를 들을 때 이런 자세와 태도로 아이들 얘기에 귀를 기울이고 들어준 적이 거의 없다는 사실이 깨달아졌다. 이런 얘기를 처음으로 접한 건 아니다. 흘려들은 적도 있고, 이론으로는 모르지 않았던 내용이기도 하다. 그렇지만 내가 정서적인 교감을 나누는 분이, 그것도 훌륭한 어머니요, 현직 부모교육 전문가이기도 한 분이 쓰신 책으로 이 내용을 접하게 되니 곧바로 내 지나온 삶에 투영되었다. 저자는 '부모 면허증 따기'의 첫 단계로 의사 소통법을 내걸었다. 그리고 그냥 마음을 기울여 들어만 주어도 아이들하고 마음이 통한다 하였다. 나도 딱 한 가지는 기억이 난다. 둘째가 중학생 때였는데, 하루는 친구 문제로 힘들어해서 서너 시간을 밤늦게까지 들어준 기억이 난다. 그러고 나더니 아이는 좀 편해지는 듯 보여 엄마노릇 제대로 한 흐뭇함을 느꼈었다. 그 외, 잠깐씩 아이들 얘기를 들어준 적이 전혀 없진 않겠으나 책에서 소개하는 정석에 충실한 상태로 들어준 적은 별로 없었던 것 같다. 한두 마디 듣다가 목소리나 높였던 적이 훨씬 많았을 거다.

둘째는 집에서 뭔가 만드는 걸 좋아한다. 빼빼로데이나 발렌타인데

이 같은 날, 초콜릿을 집에서 만들어서 포장까지 해 주는 걸 좋아했는데, 나는 그때마다 제발 그냥 사서 주라고 혼을 냈었다. 나는 가끔씩 내 스스로 헷갈린다. 집에 누군가가 오는 것, 부엌에서 건강에 좋지도 않은 걸 만들겠다고 복잡하게 일 벌이는 것... 같은 상황들을 내가 원래부터 싫어했는지, 오랜 세월 어른을 모시고 살며 수도 없이 드나들던 사람들과, 엄청난 양의 음식 만들기를 겪으며 심한 트라우마로 남게 된 건지, 진심으로 궁금할 때가 있다. 어쨌거나 나는 지금까지도 그 두 가지에 대한 저항감이 심하다. 집에서 아이들이랑 온갖 놀이를 같이 해주고, 음식 만들기도 하는 엄마들을 볼 때마다 나는 혼자서 죄책감 비슷한 걸 느낀다. 그리고 둘째한테 아주 많이 미안한 마음이 든다. 또 그러겠다고 하면 옆에 붙어서서 조수 노릇이라도 해야겠다.

나는 아이들에게 짜증도 많이 부렸던 엄마다. 특히 큰애한테는 그런 엄마 모습이 많이 남아있다는 걸 안다. 환경이 그랬다고 다 나 같지는 않을 것이다. 그런 환경 속에서도 나를 지켜야 한다는 걸 알았다면, 나 먼저 행복해야 아이들에게도 그걸 줄 수 있다는 걸 그때 알았다면 얼마나 좋았을까? 그 모든 것들에 대해 책과 글쓰기로 표현하고, 나누고, 서로를 북돋아 주는, 지금 내 곁에 있는 사람들을 그때도 알았다면 내 삶은 분명 훨씬 좋았을 것이다. 나는 그렇게 나를, 내 삶을, 내 꿈을 대충 방치해두지 않았을 것이다. 그랬다면 셋이나 되는 내 아이들에게도 더 살뜰히 마음을 기울일 여유를 찾아 가질 수 있었을 것이다. 힘들다고만, 매일이 고행 같다고만 하며 하루하루를 마지못해 견디기만 하며 살진 않았을 것이다.

다행히 이제라도 그것들을 알게 됐고, 책과 글쓰기도 붙잡았고, 같은 마음밥을 먹는 사람들을 가까이 두는 행운도 누릴 수 있게 됐다. 그리고 세 아이들도 아직 내 곁에 있다. 책에서도 얘기하듯이, 행복한 엄마의 삶을, 웃음을, 아이들 기억 속에 남겨주고 싶다는 생각을 예전부터 했었다. 내 엄마의 삶으로 내가 웃음을, 행복을 떠올릴 수 있다면 얼마나 좋을까?

나는 그 두 가지를 이제부터라도 잘 가꾸고 챙겨 우리 아이들에게 주고 싶다. 이렇게 허술,부실, 엉터리 에미한테 어쩌자고 셋이나 되는 아이들을 맡기셨냐고, 때로 따져 묻기도 하며 살아온 시간들 또한 내 나름은 안간힘을 다해 달려온 시간들이다. 그것들을 통째로 내팽개쳐 버릴 수는 없다. 언젠가 아이들을 혼내며, '엄마처럼만 살아라, 그만큼만 한번 살아봐라.' 고 소리친 적이 있다. 이런 나도 내 엄마가 산 세월들을 흉내도 못 낸다. 단지 아픔으로 인정할 뿐이다. 아팠어도, 서툴렀어도 엄마의 삶이었다. 부모 면허증을 따는 방법을 이렇게 다 늦게라도 알고 어떻게든 달려들어 보려는 엄마 정도면 그런 대로 괜찮지 않을까? 만회하며 살아갈 날들은 아직 많으니 말이다.

예정된 각본이 남긴 것

"남편은 그 나이에 어울리지 않는 장난으로도 매일 배꼽 빠지게 하고,
신혼부부들이나 하는 닭살스러운 짓들도 새록새록 더 하려 든다.
그럴 때마다 소리 지르고 밀쳐도 내지만, 마음 속으로는 늘 감사합니다...라고 고백하게 된다."

남편이 춤바람이 난 적이 있다. 그냥 집 가까이에 있는 스포츠 댄스반이었고, 특정 인물이랑 뭔 짓을 한 것도 아니니 다소 과한 표현일지는 모르겠다. 그런데도 그 사건은 내 가슴 속에 '내 남편의 춤바람'으로 서늘하게 각인되어 있다.

오래 되지도 않은 어느 해 겨울이었는데, 나는 겨울 동안 할 운동을 찾고 있었다. 그 당시에는 직장에서 가까운 탄천길을 퇴근 후에 한 시간씩 걷는 게 매일 하던 운동이었다. 주말에는 앞산에 오르기도 했는데, 추워지니 둘 다 할 수 없어 헬스장을 다닐까 생각하고 있었다. 나와 남편은 이곳저곳에 있는 문화센터에서 클래식 기타를 같이 배워 왔다. 남편은 지방 근무를 하던 기간에도 퇴근이 빠른 편이라 남아도는

시간들을 여러 가지 취미활동을 하며 보냈었다. 성악도 배우고, 서예도 배우고, 골프도 쳤다. 연천에서 근무할 때는 아가씨 선생님한테 피아노도 배워서 요즘도 그때 배운 노래들을 띵똥대고 치기도 한다. 안동에서 근무할 때는 안동대학 안에 있는 평생교육원에서 골프를 배웠는데, 하루도 안 빠질 뿐 아니라 낮 시간에도 현장에 매여있는 사람은 아니어서 짬짬이 시간 낼 수 있을 때마다 가서 치는 걸 보고 강사가 놀라더란 얘기를 들은 적이 있다. 골프와 헬스를 취미 삼아, 운동 삼아 하던 남편이 어느 날부턴가 스포츠 댄스에 관심을 갖기 시작했다. 지방 근무 때도 배운다고 했고, 나중에는 집 가까이가 아니라 강남까지 일주일에 두 번씩, 꽤 먼 거리를 가서 배운 적도 있다. 춤과 어우러져 춤을 이끌고 가는 왈츠 선율이 그렇게 좋다고 했다. 빠른 템포의 자이브라는 춤을 배울 때는 그 경쾌한 선율과 함께 돌고 뛰는 발랄한 동작들이 너무 좋다고 했다. 그럴 수만 있다면 물찬 제비처럼 날아오르고 싶다고도 했다. 그러면서 지하에 있는 자기 방에서 컴퓨터로 이런저런 장르의 춤들을 구경도 하고 음악도 느껴보고 하는 것 같았다.

남편으로부터 그 문화센터에서 스포츠 댄스반이 개설되었단 얘길 들었다. 그 전 주엔가 다른 문화센터에서 개설한 토요 부부 스포츠 댄스반에 대한 얘길 들었고, 같이 해보자는 남편 얘기에 나는 예전부터 해왔던 얘길 또 했다.

"춤은 육십 넘어서 운동 삼아 하기로 했잖아. 지금은 여러 가지 할 게 너무 많아."라고 얘기한 속내는 이렇다. 나는 그 당시에 집안일로, 바깥일로 바쁜 중에 클래식 기타니, 영어 공부니, 운동이니... 여러 가지 것들을 함께 하고 있을 때였다. 뭣보다 퇴근 후에 기타 연습을 하고, 탄천을 걷고 난 다음, 매일같이 도서관에 가서 책 속에 파묻혀 있을 때여서, 시간이 조금이라도 나면 책이 주는 즐거움에 더 빠지고 싶던 때였다. 그리고 토요일 하루는 정말이지 집에서 편히 퍼져있고 싶었다. 주일 아침은 평소보다 더 빨리 움직여야 하는 날이라 토요일 하루의 느슨함이 그렇게 소중할 수 없었다. 그 얘길 하자 남편은 그거 하나 못 맞춰주냐고 언성을 높였다. 그 일이 있고 난 다음이었다. 그 다음 주엔가 남편이 먼저 가서 등록을 하고 그곳에서 만나기로 했다. 퇴근 후에 문화센터로 가서 3층 스포츠 댄스반 문을 밀쳤더니, 스물 대여섯 가까이 돼 보이는 중년 남녀들이 둥글게 서서 서로 짝을 바꿔가며 경쾌하고 빠른 음악에 맞춰 돌아들가고 있었다. 정신없이 나도 껴들어 어찌어찌 따라하며 한 시간 반 가까운 수업을 끝냈다. 생전 처음 경험하는 춤인데다 템포도 빠르고, 첨 보는 남자들이랑 짝이 되어 돌아가는 춤이라 여러모로 정신이 하나도 없었다. 수업이 끝나고 강사가 남편과 나를 가리키며 부인이라고 소개를 하는데 분위기가 조금 이상했다. 나만 빼고, 남편은 포함된 그들만의 친밀감? 익숙함? 같은 거였다.

'이게 뭐지?' 하고 있는데 남편이 가까이 오더니

"사실은 나 시작한 지 한 달 가까이 됐어." 라고 했다.

정신을 차리고 주변을 다시 둘러보니, 스무 명 가까이는 전부 여자들이었고 남자들은 대여섯 명뿐이었다. 우선 여자들 옷차림부터 눈에 들어왔는데, 강사를 포함한 대부분 여자들의 옷차림이 처음 본 내 눈에는 아주 선정적이었다. 댄스반이니 당연은 하겠지만 평범한 사회생활하면서 그런 옷차림의 여자들을 본다면 민망해서 얼른 눈을 돌리게 될 차림새들이었다. 착 달라붙는 상의에 가슴도 파이고, 역시 달라붙은 하의는 민망하게 앞쪽 Y 라인이 그대로 드러나 보이기도 했다. 치마 또한 달라붙는 스키니에 윗 엉덩이쪽만 살짝 가려서 휘릭 돌 때마다 볼록 솟은 엉덩이 라인이 보일락말락 애간장 끓이게 생긴 차림새거나, 아예 엉덩이 라인이 다 드러나 보이게 착 달라붙은 얇은 댄스복들 차림이라 같은 여자인 내가 봐도 기분이 이상했다. 게다가 리드미컬하고 빠른 동작들이 계속되는 춤이라 자극적이고 선정적으로 느껴지기에 충분했다. 잠깐 스쳐만 봐도 즐거울 텐데 동작들을 배우기 위해서는 그런 옷차림을 한 전체 모습을, 혹은 특정 부위들을 뚫어지게 실컷 바라볼 수 있으니, 생전 남의 여자들 선정적인 신체라인을 슬쩍이든 실컷이든 볼 일 없이 점잖게 살아온 중년 남자 눈에 그런 모습들이 얼마나 신선한 자극이었을지가 짐작되고도 남았다.

그보다 더한 건 자이브라는 춤이 가진 동작들의 밀착도였다. 같이 부둥켜안고 춤을 출 때마다 내게는, 부부나 커플이 아닌 남녀가 같이 추기에는 몹시 부적절하게 느껴지는 춤동작들이었다. 싫지 않은 느낌의 남녀가 살갗을 마구 부딪치며, 허리와 어깨를 감싸안고, 때로는 품 안에 가두어 뺑뺑 돌기도 하면서, 손은 있는 대로 부여잡고 수시로 서로의 숨결까지 느끼며 지속적으로 시간을 보내는데 감정이 쏙 빠지기가 쉬울까? 라는 생각을 하게 되는 춤이었다. 이렇게밖에 묘사할 수 없는 건, 그런 차림의 뭇 여자들과 그런 춤동작을 같이 하며 나 모르게 한 달 가까이나 시간을 보냈을 남편을 향한 꼬이고 꼬인 마누라의 시각이고, 남편 말마따나 건전한 스포츠를 모독하는 건지는 잘 모르겠다. 내 심사가 딱 그런 건 나도 어쩔 수 없는 노릇이다.

"어젯밤에 등록 어쩌고... 얘기할 때 왜 말 안 했어?"

"당신이 진짜 올 줄 몰랐어. 그 시간에는 못 오는 줄 알았고. 괜한 신경 쓰게 하고 싶지 않았어."

남편이 예전부터 스포츠댄스에 대한 순수한 열정을 가져왔고, 남편 얘기처럼 영상으로만 보다가 어떤 건지 궁금해서 혼자 조용히 경험해 보고 말려 했다는 게 거짓말이 아닌 건 나도 안다. 육십 넘어서 하자는 사람을 괜히 성가시게 끌어내고 싶지 않아서 혼자 가본 거고, 가봤더니 여자들도 많고 옷차림들도 선정적이라 마음이 잠시 불편하기도 했을 거다. 다른 남자, 여자랑 밀착해서 추는 춤은 서로 삼갔으면 좋겠다고 했던 내 생각도 났을 테고, 결정적으로 내가 알면 싫어할 거란 것도 신경 쓰였을 것이다. 내가 배신감을 느낀 건 그 대목에서였다. 결혼 전이고 후고, 남편을 알아온 30여 년 세월 동안 아무리 생각해봐도 남편이 내가 싫어할 걸 알면서 그 싫어할 일을 내가 모르는 상태로 했던 적이 없었다. 어디까지나 이건 내 믿음이다. 이 믿음을 벗어난 남편 혼자만의 나 모르는 역사가 남편에게 있는지는 나도 알 길 없다. 그러나 내 기억과 믿음으로는 그런 남편이었기 때문에, 그리고 내가 싫어할 걸 알면서 혼자 말 않고 석 달이나 계속할 생각을 어떻게 할 수가 있었냐는 내 물음에 대답 대신 자꾸 화를 내는 남편으로 인해 나는 그때 많이 슬펐다. 남편은 스포츠 댄스를 모독하지 말라고 했지만, 그건 나한테는 그냥 '다른 여자들과의 은밀한 즐거움을 위해 생전 처음으로 내가 남편한테서 뒤로 밀쳐진 사건'이었다. 한 번도 그렇게 남편한테서 뒤로 밀쳐져 본 적이 없었기 때문에, 내 이런 상처를 보듬어 주기는커녕 남편이 계속 거칠게 화를 냈기 때문에, 나는 그때 가슴 한복판으로 새어드는 찬바람이 너무 시려 시를 세 편이나 쓰면서 그 시간들을 견뎠다. 나는 너무 슬플 때면 늘 시를 썼었다. 그래서 내가 쓴 시들은 다 눅눅하다. 햇살 좋은 날 바싹 내다 말리고 싶은 시들만 적힌 노트 한 권이 어디로 갔나 모르겠다.

"미안해."

"뭐가 미안하다는 거죠?"

"이거 아니어도 충분히 행복한데, 당신을 여전히 사랑하는데, 나 혼자서만 당신 몰래 더 행복해지려한 것..."

영화 '쉘위댄스'에서 은밀한 춤바람을 아내에게 들킨 리차드 기어가 믿어지지 않는 눈으로 쳐다보는 아내에게 한 이 얘기를 언젠가 남편도 내게 할지는 모르겠다. 리차드 기어에게 춤을 향한 순수한 열정 외에 미모의 젊고 매력적인 춤 선생을 향한 설렘이 있었던 것처럼, 아무 짓도 하진 않았으나 남편에게도 아주 살짝 마음을 출렁이게 한 묘령의 낯선 여인이 있었는지도 또한 알 길은 없다. 그러나 그 사건을 겪으면서 나는 한 번도 제대로 생각해 본 적 없던 사실 한 가지를 깨달을 수 있었다. 30여 년 가까이 내가 남편으로부터 순도 100으로 시작된 마음을 넘치게 받아온 것이 당연한 것이 아니요, 앞으로도 당연하게만 흘러갈 수 있는 게 아니라는 걸, 그동안 당연하게만 알고 누려왔던 모든 것들이 누군가에게는 기적과 같이 간절히 바라는 선물 같은 일일 수도 있다는 걸, 이제는 그 당연히 받아오고 누려왔던 것들을 지켜내기도 해야 한다는 걸...

그래서 늘 감사합니다... 라고 속으로 고백하게 된다. 예전 남편으로 금방 돌아온 남편은 그 나이에 어울리지 않는 장난으로도 매일 배꼽 빠지게 하고, 신혼부부들이나 하는 닭살스러운 짓들도 새록새록 더

하려 든다. 그럴 때마다 소리 지르고 밀쳐도 내지만, 마음 속으로는 늘 감사합니다...라고 고백하게 된다. 그것들이 당연하기만 한 것이 아니란 걸 알았기 때문이다. 생각해보면 그걸 알게 하려고 내가 믿는 신이 정한 내 인생의 시나리오 안에 예정되어 있었던 각본인지도 모르겠다. 나는 그리 믿는다. 그리 생각하면 모든 것이 감사하다.

이 시는 그래서 쓴 시는 아니었다. 30여 년을 한결같은 마음을 주어온 사람이 처음으로 내게 준 낯선 상실감을 견딜 수 없어 그걸 견뎌내느라 절로 쓰여진 시지만, 결론적으로 그에게는 선물이 되었을 것이다. 이 시를 받아든 그의 얼굴이 그렇게 얘기하고 있었다. 그가 내게 주어온 지순하고 오래되고 한결같은 마음에다 대면 턱없이 모자란 선물이기는 하다.

애상 4

순도 90이 60쯤 된다고
못 살 일이던가요?
어쩌자고 이 나이에
뭉개진 듯 밀쳐진 듯한
그깟 30 부여잡고

오도가도 못 할 일이라구요?

누가 한낱 사내 마음을 두고

순도씩이나 어쭙잖은 말로

질펀한 눈물빛 반생을 보상받으리

당치도 않은 백일몽을 꿀까요 꾸길?

외줄 타듯 일렁이다가도

저녁놀인 듯 애달프다가도

무디어지고 느슨하여 좋을 나이에

그깟 팽개쳐진 30을 못 놓아

새로 애달플 일이라구요?

순도 100도 주었던

풀잎 같던 사내

빛 바래고 보니 관옥 같던

그 한때의 순정

굽이굽이 길어올려

어지러이 일렁이는 붉은 동요 잠재우리

야무진 꿈을 꾼들

무에 그리 또 허망키만 할라구요

이런들 저런들 구름도 흐르고
누구라 함께 안 흐를 길 가졌다구요?

-2016. 4. 7-

[제 2 장]

다시 용기 낼 수 있기를

다들 주말이면 친정에 가는데 나도 가는 게 당연하다는 생각도
마음 한쪽에서 삐죽 솟아나 있었을 거다.
그 친정은 바로 내가 졸업한 대학의 도서관이었다.

1

포기하지 마라

"그렇게 힘들었어도 나는 다시 공부를 하는 게 정말 좋았고, 그 과제들을
잘 감당해냈다. 있는 힘 다해 낸 용기가 출발이었던, 그 기쁨이 아직도 생생하고 부시다.
포기했다면 오지 않았을 '내 인생 찬란 리스트 1호'는 그렇게 내게로 왔다."

결혼 10년째 되던 해 나는 나를 일으켜 세울 용기를 내
야 했다. 쉽지 않은 결단이었지만 계속 살아내기 위해서는 그렇게 해
야 했다. 결혼 후 2년 동안 시댁에서 여러 사람들과 부대끼며 산 시간
들은, 얼핏 외향적인 듯이 보일 수도 있지만 사실은 혼자 있는 걸 몹시
좋아하고, 혼자서 잘 노는 내 타고난 천성을 날마다 거슬러 사는 일이
라 그렇게 버거웠을 것이다.

일원동과 방이동의 반지하 단칸방을 거쳐 세 번째로 옮겨가게 된
인천의 방 세 개짜리 연립주택은 그야말로 대궐 같았다. 막내까지 태
어나면서 우리는 단칸방 살림이 어려워졌다. 지금도 생각난다. 막내가
태어나자 둘째는 엄마 옆자리를 빼앗기고 아빠 쪽으로 자리를 옮겨서

잤고, 둘째가 옮겨간 자리에서 자던 큰애는 누울 자리가 없어 엄마 발치에다 이불을 옆으로 펴고 누워 엄마 발을 잡고 만지작대다 매일 밤 잠이 들었다. 그 생각이 날 때마다 늘 마음이 짠해온다. 막내가 커가면서 더 이상은 방 한 칸에서 살 수 없기도 했고, 남편 직장도 인천 쪽으로 옮겨가느라 우리는 조그만 방들이 다닥다닥 세 개나 붙어있는 대궐 같은⑾ 연립주택으로 옮겨가게 된 것이다. 이사를 할 때마다 방 얻을 돈이 모자라, 그 당시 한의원을 운영하며 여윳돈이 있었던 시동생 친구로부터 늘 모자라는 돈을 빌려 썼기 때문에 매달 그에 따른 이자가 나갔던 게 지금도 기억난다. 그렇게 대궐 같아 보여서 황홀했던 연립주택도 시간이 흐르면서는 우리 집 옆에 우뚝 서 있던 고층 아파트와 비교가 되기 시작했으니, 인간의 욕심은 끝이 없나보다. 그곳에서 1년인가를 살고 우리는 다시 시댁으로 들어갔다. 결혼해서 어머니를 모시고 일 년 가까이 살던 시동생네가 분가를 한 후 혼자 사시던 어머니를 다시 모시는 일은 누가 말하지 않아도 원래부터 정해져 있던 수순이었다.

자유로움을 맛본 후 다시 예전으로 돌아간 생활은 나한테는 어쩌면 처음보다 더 견디기 힘든 상황이었을 것이다. 특히 주일마다 예배가 끝나고 집으로 향할 때면, 많은 주에는 두세 집 식구들이 몰려와 있을 시댁으로 들어가는 일이 늘 마음으로 버거웠다. 그곳은 여전히 내 집이 아니었고, 시누이들의 친정집이었다. 아가씨나 동서처럼 나는 주말마다, 혹은 한 달에 두어 번씩 친정으로 갈 수도 없었다. 우리 친정은 서울에서 멀리 떨어진 시골이라 누가 그렇게 하라고 한 건 아니지만 식구들이 몰려와 있는 명절에도 못 갔고, 일 년에 한 번 휴가 때나 가을에 감 따러 한 번 더 가는 게 고작이었다. 그런 상황도 내 입장에서는 시집살이를 견디며 살던 때의 어려움 중 하나였을 것이다. 그래서 나도 주말마다 가는 친정을 만들기로 했다. 그 즈음에는 그렇게 몰려드는 여러 식구들에게서 주말마다 놓여나지 않으면 결혼 생활을 계속 이어갈 수 없을 것 같다는 막다른 절박함에 부딪쳐 있었던 것으로 기억된다. 다들 주말이면 친정에 가는데 나도 가는 게 당연하다는 생각도 마음 한쪽에서 삐죽 솟아나 있었을 거다. 그 친정은 바로 내가 졸업한 대학의 도서관이었다. 결혼 후 10년 정도의 시간이 흐르고 나니 나도 집안일로만 썩고 있어서는 안 되겠단 생각도 들기 시작했다. 그러나 그 생각보다는 주말마다 몰려드는 여러 집 식구들에게서 이제는 좀 벗어나고 싶다는 생각이 더 절박한 이유였다. 분가해서 살면서도 한 주도 안 빠지고 어머니를 찾아뵀었고, 당연히 주말이면 모이는 형제들과도 부딪치며 살았다. 그래도 나가 살 때는 주말 하루 왁자하게 치르고 나면 자유로운 내 집으로 돌아가 마음껏 쉴 수 있으니 힘들 게 하나 없었다. 그러나 다시 들어가 살면서는 그렇게 맛본 자유로 인해 더 힘들었던 것 같다. 때로, 같이 살지 않고 주말에만 하루나 반나절 시댁

나들이를 하면서 그걸 힘들다고 하거나 갈등까지 겪는 사람들을 볼 때면 나는 늘 이해가 안 됐었다. 누구나 자신의 경험이 삶의 잣대가 되는 건 어쩔 수 없는 일인가 보다.

이렇다 할 이유도 없이 여러 식구들이 모여 있는 시댁에서 빠져나갈 수는 없었다. 그 즈음에 내가 할 수 있을 만한 일이 마침 눈에 띄었다. '독서지도사'라는 새로운 개념의 아이템이었는데, 그 즈음에 막 선풍적으로 그 개념이 확산되고 있었고, 당연히 교육기관들도 생겨나 있었다. 그 일이라면 어렵지 않게 할 수 있을 것 같았다. 독서는 어렸을 때부터 나랑은 아주 친한 친구처럼 익숙한 일이었고, 글쓰기도 웬만큼은 할 수 있을 것 같았다. 선무당이 사람 잡는다고, 그때만 해도 그런 일이 나 같은 사람을 위해 생겨난 것처럼 느껴졌을 정도였다. 그렇게 해서 나는 역삼동에 있었던 '한우리독서문화운동본부'라는 교육기관에서 독서지도사 자격증 취득을 위한 공부를 시작했다. 매주 한 권의 책을 읽고 주어진 주제에 맞춰 서평이나 감상문을 써내야 했고, 매일 신문의 사설을 읽고 주제를 찾아내고 내용 요약도 했다. 그렇게 과제를 해서 제출하면 강평이라는 형식으로, 제출한 원고마다 평가를 받았다. 물론 비문이나 잘못 쓰인 문법들에 대한 첨삭지도도 같이 받았다. 그 교육은 6개월 과정으로 기억된다. 지금도 아련히 떠오르는 장면이 있다. 역삼역에서 내려 십 분 넘게 뛰다시피 가야 하는 거리에 그 교육기관이 있었는데, 일주일에 두 번(이었던지도 헷갈리지만), 오전 10시에 시작됐던 걸로 기억된다. 집에서 지하철역까지도 10분 넘게 뛰어야 했다. 공부하러 갈 때마다 나는 어머니 도움도 받으며 하나는 학교로, 둘은 유치원으로, 애 셋을 건사해 보내고, 어머니 드실 식사 준비까지 해놓고 나오느라 밥도 굶은 채 죽어라고 뛰는 게 일이었다. 그렇게 뛰어가다 보면 정말 살 빠지는 소리가 들려오는 듯했다. 나이가 들면서 조금만 방심해도 살이 쪄 고민인데 그때 나는 평생 살은 안 찌는 체질인 줄 알았다. 지금 이렇게 자꾸 살이 찌는 이유는 내 팔자가 늘어져서라는 걸 인정하지 않을 수 없다. 그때는 몸으로도, 마음으로도 살이 찔 여유란 게 없었을 거다.

그렇게 힘들어도 나는 다시 공부를 하는 게 정말 좋았다. 세 아이의 엄마로, 다른 중한 이름의 역할로도 바쁜 나날이었지만, 그 과제들을 잘 감당해냈다. 하지만 주말 하루, 낮부터 밤까지의 시간을 투자해야 그 과제를 해낼 수 있었다. 매주 한 권의 책을 읽고 평가를 염두에 둔 서평까지 정해진 매수만큼 써내야 하는 일은 상당한 집중력이 요구되는 과제였기 때문에 자연스럽게 그 과제는 주일마다 가는 학교 도서관에서 해내게 되었다. 그 공부를 통해 나는 주말마다 나도 남들처럼 친정에 간다는 생각으로 학교 도서관으로 향할 수 있었고, 그 시간을 나를 갈고 닦는 일에 쓸 수 있었다. 친정에 하소연하러 가는 일보다 백배나 즐겁고 기쁜 일이었고, 나를 살게 하는 일이었다. 무엇보다 오롯이

나 혼자일 수 있는 시간이 황홀하도록 좋았다. 나는 좀 심하게 혼자 있는 시간을 좋아하고 즐기는 사람이다, 하기야 누군들 아이들 키우며 한 남자의 아내로, 또 다른 여러 이름들로도 살며 오롯이 혼자가 될 수 있는 시간이 안 좋으랴마는 나는 그 시간에 사람들을 만나기보다는 혼자서 하고 싶은 일을 하며 보내는 게 열 배쯤은 더 좋은 사람이다. 그렇게나 좋아하는 혼자만의 시간을 가지기는커녕 정반대되는 상황을 날마다 겪고 사느라 나는 정신적으로 피폐해져 있었고, 더 이상 계속 그 상태로는 견뎌낼 수 없을 것 같은 절박함에도 이르러 있었다.

처음에는 어머니도, 남편도, 다른 바깥식구들도, 며느리가, 아내가. 올케나 형수가, 식구들이 모여 있는 시간에 집을 비우는 상황이 어색하고 불편도 했을 것이다, 그러다가 다들 차츰 적응해갔다. 따님들이 매주 번갈아 친정에 오는 상황에 대해 어머니도 생각하셨을 테고, 그동안 주말에고 다른 때고, 자주 가본 적 없던 친정 나들이 삼아, 일을 위해 공부하러 간다는 며느리 입장에 대해서도 헤아려 주셨던 것으로 안다. 처음에는 여러 입장 사이에서 마음이 잠깐 불편하기도 했겠지만 나중에는 남편도 그러려니 받아들이고 주일 밤마다 내가 공부하고 있는 학교로 나를 데리러 와 주었다. 어느 날은 아이들을 같이 태우고 왔다. 그 시간들도 참 고마운 시간으로 기억된다. 또 하나 기억나는 장면은 그렇게 집으로 돌아와서의 장면이다, 그때만 해도 우리 집에는 침대가 없었다. 여러 식구들이 휩쓸고 간 방마다 이불을 깔기 위해서는 온 집안을 그 늦은 시간에 돌아와 쓸고 닦아야 했다. 하기사 우리 애들만도 셋이다. 한창 안으로 밖으로 뛰어다닐 나이였으니 오죽 했을까? 방만 닦을 수 없는 건 다른 곳들까지 셋이서 뛰어다닌 발로 이불을 밟아대니 온 집안을 다 엎드려 닦아야 했다. 그 당시에는 청소 도구를 사용해 청소를 하던 때가 아니었다. 우리 집만 그랬던지는 모르겠다. 내 기억에는 죽어라 엎드려 닦았던 기억만 남아 있다. 주일 예배를 위해 아침 일찍부터 시작된 하루 일과를 과제한답시고 밤늦게까지 학교 도서관 공부로 마치고 온 상태라 그 걸레질이 꽤 힘들었었나 보다. 어느 날은 현기증으로 뱅뱅 도는데도 제 하고 싶은 일 한다고 나갔다 온 후라 누구에게도 말 못하고 걸레질을 하고 또 했던 기억이 지금도 오래된 흑백필름의 한 장면처럼 싸아하게 떠오른다. 생각해보니 젊은 날에는 늘 앉았다 일어나면 팽팽 돌아서, 뭘 붙잡고서 일어났었던 현기증에 대한 기억이 참 많은데, 언제부터 그 증상이 없어졌나 모르겠다. 아마도 자꾸 살이 찌는 이유랑 같지 않을까 싶기는 하다.

내가 힘들었던 그 장면을 떠올리며 처음으로 내가 집을 비운 시간들을 견뎠을 식구들 생각을 해본다. 아이들이야 할머니도 아빠도 함께 있고, 바깥식구들까지 와 있으니 여러 사촌들이랑 만나 뛰노느라 더 즐겁기도 했겠지만, 세 아이들에, 바깥 여러 자식들까지 해먹이고 건

사하는 일로 어머니한테도 마냥 즐겁기만한 하루는 아니었을 것이다. 남편 또한 처음에는 집을 비운 아내로 인해 눈치도 보이고 편치 않은 시간을 보냈을 거다. 세 아이들 거두는 일에 학교로 데리러 오는 일까지... 하루 편히 쉬어야 하는 날이 남편에게도 고역이었겠다는 생각을 이제사 해본다. 그 모든 시간들을 함께 견딘 결과로 그 다음 상황이 주어졌다는 걸 이제야 알겠다. 늘 여러 피해의식에 빠져 사느라 내 꺼면 기억의 먹물에만 머물러 있었다. 다른 사람까지 돌아볼 마음의 여유가 없었다. 만약 그 상황들이 지금까지 이어지고 있다면 마찬가지일 것이다. 이제라도 돌아볼 수 있어 다행이다. 어머니는 안 계시지만 남편에게라도 그 마음을 뒤늦게 전해야겠다.

그 과정이 끝난 후 한우리 측으로부터 다음과 같은 편지를 받았다. 내세울 것 없이 평범한 삶에 꽤 큰 기쁨이 되었던 글이라 지금껏 보관하고 있는 글이다.

'선생님을 독서 감상문 강평위원(연구원)으로 모시려고 합니다.
다음 조건을 살피시고, 합당하시면 아무쪼록 사양하지 마시고 승낙해 주시기를 기대합니다.'
하는 일은 〈독서 지도사 수강생의 독서 감상문 첨삭 및 강평, 평가〉였다. 내가 수강생이었을 때 내 원고에 몇 줄 쓰여 있던 강평이나, 빨간펜으로 고쳐져 있던 첨삭지도를 내가 어떻게 생각하고 받아들였던 가를 생각하면 꿈만 같은 일이었다. 거기다 우리나라에 독서지도사라는 개념을 처음으로 도입하여 확산시켰고, 교육을 통해 수많은 지도사를 배출했으며, 지금까지 그 원조 교육기관으로서의 맥을 이어오고 있는 교육기관이다. 나중에 함께 모인 동료들의 출신 학교뿐 아니라 여러 면면들을 접하며 내가 어찌어찌 맨 꼬래비 실력으로 뽑혔을 거란 걸 짐작할 수 있었다.

있는 힘 다해 낸 용기가 출발이었던, 그 기쁨이 아직도 생생하고 부시다. 나로 살고 싶었던 용기를 포기했다면 내게 오지 않았을 '내 인생 찬란 리스트 1호'는 그렇게 내게로 왔다. 그 정도가 '내 인생 찬란 리스트'인 내 삶은 참 소박하기도 하다. 시셋말로 '한 소박!' 하고 말고다.

2

인생은 언제나 시작이야

"아이들을 가르치는 일에도 획기적인 도약을 꾀하진 못했지만
이 한 가지는 확실히 남겼다. 내가 살아온 날들의 의미와 가치를, 떠듬대는 독수리 타법으로나마
기록해보는 글쓰기로 그 배움의 시간들이 제 길을 이었다는 것이다."

내 첫 학생들은 교회 지인들이 맡겨 주신 아이들이었다.
초등 고학년 아이들 서너 명을 한 팀으로 묶어 일주일에 두 번씩 집에
서 가르쳤다. 그때는 독서 지도사 과정 공부를 하던 중이었는데, 아무
자격도 없는 사람을 말 한마디에 믿고 맡겨준 그 분들이 새삼 고맙기
만 하다. 특히나 초등 고학년 남매를 처음으로 한꺼번에 맡겨주신, 모
습도 마음도 고우셨던 분의 얼굴이 지금도 눈에 선하다.

아는 만큼만 가르칠 수밖에 없는 것이 세상 이치니 지금 돌아보면
허술하기 짝이 없는 가르침이었다. 처음 시작한 내용은 기본적인 문법
공부와 띄어쓰기, 원고지 쓰는 법 등이 정리되어 있는 교재를 학년에
맞게 골라 그 교재 중심의 수업을 했던 걸로 기억된다. 책 읽기의 재미
와 가치를 누구보다 잘 알고 있었고, 그걸 내 아이들에게나 가르치는

아이들에게 주고 싶은 마음이야 가득했겠지만, 생전 처음으로 수업료를 받고 가르쳐 보는 일이었다. 막연한 감으로만 가르칠 수는 없어 그 단계에서는 시중에 나와 있는 검증된 내용의 교재를 선택할 수밖에 없었다. 내 경험으로는 〈읽는 만큼 쓰게 된다〉가 답이었지만 그걸 아이들에게 구체적으로 어떻게 적용해 결과물을 이끌어낼지를 정확히 아는 단계는 아니었다. 창의력, 호기심, 재미를 아우를 수 있고, 글쓰기까지 이끌어낼 수 있는 수업은 독서 지도사 과정이 끝난 후부터 시작되었다. 한우리에서 자체 프로그램으로 만들어진 독서 글쓰기 과정 단계별 교재가 제공되었고, 수료자들은 그 교재를 중심으로 수업을 할 수 있었다. 물론 독서 교육 프로그램이니 책 읽기가 선행되는 프로그램이었다.

집에서만 가르치다가 우리는 처음으로 내 집을 마련하여 아파트라는 곳에 입주를 하게 되었다. 시댁에서는 꽤 먼 거리에 있는 아파트로 입주하면서, 처음으로 가져보는 내 집에 대한 기쁨보다는 혼자 남겨지는 어머니를 향한 죄스러움으로 불편했던 마음이 먼저 떠오른다. 오래 다니신 교회를 중심으로 사시기도 했고, 그때까지만 해도 혼자 생활하실 만한 건강이 뒷받침되던 때여서 그럴 수 있었던 것 같다. 게다가 오래 살아오신 한옥을 3층짜리 다가구 주택으로 새로 건축한 후라 여러 세대들 관리도 하며 사실 때였다. 죄송한 마음에 그때도 매주 찾아뵈며 맏이 노릇을 형편대로 이어갔다.

독서 글쓰기 지도를 다시 시작한 건 새로 입주한 아파트에서 자체적
으로 만든 〈문화교실〉에서였다. 그 아파트 〈문화교실〉에는 바둑, 과학
교실, 미술반 등이 같이 있었는데, 처음 시작할 때 우리 반은 70명이 조
금 넘을 정도로 많은 아이들이 몰려들어서 반을 나눠 수업을 했던 기억
이 난다. 큰아이가 중학생이 되면서 큰아이 학교에서도 학부모들 중 자
격이 될 만한 학부형들이 〈방과 후 활동 교사〉로 일할 수 있도록 기회를
주었다. 그 당시만 해도 지금 같은 개념의 방과 후 활동이 아니었다. 순
수하게 봉사 개념, 혹은 재능 기부 개념의 활동이었고, 아이들도 지금
처럼 수업료를 지불하지 않았던 걸로 기억된다. 나는 학교 선생님이 어
렸을 적 꿈 중 하나이기도 했고, 새로운 경험과 경력도 될 것 같아 요구
하는 서류들을 준비해 제출했다. 다행히 〈방과 후 논술반〉 교사로 교단
에 서볼 수 있는 기회를 일 년 간 가질 수 있었다. 대학 4학년 초에 서울
북공고로 한 달 간 교생실습 나갔던 이후로 처음 서 보는 교단이었다.

지금 돌아보면 집에서, 문화교실에서, 또 학교에서 선생이랍시고
아이들을 가르쳤던 모든 시간들이 부끄럽고 허술한 시간이었다. 물론
나름대로 계속 공부를 병행해나가긴 했다. 한우리 〈독서글쓰기지도사
과정〉을 거쳐 〈논술심화〉 과정도 수료했고, 연대평생교육원의 〈논술

심화〉 과정뿐 아니라, 국어문화운동본부에서 주관하는 〈문장사〉 자격증 시험에도 도전하여 지금도 그 자격증을 지니고는 있다. 물론 강평 연구위원 활동도 병행했다.

별 것도 아닌 자격증에, 수료증 취득한 과정들을 열거하는 이유는 애 셋 키우며, 바깥일도 하며, 나름대로 흥미를 끄는 공부에도 이끌려 가고 달려갔던 그 당시의 내가 기특해서다. 관심을 끌고, 가슴이 설렐 만한 일이면 지금도 늘 배움에는 기꺼이 열려있는, 공부를 즐거워하는 내가 마음에 들어서다. 배움에는 늘 크든 작든 성장이 뒤따른다. 성장을 멈추면 늙은이가 되고 말 것이다. 성장은 꼭 공부로만 오지 않는다. 무슨 공부를 하든 함께 공부하는 사람들이 별책부록처럼 딸려온다. 제각각의 인생 스토리를 써 온 사람들과의 만남은 나와 달리 산 새롭고 낯선 인생들을 만나는 일이다. 그 만남이 일생토록 이어진다면 비슷한 흥미를 가진 평생 친구들을 얻는 일이기도 하다. 지금까지 살면서 알아온 많은 사람들이 있는데, 그 오랜 인연들과의 만남은 오래된 정으로 이어지며 안정감을 주는 반면, 관심을 가지고 공부했던 여러 과정들에서 만난 공부 친구들은 신선한 자극도 되고, 함께 성장해가는 인생 학교의 친구들이 될 수 있어 또 다른 배움의 길이 된다. 그때 만났던 공부 친구들과는 아쉽게도 만남이 이어지지 않고 있다. 그때만 해도 삶의 여유가 지금처럼 주어지던 때가 아니었다. 그 소중함 또한 놓치고 살 만하게 미숙한 때였다. 그렇게 뛰어다니며 배우고 익혔던 시간들이 내게 그때 당시의 공부 친구들을 남기진 못했다. 아이들을 가르치는 일에도 획기적인 도약을 꾀하진 못했지만 이 한 가지는 확실히 남겼다. 오늘 이렇게 컴퓨터 앞에 앉아 살아온 삶을 더듬어 보며, 내가 살아온 날들의 의미와 가치를 떠듬대는 독수리 타법으로나마 기록해 보는 글쓰기로 그 배움의 시간들이 제 길을 이었다는 것이다. 그 시간들은 또한 내 어릴 적 꿈으로부터 그 길을 이어받았으니, 모름지기 허술하게라도 꿈은 지녀야 하고말고다.

어릴 적부터 나는 어른들로부터 편지를 잘 쓴다는 칭찬을 자주 들었다. 지금도 기억난다. 어버이날 같은 때 내가 써 드린 편지를 읽으며 엄마가 감동에 겨워 눈물을 훔치시던 모습이... 그때는 몰랐다. 내가 셋이나 되는 아이들의 엄마가 되어 아이들이 써 주는 편지나 카드를 읽으며 엄마처럼 코를 훌쩍일 날이 이렇게나 빨리 닥쳐올 줄은... 세월이 화살을 타고 날아간다는 말은 어찌 그리도 딱 맞는 말인지 모르겠다. 그렇더라도 그 화살을 뒤로 돌려 쏴볼 수도 있으니 생각만이라도 다행스럽긴 하다.

책 읽기를 좋아하고 글을 잘 쓴다는 칭찬이 나를 문예반으로 이끌었다. 우리 문예반을 이끌고 밖으로 나가 어여쁜 자연 속에 풀어놓고 글짓기를 시키던 선생님은 참 고우셨다. 지금도 성함이 기억난다. 시집을 가신다고 해서 선생님 집에 놀러간 적도 있었는데, 집이 무슨 대

감님 집처럼 대문이 자꾸 나왔고, 예쁜 꽃들도 피어있었던 기억이 난다. 물론 내 기억이 정확할지는 자신이 없다.

그때 당시는 글쓰기와 글짓기를 구분해서 쓰는 개념도 없었던지 우리는 문예반에서 그냥 다 글짓기라 불렀다. 그래서 교내 글짓기 대회에도 나갔고, 학교를 대표해서 다른 학교에서 개최되는 학교 대항(??) 글짓기 대회에도 나갔었다. 상을 받은 적도 있었고 못 받기도 했지만 어쨌거나 그런 경험들은 내 자존감을 높여주는 경험이기도 했다. 그리고 은연 중 내 자의식 속에 '나는 책 읽기를 좋아하고, 글도 조금은 잘 쓸 수 있는 사람이지! 그러니 나는 나중에 작가가 될 수도 있겠지?' 라는 등식으로 자리잡아 온 것 같다. 그 잠재의식은 오랜 세월의 흐름 속에서도 늘 한구석에서 제 자리를 지키며 어느 때는 조금 묻혀졌다가, 또 어느 때는 조금 더 드러났다를 되풀이하며 결코 없어지지는 않고 내 안에 있어 왔다. 그 꿈에 물을 주고 거름을 조금만 더하면 몸집을 통통 불리기도 했지만, 어찌됐건 그저 막연하기만 하던 꿈이기도 했다.

그때 주말마다 나도 친정을 만들어 나가기로 용기를 쥐어짜내보던 당시의 내 속에도 그 꿈은 한 귀퉁이에서 제 자리를 지키고 있었다. 그런저런 책 읽기와 글쓰기에 대한 자취나 흔적이 내 안에 아무 것도 없었다면 나는 무슨 핑계를 만들어 그 용기를 내볼 수 있었겠는가? 아련하게라도 익숙하고 낯익은 길이 내 안에 나 있었고, 나는 그 길이 던져준 줄 하나를 이어잡은 것이다. 그리고 십여 년 가까운 결혼 생활 속에서 그날이 그날 같았던 시간 속의 나와는 다른 생각을 했고, 다른 선택을 할 수 있었다. 희미하게라도 품어 온 꿈의 흔적들이 내게 손을 내밀어 나를 새로운 길로 이끌었고, 내가 선택한 다른 길 위에 처음으로 설 수 있었다. 그 길은 또한 지금 이 시간의 나로 이어지는 길의 출발점이기도 했다.

〈아라비안나이트 전집〉을 처음 읽던 그 느낌을 무어라 표현해야 할까? '알리바바와 사십 인의 도적'을 읽던 때의 스릴과 흥분은 지금도 생생한데 세세한 내용들은 가물거리도록 오랜 세월이 흘렀다. 또 하나의 잊혀지지 않는 장면이 있다. 한겨울이라 문풍지를 바른 방문의 손잡이로 매달린 동그란 고리 모양의 쇠붙이가 손에 쩍쩍 달라붙을 만큼 추웠던 날이었다. 우리 엄마는 옆에서 손가락에 골무를 끼고 구멍 뚫린 양말들을 깁고 있었고, 난 그 옆에서 뜨끈뜨끈한 아랫목에 배를 깔고 누워 책을 읽고 있었다. 손으로는 연신 튀밥을 한 웅큼씩 입에다 털어넣느라 바빴다. 겨울이면 동네마다 돌아다니며 집집마다 갖다 놓긴 줄이 된 곡식 봉지들을 종일 튀겨주는 튀밥 아저씨가 튀겨 준 튀밥이었다. 그 책도 언니가 보내준 〈세계문학전집〉 중 한 권이었을 텐데 어찌된 일인지 나는 그 책에 대한 기억만 뚜렷하고 다른 책들에 대해서는 아무 기억이 없다. 그 책은 아주 두껍고 넓기도 한 책으로 너무 사이즈가 커서 아래 위로 잘려 페이지마다 이단 구성이 되어 있었다. 그런 구성의 책은 그때 본 이후로 본 기억이 나지 않는다. 그렇게 두껍고 넓기도 해서 완전히 다른 세상으로 빨려들어가듯 푹 빠져 읽을 수 있었던 그 두 권짜리 책의 제목은 바로 '바람과 함께 사라지다' 였다. 그때 재미를 들였던지 나는 '토지'나 '혼불' 같이 푹 빠져서 읽을 수 있는 대하소설들이 좋다. 그때 그 책이 준 말로 못할 재미와 함께, 중학생 때로만 기억되고 몇 학년이었던지는 기억도 못하는 그 겨울밤의 풍경은 내 성장사의 대표 이미지 중 가장 뚜렷한 이미지로 지금도 내 기억 속에 자리잡고 있다. 그 책이 내게 남긴 은밀한 세상은 '아라비안나이트'가 남긴 세상과 이어져 있다. 내가 또 하나의 친정을 만들기로 한 그 날, 온갖 용기를 짜내어 다른 출발을 해보려 도모했을 때도 내 안 어디에선가는 그 두 권의 책이 내게 남긴 세상과, 글짓기의 추억과, 그 이후에 내가 읽어온 책들이 저희끼리 손을 이어잡고 있었을 것이다. 그 일을 생각하면 모든 일의 출발선 풍경에는 그 날만 있을 수 없다는 걸 깨닫게 된다. 그 출발을 도와 온 이전 세상들과 이전 추억들이 속으로는 손을 이어잡고 있어야 한다.

언니한테 전화를 해서 언니가 첫 출발을 시켜줬다고, '아라비안나이트'를 기억하냐고 묻고 고맙다고 얘기했더니 언니는 갑자기 울면서 "고맙습니다, 고맙습니다."를 되풀이했다. 우리는 같이 울면서 책이라는 커다란 세상의 씨앗을 주고받은 그 애틋한 정을 전화선을 타고 흐르는 울음으로 확인했다.

∃

감추고 싶은 인생 실패담

"소싯적 한때는 제법 잘 나갔던 어린 시절도 있었지만, 대학에 진학하면서
내 인생의 흑역사가 시작되었다. 나로부터 떨어져 나가서 발아되다 만 미성숙체인 듯
이질스럽게 서 있는 내 분신, 그 시절의 그 아이는 도대체 누구였을까?"

　　내가 다니던 초등학교는 넓은 들판과 크고 작은 산들에
둘러싸여 있는 작은 시골학교였다. 내 기억에 학년별로 두세 학급씩만
있었던 것 같다. 이것도 숫자라고, 수 바보인 나는 이 정도 숫자에 대
한 기억에도 자신은 없다. 그때도 인원이 그 정도였으니 수십 년이 흐
른 지금은 아예 폐교가 되어 교문이 굳게 잠겨 있다. 그래도 어쩌다 고
향에 갈 때면 옛 추억을 더듬어 예전에는 논둑길, 밭둑길로 오래오래
걸어가던 길을 차로 금세 휘릭 달려가 본다. 폐교가 되기 전에는 들어
가서 넓을 것도 없는 교정 여기저기를 돌아다녀 봤는데 내가 국민학교
를 다니던 때와는 많이 달라져 있어서 마음이 좀 이상하기도 했다.

　　그 당시를 생각하면 몇 가지 장면들이 아련하게 떠오른다. 6년을
매일 같이 다녔는데도 왜 그 정도밖에 기억나는 게 없는지 모르겠다.

나는 그때 당시만 해도 꽤 똘똘했던지 반에서 1등은 도맡아 했던 것 같다. 4학년쯤인가(??)에는 전교 1,2등도 다퉜던 것 같은데 내 착각인지는 알 길이 없다. 혹시 맞나(??) 싶은 생각이 잠깐 들었던 적은, 몇 년 전에 고향 집에서 살고 있는 남동생이 벽장 어딘가에서 굴러다니는 걸 찾았다며 내 4학년 때 성적표를 들고 와서 보여줬을 때였다. 허걱! 그 성적표 어느 란에 내 I.Q가 141로 적혀 있는 거였다. 좀만 보태면 멘사 회원이 될 수 있는 수치였으니 동생도 나도 깜짝 놀라서 호들갑을 떨긴 했다. 그러나 지금의 내 상태나 여태 살아온 내 상태를 보면 그 수치는 도저히 믿을 수 없는 거여서 선생님 실수로 잘못 기록됐거나, 평가 방법에 오류가 있었거나 했을 걸로 짐작은 되지만, 어쨌거나 그때만 해도 지금보다는 상태가 나았던 건 확실하다. 아련하게 기억나는 것 중 하나는 전교생이 모여있는 조회시간 장면이다. 엄청난 숫자가 아니어서도 그럴 수 있었겠지만 그때 당시 우리 학교에서는 전교생이 모인 조회시간에 반별로 월말고사에서 1등한 아이들을 호명해서 앞으로 불러냈었다. 농사일로 바빠 아무도 나한테 공부 참견을 해주는 사람 하나 없었지만, 그런 맛에 나 혼자 공부를 했는지도 모르겠다. "몇 학년 몇 반, 이경연!" 이라고 내 이름이 교장 선생님에 의해 불려지고, 전교생이 지켜보는 가운데 앞으로 뛰어나갈 때의 그 짜릿하던 기분이 지금도 생생하다. 상을 받고 뒤로 돌아서라는 구령에 맞춰 돌아서서 내 자리로 뛰어 들어갈 때 나한테 쏟아지던 무수한 눈길도 황홀했다.

또 하나의 장면은 지금 생각하면 '참, 그건 아니다!' 라는 생각이 절로 드는 장면인데, 정작 그 수혜(??)를 누렸던 사람에게는 달콤한 추억의 하나로 남아있긴 하다. 반별로 1등한 아이들을 앞으로 불러내어 많은 아이들 앞에서 공개적으로 칭찬해줌으로써 당사자에게는 동기부여가 되길, 바라보는 아이들에게도 부러움의 감정을 일으켜 분발하도록 하자는 취지로 그렇게 했을 거라고 짐작은 되지만, 이 두 번째 방법에 대해서는 논란의 여지가 많을 것으로 보인다. 요즘의 교육 현실에서는 도입 자체도 않을 방법이기도 하겠지만... 그렇게 바깥 조회에서 1등의 영광을 누린 아이들은 각자의 반으로 들어와서도 이어지는 또 한 번의 영광을 누렸다. 우리 반만 그렇게 한 건지 어쩐 건지 기억도 안 나지만, 그건 바로 성적순으로 자리를 앉히는 거였다. 내 기억에 1등 자리는 왼쪽 창가 맨 앞 자리였다. 그 자리에 대한 자랑스러움으로도 나 혼자 공부를 했던 동기부여가 되었을 것이다. 그렇지만 내 기억에도 그렇고, 지금의 나를 봐도 그렇고, 나는 평소에 꾸준히 공부를 열심히 하는 아이가 절대 아니었다. 시험 앞두고 하루 이틀 반짝, 벼락치기로 하는 게 다였다. 그러다보니 그 기간에 게으름을 피거나 사정이 생겨 시험공부를 못 하면 바로 성적이 떨어질 수밖에 없었다. 그 현상은 학년이 올라갈수록 심해졌다. 아니, 더 이상 실력이 똑같이 받쳐주질 않았던지 나는 5,6학년이 되면서는 1등 자리를 종종이었는지 혹은 아예였는지, 그렇게 놓쳤던 걸로 기억된다. 어쨌거나 나는 수십 년이 지나 고향 친구들로부터 들어서 기억이 났지만, 전교 어린이 부회장도 했었다 한다. 그때 당시에는 여자는 무조건 '부'였다. 그래서 나는 늘 부반장이었고, 전교 단위로 올라가도 그건 예외가 없었다. 물론 자격으로도 전교 부회장 정도면 분에 넘치는 영광이었다. 그런 자리들 덕이었는지 나는 졸업식에서는 송사, 답사 같은 걸 앞에 나가서 읽은 것 같기도 하고, 내가 졸업할 때는 우리 고향 국회의원상을 받은 기억이 난다.

중학교는 면 내에 하나밖에 없는 곳으로, 여러 국민학교 아이들이 한꺼번에 진학을 했다. 그 면 중심지에 있던 국민학교가 제일 커서 졸업생도 제일 많았고, 내가 졸업한 국민학교가 그 다음이었다. 1학년 초에 우리 반에서 반장, 부반장 투표가 있었는데, 나는 또 부반장에 뽑혔다. 그 이유는 면 소재 국민학교 아이들은 그 학교에서 공부 잘하던 친구를 뽑고, 우리 학교 친구들은 나를 뽑아서 그렇다. 인원수대로 나온 결과였다. 두 학교 말고, 산 너머에도 두어 개 있던 학교에서 온 친구들은 맘 가는 대로 뽑았을 것이다. 이 기억이 나는 맞다고 생각하는데, 누가 아니라고 하면 내 기억이 절대적으로 맞다고 항변할 자신은 없다.

훨씬 넓어진 세계를 만나 더 많은 친구들도 사귀게 되었다. 당연히 다양한 재주를 가진 친구들을 만나게 되고, 공부에서도 실력이 뛰어난 친구들이 많았다. 내가 놀던 세계가 좁은 세계였다는 걸 처음으로 느낄 수 있었다. 우리 학교는 남녀 공학이었고, 같은 공간에 고등학교도 같이 있었다. 달라지고 넓어진 새로운 환경에 적응해가면서 어려움도 있었겠지만, 면 내에 있는 중학교로 진학하면서 가장 설레고 좋았던 건 바로 그 면 내에 만화가게가 있다는 사실이었다. 초등학교 고학년이 되면서 나는 만화에 빠져있었던 것 같다. 그렇게 재미있을 수가 없었다. 잘 때 머리맡에 만화를 수북히 쌓아놓고 자면 세상을 다 가진 듯 배가 불렀다. 아마 자전거로 20분쯤 달려 중학교가 있는 읍내로 가서 빌려왔었을 것이다. 거기밖에 만화가게가 없어서 일부러 가기가 일이었는데, 이제 날마다 학교 갔다 오는 길에 그 곳을 들를 수 있으니 세상 부러울 게 없었다. 만화에 몇 학년 때까지나 빠져 있었는지, 중학교 때는 무슨 책들을 읽었는지... 기억나는 게 많지 않다. '폭풍의 언덕' '제인 에어' '여자의 일생' '닥터 지바고'... 같은, 그 나이에 읽었을 법한 책들 몇 권만 떠오른다. 〈아라비안나이트전집〉을 읽던 때의 기억과 만화에 빠졌던 기억, 그리고 '바람과 함께 사라지다'에 대한 기억은 꽤 뚜렷하다. 어쨌거나 나는 늘 책 읽기를 즐기던 아이였다.

중학교에 진학할 때 육상 장학생으로 들어갔던 기억이 뒤늦게 난다. 나는 국민학교 때 달리기 선수였다. 운동회 때마다 모든 종목을 휩쓸다시피했다. 지금도 눈에 선하다. 운동회 날이면 우리 엄마는 신바람이 나서, 사람들이 모여선 대열에서 앞으로 삐져나와 일등으로 바람처럼 달려오는 막내딸을 향해 무어라 있는 대로 고함을 내지르며, 두 팔도 휘두르며 달려오곤 하셨다. 학교에서 권했는지, 왜 그랬는지는 기억이 안 나지만 어쨌거나 중학교 진학 때는 육상 장학생으로, 고등학교 진학 때는 성적 장학생으로 들어간 기억은 확실하다. 지금 식으로 말하자면, 처음에는 체육 특기생으로 들어갔다가 나중에 아마 언니, 오빠들이 여자가 운동은 해서 뭐하냐며, 공부를 못하는 것도 아닌데 다시 공부 쪽으로 돌리라고 했던 것 같다. 그 당시만 해도 운동이나 딴따라 끼에 대한 인식이 지금과는 많이 다를 때였다.

1차 우물 안 개구리를 벗어나서도 곧잘 적응해갔는지 계속 선두 그룹은 지켰던 것 같다. 어느 때는 직접 원고를 써서 전교생이 모인 조회 시간에 단상에 올라가 의견 발표 같은 걸 한 기억도 난다. 고등학교 진학을 앞둔 상황에 대한 기억도 어렴풋이 난다. 학교 측에서 성적 우수자들을 같은 이름으로 붙어있는 고등학교로 진학시키기 위해 한 사람씩 불러 특전에 대해 얘기해주며 그 고등학교로의 진학을 권했었다. 그 특전이란 것이 장학생이라는 명분과 기숙사 생활이었다. 그때 당시, 우리 기 졸업생들 중에 성적 우수자가 역대 졸업생들 중 가장 많다고 들었는데, 대다수가 외지로 나가지 않고 그 제의에 따랐고, 우리는 학교가 내려다보이는 동네에 농가를 하나 빌려 마련한 기숙사에서 방을 하나씩 배정받아 함께 생활하기 시작했다. 지금도 생각난다. 등교

시간이면 지도 선생님을 따라 논둑길, 밭둑길을 걸어, 내려다보이는 학교를 향해 좀은 으쓱한 마음으로 줄을 지어 걸어가던 등굣길이... 우리는 기분 좋게 학교로 걸어 들어갔겠지만 바라보는 친구들 마음은 달랐을 것이다. 성적순으로 앉던 국민학교 때만큼은 아니었겠지만...

소싯적, 조금 앞서 나가던 때의 얘기들이 길어졌다. 생각나는 대로도 풀어졌지만, 이제부터 펼쳐질 얘기들이 하도 한심하여 심리적으로도 그리 되었을 것이다. 그렇게 A+등급 성적 장학생으로 진학한 고등학교를 졸업할 때는 한 등급씩 떨어지다 못해 마지막 한 학기는 등록금을 처음으로 다 내야 하는 지경에 이르고야 말았다. 그때 너무 부끄럽고 죄송하여 부모님께 직접 말씀드릴 용기가 나지 않아 편지를 드렸던 기억이 난다. 무어라 하실 줄 알았는데 엄마가 처음으로 다 내보는 등록금인데 뭘 그러냐며, 오히려 그동안 안 냈으니 고마웠단 얘기를 해 주셔서 감동했던 기억이 난다. 딱 그때까지였다. 나는 갑자기 너무 넓혀진 세상으로 날아가게 됐다. 우리 학교에서 유일하게 서울에 있는 어느 대학에 원서를 냈고, 그 해가 예비고사가 생기기 바로 전 해였으므로 당연히 본고사를 치렀다. 과외나 학원은 말만 들어봤고, 공부다운 공부 한 번을 제대로 해본 적 없는 무모한 도전의 결과는 당연히 낙방이었다. 이듬해 나는 재수를 거쳐 본고사 없이 예비고사 성적만으로 꽤 여유 점수를 남기고 미아리 고개에 있는 S여대에 들어갔다. 재수였기 때문에 절대 안정권을 택해야 했다.

대학에 들어가서의 정체성의 혼란은 꽤 컸던 것으로 기억된다. 갑자기 내가 놓인 세계가 너무 넓어졌다. 1차 우물 안 개구리 벗어나기와는 비교가 안 될 만큼이었다. 좁디좁은 우물 안의 개구리로 살면서 나름대로 가져왔던 자긍심은 넓디넓은 바닷속에 던져진 돌멩이만큼 쪼그라들었다. 거주지도 시골집을 벗어나 둘째 오빠와 같이 살며 대학에 다녔다. 근데 학교를 자주 빠졌고, 학교에 가서도 도서관에서 책을 읽다 빠져들면 수업을 빠지는 짓도 아무렇지 않게 했다. 아무도 나한테 간섭하는 사람도 없었고, 생전 처음 주어진 자유를 스스로 어떻게 통제하며 제어해나가야 하는지도 몰랐다. 아니, 더 정확하게는 대학 진학에 대한 구체적인 목표와 꿈이 없었다. 정말 그저 막연히 '상아탑의 낭만' 같은 동경으로만 대학을 들어갔다. 공부는 거의 하지 않았고, 많은 시간을 교회에서 보냈다. 그 당시의 나에게 교회 공동체 안, 대학부라는 공간은 제 2의 고향 같은 곳이었다. 집을 떠나와 가족 외에 처음으로 정을 주고받은 사람들이 모여 있는 곳이었고, 또래 청년들끼리 함께 하는 모임과 활동들에도 마음이 끌렸다. 신앙의 수준은 아직 멀때였다. 그 중에서도 출판부 활동에 열심이었고, 일주일에 두세 번은 교회에 가서 시간을 보냈다. 나쁜 짓을 하고 다닌 건 전혀 아니었으나 학생의 신분으로는 방종에 가까웠다. 오죽했으면 가까운 친구 두 명이 약속이나 한 듯 대여섯 장에 이르는 긴긴 편지를 써서 주었다. 좋은 말로 빙빙 돌려썼지만 정신 좀 차리라는 요지였다. '네가 믿는 하나님도 그런 신앙은 원치 않으실 거다.' 란 얘기도 있었다. 그 편지를 읽으며 참 많이 부끄러웠다. 그렇게 기인 편지를 써서 준 친구와는 지금까지도 오랜 우정을 이어가고 있다. 남편 따라 인도와 캐나다로... 오랫동안 외국살이를 한 또 한 친구와는 소식이 끊겼다. 친구도, 그 두 통의 편지도, 찾아봐야겠다.

결정적인 타격은 1학년 말에 기다리고 있었다. 우리는 1학년 때 어문계열로 들어갔다. 2학년 때 과가 나뉘고, 원하는 과에 들어가려면 1학년 때 성적 관리를 해놔야 한다는 걸 가까이 닥치고 나서야 알았다. 어떻게 그렇게까지 무지하고 철딱서니 없을 수가 있었을까? 그건 시작에 불과했다.

국문과 외에는 생각해본 적이 없었다. 국문과를 가려고 어문계열을 들어간 거였다. 여대여서였는지 영문과가 1순위였고, 국문과가 2순위였다. 그때만 해도 과마다 정원이 50명이었던 것으로 기억된다. 일문과, 불문과를 비롯하여 6개 과가 있어서 300명이 어문계열로 뽑혔었다. 국문과엘 들어가려면 100이라는 순위에 들었어야 하는데 나는 택도 없게 1년이란 시간을 보낸 후였다. 그때의 절망감과 수치스러움을 떠올리면 지금도 얼굴이 화끈거린다. 내가 쓴 흑역사지만 도저히 이해

할 수 없다. 어떻게 그렇게까지 어이없이 무지하고 아무 생각없이 살 수가 있었는지...

2학년부터는 더 어이없고 철딱서니 없는 흑역사가 이어진다. 내 인생에서 그럴 수만 있다면 박박 지워내 버리고 싶은 때가 바로 대학시절이다. 그 흑역사의 화룡점정까지 남겼으니 그건 바로 '학사경고' 다. 아무리 생각해봐도, 내게서 떨어져 나가 발아되다 만 미성숙체인 듯 이질스럽게 서 있는 내 분신, 그 시절의 그 아이는 도대체 누구였을까? 내 삶 전체를 통틀어 일어날 모든 실패가 그 시절에 거의 다 일어난 것 같다. 남편에게도, 세 아이들에게도, 대학 4년 동안 부모가 되어 공부시켜 준 오빠한테도 말 못한 흑역사의 정점을 이렇게 만천하에 공개하게 될 날이 올 줄은 몰랐다. 무덤까지 고이 혼자만 아는 비밀로 가져가고 싶었던 이 수치를 이리 파헤치게 되다니! 그러니 인생이란 그저 잘 살고 볼 일이다.

4

다시 일어설 수 있을까?

"일문과에 공부하러 가는 일이 나한테는 곤욕이었다. 날마다 새록새록 나한테는 그곳이 남의 집이었다.
꿔다 논 보릿자루, 딱 그 처지였다. 국문과를 못 가리라고
단 일초도 의심해본 적 없는 내 의식에 일문과는 낯설고 낯선 딴 세상이었다."

영문과는 생각해본 적도 없었다. 당연히 가리라고 생각했던 국문과에서 밀리고 나자 가고 싶은 과가 없어졌다. 그나마 제2외국어로 아주 기초라도 익혔던 건 일어였고, 불어나 중국어, 독일어는 들어본 적도 없었다. 그래서 어쩔 수 없이 내 전공은 일문학과가 되었다. 생각을 한 번이라도 해본 상황이었다면 그렇게까지 황당하진 않았을 것이다. 나는 일단 삼수 생각을 아주 잠깐만 해봤다. 씨알도 안먹힐 생각인 걸 너무 잘 알아서다. '상아탑의 낭만'이 대학진학의 이유였던 주제에 재수도 감지덕지, 삼수는 생각만으로도 말이 안 되는 상황이었다. 그래도 들은 말은 있어서 편입 생각을 잠깐 해본 것도 같다. 그만큼 국문과 아닌 다른 과는 생각조차 해보지 않은 일이었다. 국문과는 내게 그냥 본능 같은 선택이었다. 국문과로 진학해서 뭘 어떻

게 해보겠다는 구체적인 목표나 계획이 있었던 게 아니라, 늘 내게 너무나 익숙한 것들이었던 책과 글쓰기에 가장 가까이 있는 과가 국문과였으므로 그 선택은 나한테는 일고의 여지도 없는 거였다. 그리고 어렸을 때부터 막연히 꿈꿔왔던 '작가'라는 꿈과도 어찌어찌 연결될 수 있겠지... 정도의 무의식의 작용은 있었을 것이다. 혹은 꿈 목록 2호였던 '선생님'이 된다면 그 과목은 당연히 국어 과목일 거라는 막연한 생각도 작용했을지 모른다. 다시 이렇게 돌아보니 모든 게 다 막연했고, 구체적이고 뚜렷한 이유나 목표라는 건 도대체가 없었다.

'시대가 그래도 되는 시대긴 했다'고 말하면 누구한테 얻어맞을지는 모르겠다. 지금 시대야 여자들도 졸업 후 취업이 너무나 당연하고 절실한 과제가 됐지만, 내가 대학을 다닐 때만 해도 여자들이 그렇게 취업에 목매던 시대가 아니었다. 취업은 해도 그만, 안 해도 그만인 때였다. 물론 그때 당시 대학 졸업을 앞뒀던 모든 여자들의 의식을 획일화하는 건 아니다. 지금보다는 그런 의식이 느슨하던 때였고, 남자들도 사랑하는 여자를 평생 배필로 맞으며 '마~ 직장 때려쳐 뿌고 집에서 살림이나 조신하게 해라. 내가 벌어먹일 끼고마!'라고 호기롭게 말해 버릴 수도 있었던 때였다. 속된 얘기로 '좋은 대학 나와서 시집 잘 가면 된다'는 얘기를 공공연히 듣기도 하던 때였으니, 격세지감은 이런 때 쓰라고 있는 말이지 싶다.

이 얘기에 바로 반박할 내 친구들 얼굴도 떠오른다. 그 친구들은 지금 평생직장인 교사가 되어 있기도 하고, 나 같지 않게 보낸 시간들이 마련해준 자리와 자신만의 일을 잡아서 누리고 있다. 나는 그 모든 것들을 내다보지도 못했고, 당장 눈앞에 닥친 곤경에서도 빠져나오거나 극복해갈 시도는커녕 더 깊이 빠져들어 허우적대기만 했다.

일문과에 공부하러 가는 일이 나한테는 날마다의 곤욕이었다. 날마다 새록새록 나한테는 그곳이 남의 집이었다. 꿔다 논 보릿자루, 딱 그 처지였다. 국문과를 못 가리라고 단 일 초도 의심해본 적 없는 내 의식에 일문과는 낯설고 낯선 딴 세상이었다. 내 마음은 조금도 열리지를 않고, 그 황당한 상황을 밀쳐내기에 급급했다. 그러면서 점차 수업을 빼먹기 시작했다. 원래부터도 잘 빼먹던 수업을 더 빠지기 시작했다. 1학년 때 교양과목으로 호기심에 선택해봤던 교양 불어 과목은 수업을 거의 안 들어가서 F학점을 받았다. 기억도 안 나는 무슨 과목인가도 그렇게 맨날 빠지고 공부다운 공부를 해본 적이 없어서 그 유명한 쌍권총을 차게 되고, 결국은 학사 경고를 받기에 이른 것이다. 솔직한 고백을 하자면 나는 그때 당시에 그렇게 학교를 다니고, 학점 관리도 안 하면 학사 경고라는 걸 받는지조차도 몰랐던 것 같다. 대학이라는 문화를 한 번도 접해본 적 없었고, 내 주위에서 대학을 다니는 사람을 본 적도 없었다. 내 바로 위 오빠는 서울에 있는 대학을 다니다 그때 당시 군복무 중이었고, 그 위 언니 오빠들은 졸업한 지 오래 됐거나 직장생활을 하고 있었기 때문에 나한테 있어서의 대학은 미지의 세계였고, 실제로도 구경 한 번 가본 적 없던 신천지였다. 한마디로 어리버리 맹하기가 짝이 없었던 시골뜨기였다. 우리 고향 쪽에서 내가 서울로 대학을 오던 그때 이전까지, 여자가 서울로 대학을 간 예가 없었다고 들은 것 같다. 남자 포함인지는 잘 모르겠다. 뻥 조금 보태면 출세했다고 장난삼아 말할 수도 있는 경우였을지도 모른다. 정말 좁다랗고 정겨운 우물 안이었다.

그 좁은 우물 안 개구리였을 적에 나름대로 지녀온 자긍심은 꽤 여러 해 지속된 제 나름의 뿌리를 가졌던 터라 대학 시절 내내 나는 '정체성의 혼란'이란 걸 혼자서 심하게 겪었다. 나름대로 늘 선망의 대상쪽 가까이에 있었는데 아무도 날 알아봐 주는 사람도 없었고, 대학 생활은 이렇게 하는 거라며 이끌어 주는 사람도 없이 나는 내 멋대로 지독한 마이웨이로 빠져들었다. 그런데 교회를 가면 그 마음들을 위로받을 수 있었다. 신앙 자체로도 위로받았고, 익숙해지고 정들 수밖에 없는 사람들로부터도 위로를 얻을 수 있었다. 그게 좋고 편하니 나는 시간 나는 대로 그곳에서 시간을 보냈을 것이다.

정말 공부는 안 하며 대학 시절을 보냈다. 주로 도서관에서 책을 읽었고, 수업에 들어가도 수업 준비를 해간 적이 없으니 지목을 당하거나 질문을 당할까봐 편치 않은 마음으로 수업시간을 보냈다. 전공으로는 졸업 후의 계획이 아무 것도 세워지지 않았다. 전공 공부는 제쳐두고 2학년 봄 축제 때는 학교 가요제에 출전했다. 예선에서 그 당시 한창 유행하고 있었던 유심초의 〈사랑이여〉를 불러서 본선에 진출했다. 나는 어렸을 때부터 노래를 잘 부르는 아이로 뽑혀서 오락시간 같은 때는 앞에 불려나가 노래를 자주 불렀었다. 소풍을 가서도 여러 사람들 앞에서 노래 부르는 건 맡아 놓고 자주 했다. 중학교 땐가 언제는 팔에 깁스를 한 채 앞으로 불려나가 1회 대학가요제 대상곡이었던 샌드페블즈의 〈나 어떡해〉를 불러서 우리 학교에 유행시켰던 기억이 난다. 내 기억에는 그렇다.

본선 출전 규정은 창작곡 한 곡에 팝송 한 곡을 부르는 거였다. 나는 고향에서 살 때 때때로 만들어 둔 노래가 몇 곡 있었다. 피아노니 기타니... 하는 악기 같은 건 학교에서 보는 풍금이나 피아노가 다일 때라 내가 노래를 만드는 방법은 순 자연 그대로였다. 그냥 어느 날인가 나도 모르게 입에서 흘러나오는 노랫말과 곡조를 한 소절씩 여러 번 불러, 한 소절이 익혀지면 그 다음 소절을 이어붙이는 식으로 계속 이어가는 방법이다. 혹시 잊어버릴까봐 무한반복을 해야 했다. 녹음기 같은 것도 없었으니 그 방법밖에는 없었다. 그렇게 만들어진 노래 중 한 곡을 운사(UNSA)라는 서클의 음대 선배가 악보로 옮겨줬다. 빈 강의실에서 내가 한 소절을 부르면 옆에 앉아서 바로 오선지로 옮겨 적었다. 그게 그렇게 신기할 수 없었다. 지금은 남편이 내가 녹음해서 보내준 노래를 들으며 기타로 쳐보면서 옮겨준다. 자기가 만든 많은 노래들은 잘도 옮겨서 피아노로, 기타로도 치고 부르는 막내는 절대 안 옮겨준다.

그 선배가 피아노 반주도 해줘서 내가 만든 창작곡은 잘 불렀다. 문제는 사나흘 만에 급히 배운 팝송이었다. 'Wednesday's Child'라는 곡이었는데 그 노래도 그 운사의 선배가 가르쳐 줬었다. 나는 시골에서 자라 팝송은 잘 들어보질 못했다. 물론 라디오로 찾아 듣는 친구들도 있긴 했다. 듣기도 부르기도 익숙지 않은 걸 며칠 동안 급하게 배워 무대에 섰더니 갑자기 머리가 하얘지면서 가사가 생각이 나질 않았다. 그렇게 한참 멍하니 서 있다가 격려의 박수를 받고 다시 불렀다. 그래서 떨어졌다고 생각하고 싶긴 했다. 맞을 수도 있고 아닐 수도 있지만, 어쨌거나 나는 공부 대신 다른 길로 내 앞날을 그려보는 때가 종종 있었다. 그래봤댔자 그조차도 여전히 막연하기만 했다.

3학년은 어떻게 보냈는지 이렇다 할 기억도 없다. 그저 그런 날들을 흘려보냈을 것이다. 상아탑의 낭만(?)이라도 배불리 챙길 일이지 뭘 했나 모르겠다. 졸업반이 되자 마음이 급해졌다. 봄에는 서울북공고로 교생실습을 나갔다. 부모님을 대신하여 대학 공부 시켜준 오빠는 내가 졸업하면 선생님이 될 줄 알았을 것이다. 교생실습까지 나갔으니 더 그리 믿고 있다가 나중에 그게 아니란 걸 알고 많이 실망하던 오빠 모습이 생각난다. 많이 미안했지만 내 마음 속에는 엉뚱한 꿈이 피어오르고 있었다. 그 꿈은 누구한테 쉬 말을 꺼내 밝히기는 좀 그런 꿈이었다. 나는 대학가요제에 나갈 준비를 하고 있었다. 그때까지만 해도 나는 내가 노래를 꽤 잘하는 줄 알았다. 교회에서도 이런저런 행사 때에 특송을 할 때가 종종 있었고, 어렸을 때부터 들어왔던 얘기들이 제대로 된 검증도 거치지 않은 채 내 마음 속에 그대로 들어있기도 해서 그런 꿈을 꿨을 것이다. 어차피 전공 공부는 진즉에 뒤로 밀쳐져 있었다. 한 번도 전공을 가지고 뭐든 해볼 생각은 꿈에라도 해본 적이 없었다. 해봐도 될 준비 자체가 되어 있질 않았으니 너무나 당연한 일이었다.

지금도 생각난다. 제7회 대학가요제 대상 수상곡 〈그대 떠난 빈들에 서서〉를 만들고 불렀던 서강대 노래패 〈에밀레〉의 리더 K씨를 만나고 온 후 며칠 간을 도서관에서 수업도 안 들어가고 붕 뜬 기분으로 앉아있던 날들! 나는 그때 이미 상상 속에서는 대학가요제 본선 무대에 올라가 있었다. 내 진로는 이미 정해져 있었다. 노래하는 삶을 살리라! 평생!

무슨 용기와 근거로 그리 마음을 정하고 며칠을 붕 떠 있었나 모르겠다. 대학 4년의 공부로 쓴 흑역사 따위는 다 묻혀버릴 것 같았다. 그 길을 향해 나는 일어설 뿐 아니라 날아라도 갈 수 있을 것 같았다. 황홀하기까지 했다. 그 길 외에는 졸업 후의 어떤 진로도 그때 당시에는 생각하지 않았다. 말하자면 꽤 진지하게 노래로 사는 삶을 꿈꿨단 얘기다. 그리고 내가 할 수 있는 한의 준비도 해나갔다. 지금 돌아보면 허술하기 짝이 없는 준비였지만 그때는 그렇게 할 능력밖에 안 되는 나였다.

나비야 풀잎 끝만 날지마
바닷빛 하늘을 보자
봄아씨 웃음 웃는 꽃그늘
꽃그늘 그늘마다 향기야
그 향기 담아서 하늘 오르렴
바닷빛으로 널 부르니
내 하늘아 너를 바라
우리 시 되어 오르련다

목 길어지도록 너를 닮으리
목마름빛으로 살리
긴 세월 입맞춤에
바닷빛 닮은 하늘아

간주

수줍은 내 계절아
이제는 갈망으로
하늘 배움짓 하리
아이들 웃음 닮아
아이들 웃음 닮아

제목도 잊어버린 학교 가요제 본선 진출 창작곡을 다시 불러본다. 나는 그때 이렇게 때 묻지 않은 감성만큼, 딱 그만큼이나 서툴기도 그지없었던 어리버리 그 자체였다. 다른 꿈으로 일어서 볼 꿈이라도 화려찬란히 꿔 봤으니 여한은 없다.

5

내 꿈은 어디에?

"무모하게 출전한 대학가요제에서는 예선에서 낙방했다.
그러나 그 노래는 내 푸르던 청춘의 상징 같은 것이었다. 무모하고 순수하게 용감했고 서툴고 치기
가득했던 청춘의 흔적들은 그 자체로 오롯이 아름답고 부시다. 낙방이면 어떠랴?"

대학 가요제에 나가려면 곡을 받아야 했다. 내가 만든 곡을 가지고 나가기에는 얼토당토 않게 큰 무대다. 씨알도 안 먹히지 싶었다. 일단은 〈옥슨 82〉가 공연을 하는 건국대학교로 갔다. 친구들과 같이 간 걸로 기억된다. 곡을 받을 수 있는 방법을 찾아보는 하나의 방편으로도 갔고, TV로만 보던 대학가요제 출신 학교 스타들의 공연을 직접 보면서 여러 모로 느껴보고 싶어서도 갔다. 자세한 기억은 나지 않지만 그것이 시작이 되긴 했다. 그 다음으로 내가 입수한 소식은 제 7회 MBC 대학가요제에서 대상을 받았던 서강대 노래패 〈에밀레〉의 공연 소식이었다. 그때도 친구들과 같이 가서 구경을 했는데, 그때 리더 K씨를 만났었는지는 기억이 안 난다. 공연에 대한 기억도 〈에밀레〉 멤버들이 생각보다 많았던 기억 정도고, 직접 보는 공연이 신기했던

기억만 난다. 역시나 신통치 않은 기억력이다.

그 다음 장면에 대한 기억은 제법 선명하다. 아마도 내 인생사에서 밋밋함의 영역을 벗어난 한 장면이어서 그럴 거다. 나 혼자 기타를 둘러메고 간 걸로 기억되니 친구들과 함께 몰려간 공연 날은 아니었을 거다. 서강대로 가서 〈에밀레〉 써클룸을 찾았고, 리더인 K씨를 찾았더니 어딘가에서 그분이 써클룸으로 왔다.(지금은 동아리라는 이름으로 불리는데, 그 당시에는 써클이란 표현이 공공연히 쓰였었다) 나는 그분이 만들고 직접 부른 제7회 대학 가요제 대상곡 〈그대 떠난 빈 들에 서서〉라는 노래가 참 좋았다. 그 노래를 이끌고 가는 리더 K씨의 울림이 좋은 중저음 목소리에도 끌렸다. 그리고 공연을 통해서 그분이 직접 만든 노래들이 아주 많다는 것도 알았다. 나는 그날 그분한테 내 상황을 설명하고 나한테 맞을 만한 곡을 받고 싶단 얘길 하러 찾아간 거였다.

TV에서 멀리서만 봤던 K씨는 직접 보니 얼굴이 약간 타 있었고, 여드름도 조금 나 있었다. 당대 최고의 화제인 TV 프로에서 직접 만든 노래를 멋지게 부르기까지 해 대상까지나 받은 대단한 실력자를 직접 만나보고 있다는 사실이 무척 신기했다. 내 얘기를 들은 그분은 나한테 노래를 하나 불러보라고 했던 것 같다. 기타를 둘러메고 갔으니 당연히 신통치도 않은 실력으로 반주를 하며 준비해간 노래를 불렀을 것이다. 아무리 준비성이 부족한 나라고 해도 설마 그런 상황이면 뭐라도 하나 준비해가는 게 최소한의 상식이라 짐작해볼 뿐, 구체적인 상황은 기억이 안 난다.

그 다음 장면은 기억이 뚜렷하다. 내 목소리에 잘 어울릴 것 같다며 노사연의 〈돌고 돌아가는 길〉을 불러보라고 했다. 그때는 시기적으로 아니었지만, 나는 노사연 씨가 제2회 대학 대학가요제에서 〈돌고 돌아가는 길〉로 금상을 수상한 후 본격적인 가수 활동을 하며 부른 노래들을 대부분 다 좋아하는 사람이다. 나는 소프라노 음색보다는 앨토 음색을 좋아하고, 성가대에서도 내 파트인 앨토 파트가 좋다. 너무 드러나지 않고, 소프라노를 받쳐 주면서도 자기만의 멋스런 음역대를 지켜가며 전체 화음을 잘 살려내는 역할로서의 앨토도 참 좋다. 할 수만 있다면 내 인생에서의 내 자리와 역할도 그랬으면 참 좋겠다.

가수 노사연의 노래들은 음역대가 나랑 잘 맞아서 어쩌다 노래방에 가면 익숙한 레퍼토리들로 자주 부르게 된다. 〈이 마음 다시 여기에〉〈님 그림자〉〈우리에겐〉 같은 노래들을 참 많이 불렀고, 젊었을 때는 음역대가 편안했었다. 당시엔 잘 부른다는 얘기도 꽤 들었었는데, 요즘은 음역대부터가 좀 버겁다. 〈돌고 돌아가는 길〉은 듣기는 참 좋아했는데 제대로 불러 볼 생각은 아예 해보지 않은 노래였다. 나는 빠른 템포의 노래들은 나랑 잘 안 맞는다고 생각했고, 실제로도 소화하기 버거운 건 사실이다. 그때 그 노래를 불렀는지, 잘 못 부르겠다고 했는지는 정확히 기억나지 않지만, 결론이 중요했다! 내 음색이 독특

해서 어필이 될 목소리라고 했고, 나한테 맞는 노래를 직접 만들어 주겠다고 했다. 그때 또 들은 얘기는 대학가요제가 7회를 넘긴 때여서 초기 때의 순수함이 좀 바래져 약간의 상업성도 가미된 곡이어야 할 거라고 했고, 그런 시류까지 생각해 곡을 써 주겠다고 했다. 대상을 받은 이후에 여기저기 매체들로부터 러브콜이 쏟아졌지만 응하지 않고 있다고 해서 그 점도 대단해 보였다. 내가 간절히 원하는 바에서 멀찍이 물러나 있는 여유가 별세계 같아 보였을 것이다.

그 얘기들을 듣고 와서 나는 며칠을 붕 떠 있었다. 발이 땅에 닿고는 있었지만 왠지 현실 세계에서 붕 떠 있는 느낌으로 멍~ 해 있었던 그 상태에 대한 기억이 지금도 생생하다. 수업도 대충 빼먹었고, 주로 도서관에서 책도 읽다말다 하며 그 상태 속에 있었던 것 같다. 다른 사람도 아닌, 바로 앞 대학가요제 대상 수상자가 나를 위해서, 내 음역대에 맞는, 그것도 그때 당시의 시류까지 헤아려 거기에 맞는 곡을 직접 써 주겠다고 한 거다! 직접 곡을 써 줬으니 지도도 해줄 건 당연한 일로 생각되었고, 그래서 세상을 다 가진 기분이었다. 나는 생각으로는 이미 본선 무대에 올라가 있었고, 그 이후에 상상도 할 수 없는 일들이 내 앞에 밀려들지 모른다고... 성마른 김칫국을 있는 대로 마셔대고 있었다.
딱 며칠 간의 일장춘몽이었다. 전화 한 통화로 내 모든 꿈은 산산이 부서져 내렸고, 나는 그 또한 현실감이 들지 않았다. 어떻게 갑자기 그 모든 찬란하던 것들이 거짓말처럼 사라질 수가 있을까? 사정이 그렇게 된 연유에 대해 전화로 들으며 충분히 그럴 수 있겠다고 이해했다. 본인의 의사가 아니라 외부적인 관계 속에서의 상황이었다. 그 전화를 받은 후 나한테 나타난 첫 번째 현상은 내 입에서 노래의 '노' 자도 꺼내기 싫다는 거였다. 그냥 땅으로 꺼져 들어가는 느낌이었고, 온 몸에서 맥이 좌악 빠졌다. 물론 그 분은 진심으로 미안해하면서 내가 곡을 받을 수 있을 만한 다른 분을 소개해주셨고, 그쪽 분께 연락도 해주셨다. 하지만 나만을 위한 맞춤곡을 얻을 수 있었던, 황금과도 같던 기회를 놓쳐버린 아쉬움과 좌절감은 컸다. 그렇다고 맥을 놓고 마냥 있을 수는 없었다. 졸업 후의 진로를 노래로 정한 이상 그 다음 상황으로 나아가야 했다.

소개받은 그 분은 우리 집에서 아주 먼 화곡동 쪽 어느 성당에서 신부님이 되기 위한 과정 중에 있는 분이었다. 그 분 역시 대학가요제에서 은상을 수상하신 분인데, 몇 회에서 수상하고, 어떤 노래였는지는 정확하게 기억이 안 난다. 그 분도 직접 만든 많은 노래들을 가지고 있었고, 그 중 몇 곡을 감사하게 받아서 왔다. 두 사람은 곡의 느낌이나 노래하는 스타일이 많이 달랐다. 언뜻 느껴지기에는 〈트윈폴리오〉의 송창식, 윤형주 비슷했다. 처음 분은 음색이 굵고 남성미가 느껴지는

데 반해 다른 분은 섬세하고 약간 가는 음색이었다.

가져온 곡들 중 기억나는 두 곡은 '노을은 가고 사랑만 남아 내 가슴 아프게 하네...' 로 시작되는 노래이고, 또 한 곡은

'바다는 온 몸으로 시를 읊는 나의 선생님...' 으로 시작되는 노래다. 두 곡 다 혼자서 연습을 같이 하다가 나중에 두 번째 노래로 결정해 정동 MBC 문화방송국에 악보를 갖다낸 기억이 얼마 전 같이 아련하다.

연습은 지금 생각해봐도 순 엉터리였다. 혼자서 빈 강의실에 기타 하나 둘러메고, 녹음기 하나 들고 들어가 안에서 문을 잠그고는 되고 말고 몇 번 불러보는 게 다였다. 엉성한 기타 실력으로 반주하면서 여러 번 불러보다, 맨 나중에는 교수님이 쓰는 마이크에 대고 불러 녹음을 해서 들어보기도 했다. 그때만 해도 그렇게 빈 강의실에서 그런 짓을 몰래 해도 괜찮았나 보다. 어느 때는 우리 학교까지 가기 귀찮으면 우리 집에서 가까운 남의 학교에 가서 똑같은 짓을 했다. 그래도 괜찮았나 보다. 지금도 그런 짓을 해도 되는지 언제 한 번 가서 해보고 싶기도 하다. 내가 그런 짓을 하고 있는 건 집안 식구 누구에게도 말하지 않았고, 가까운 친구들에게만 밝힌 비밀이었다.

혼자서 노래 몇 번씩 불러보는 연습을 하고서 나는 친구들을 이끌고 정동 MBC 문화방송국으로 예선을 치르러 갔다. 엄청 큰 홀에 전국 각지에서 몰려든 청춘들이 꽉 들어차 있었다. 예선 방법은 미리 낸 악

보로 누군가 피아노 반주를 해준 것 같고, 한 사람씩 무대에 올라 한 소절 정도 부르면 누군가 박수를 쳐서 노래를 멈추게 했고, 그러면 허무하기 짝이 없게도 그깟 한 소절만 부르고 무대에서 내려와야 했다. 그럴 거면 끝까지 다 부르며 연습하지 말고 앞쪽 한 소절만 죽어라 연습할 걸! 싶은 마음이 절로 들었다. 물론 그룹사운드팀들은 자기들 반주로 노래를 불렀던 것 같고, 개중에는 듣기에 별로 같은데 더 오래 부르게 두는 경우도 있었다. 어디까지나 딱 한 소절 부르고 쫓겨 내려온 억하심정에서 나온 생각일수는 있다. 어쨌거나 저쨌거나 결론은 또 낙방이었다. 내 보기에 그런 식의 예선은 달걀로 바위치기 같아 보였다. 수백 명은 돼보이던 청춘들이 다 예선 출전자들은 아니라 하더라도 그 숱한 무리들 중 본선 무대에 서는 팀은 스무 팀도 안 됐던 것으로 알고 있다. 그렇게 한두 소절 듣고서 어떻게 정확한 평가를 할 수 있을까? 노래 한 곡의 진행이 얼마나 변화무쌍하고 드라마틱할 수 있는데? 중간 부분, 뒷부분에서 클라이막스도 있을 수 있고, 깜짝 놀랄 반전도 펼쳐질 수 있는데! 나로서는 통 짐작할 수 없는 평가 방식이었다. 나중에 내가 제출하고 부른 노래를 다시 한번 살펴보면서, 앞서의 K씨 얘기가 정확하다면 내가 제출한 노래는 어쩌면 악보 심사에서부터 밀려났을 거란 생각이 들었다. 정신 차려 살펴보니 그 노래는 순수 그 자체인 노래였다. 내가 예선 무대란 곳에 올라 노래 한 소절이라도 불러봤던 그때는 초기 대학가요제가 아니었다.

바다는 온 몸으로 시를 읊는 나의 선생님

때로는 높게 때로는 낮게

어느 날은 거칠게 어느 날은 부드럽게

음음음 내가 알아듣지 못해도 멈추지 않고 시를 읊는

푸른 목소리의 선생님

바다는 온 몸으로 그림을 그리는 나의 선생님

때로는 푸른 빛 때로는 남빛

어느 날은 검푸른 빛 어느 날은 회색빛

....

썰물 때의 바닷가에서

내가 바치는 바닷빛 기도는

혼자서 가만히 당신을 부르는 것

바람 속에 조용히 웃어 보는 것

바다를 떠나서도 바다처럼 살겠다고

약속하는 것 약속하는 것

가운데 부분은 아무리 이으려 해도 기억이 나지 않는다. 건너 뛴 세월이 너무 길었다. 어찌어찌 생각나는 부분만 불러서 녹음해 보냈더니 남편이 악보로 옮겨 주어 미완성곡으로 되살아난 나의 대학가요제 출전곡 〈바다〉! 사실은 제목도 생각나지 않는, 내 푸르던 청춘의 상징 같은 노래! 무모하고 순수하게 용감했던 내 청춘의 한 페이지를 불러내는 노래, 그리고 한때 내 꿈의 전부였던 노래로 사는 삶, 꿈을 품었고, 내달렸고, 부딪침의 파편들이 생생했던... 서툴고 치기 가득했던 청춘의 흔적들은 그 자체로 오롯이 아름답고 부시다. 낙방이면 어떠랴? 그 일로 나는 평생 남편으로부터 '대학가요제 출신'이란 찬사(!!)를 받으며 산다.

남 다 하는 그깟 공부보다 열 배 차별화된 추억이라나 뭐라나? 하며 자랑스러워까지 하니, 그저 콩깍지 낀 사람들끼리 만나 저 잘난 맛에 사는 세상인 건 백 번 맞는 소리 같다. 그나저나 그 찬란했던 내 한때의 꿈은 지금 어디로 갔을까?

~흘러흘러 세월 가듯 내 푸름도 한때인 걸 돌더라도 가야겠네 내 꿈 찾아 가야겠네~

6

없던 뿌리 내리기

"어려운 사람들에게 인정이 많으셨던 아버지도, 쉴 틈 없이 부지런하게 일만 하셨던
엄마도 책이라는 정신적 유산은 자식에게 남겨주지 못하셨다. 그래서 내 아이들에게 만큼은
정신적 뿌리 없는 유산을 대물림하지 않으려고 한다."

　　나는 농촌에서 나고 자랐다. 우리 집은 농사일이 많았
고, 엄마는 농사일로 늘 바빴다. 자라면서 내가 들은 말 중에는, 옛날
에 우리 집이 아주 부자여서 외부에서 우리 동네 쪽으로 들어올 때는
사방팔방으로 우리 집 땅을 밟지 않으면 들어올 수 없었다는 말이 있
었던 것 같다. 내 기억에 없는 할아버지 대에서는 집안에 많을 때는 네
다섯 명씩 세경을 받는 머슴을 두고 그 많은 농사일을 거뒀다고 했다.
아버지가 그 방식대로 물려받아 초기에는 그렇게 계속 농사일이 일꾼
들에 의해 지어졌다고 하는데, 나는 아마 그때에는 태어나지 않은 때
였던지 내 기억에는 그런 그림에 대한 기억은 거의 없다. 내가 기억하
는 우리 집의 옛날 그림 속에는 그 많은 농사일을 주도해서 하는 사람
은 엄마였고, 내 기억에 남아있는 아버지의 모습은 한량이셨다. 엄마

가 일꾼들 데리고 일하시는 논둑, 밭둑길을, 바쁜 엄마가 손질해놓은 모시 적삼 하얗게 차려 입으신 아버지가 휘이휘이 거닐고 다니시는 그림이 내 머릿속에 들어 있다. 내가 그 그림을 창작하여 간직하고 있을 리는 없고 자라는 과정에서 보았던지, 들었던지 했을 것이다. 어쨌거나 우리 아버지가 전형적인 농부의 모습으로 농사일에 전념하고 있는 모습의 그림은 내 기억에 전혀 남아있지 않다. 전체적이고 부분적인 모든 농사일의 일머리를 처음부터 끝까지 세세히 알아서 주도해가는 일은 평생 엄마가 하신 일이었다. 아버지는 그 일들의 부분부분을 지시하거나 거들거나 구경만 하셨던 걸로 내 기억에는 남아있다. 그나마 건성건성 거드는 시늉이라도 하신 건 뒤늦게 무슨 깨달음에라도 이르셨던 건지, 나이가 좀 드셨던 때로 기억된다. 내 기억력에 자신은 없는지라 일부 오류가 있을 수는 있다. 어쨌거나 아버지는 부리거나 호령하거나 누리며 한평생을 사신 분이라, 우리 동네 일대에서는 우리 아버지를 두고 이런 말이 예전에 있었다고 한다.

'이승만이 팔자할래? 이○○ 팔자할래?'

그런 말이 회자될 정도로 아버지가 평생을 사실 수 있었던 건 순전히 엄마의 희생이 있어서였다. 결혼 전에는 할머니의 떠받듦이 있었을 것이다. 아버지는 장남이셨고, 그 장남을 어떻게 떠받들어만 키우셨을지는 다음의 일화 하나로 어렵지 않게 짐작할 수 있다.

아버지가 어렸을 때, 도시락을 싸서 학교에 보내면 아버지는 학교는 안 가고 남들 공부할 시간에 도시락만 까먹고 나무 밑에 드러누워 잠만 자다 집으로 돌아왔다고 한다. 한두 번의 상황 같지는 않다. 부모가 계셨으니 통제하려고는 했겠지만 계속됐으니 그만큼 떠받들려서 키워진 게 아닐까 짐작해보는 것이다. 그리고 그건 엄마에게로 이어졌다. 나는 어느 때는 엄마가 아버지 삶의 부속품 같다는 느낌도 들었었다. 그 정도로 아버지는 절대적인 권력을 누리고 사셨다. 엄마는 아버지 입의 혀 같은 존재로 사셨고, 나는 그런 엄마가 늘 안쓰럽고 안됐어 보였다.

내가 어릴 때만 해도 우리 동네에는 자루 메고 동네마다 돌아다니는 거지들이 많았다. 한 손에 쇠붙이로 된 의족을 낀 사람들도 종종 있어서 무서웠던 기억이 난다. 아버지는 그런 사람들을 다 집으로 불러들였다. 언니 얘기에 의하면 아버지가 드시던 굴비 남은 건 언니, 오빠들한테도 안 주고 다음 끼니에 아버지 상에 한 번 더 놓을 요량으로 남겨 두었다고 했다. 그런데 그걸 감춰두고 불러들인 사람들 상에 놔 주지 않았다고 아버지가 밥상을 엎은 적도 있다고 했다. 인심 좋으시고 인정 많으셨던 할머니와 아버지 모자는 늘 불러들여 '밥 멕여 보내라.' 는 말 한 마디로 인심만 쓰시면 됐고, 뒷감당은 늘 엄마 몫이었다. 오죽하면 우리 집에는 해마다 가을이면 동냥자루를 맨 외팔이 거지 할머니 한 분이 찾아드셔서 겨울을 나고야 길을 떠났다고 한다. 그렇게 오래 머물러 있었던지는 언니 얘기로 새로 알게 된 사실이지만, 내 기억에도 어렴풋이 남아있다. 그 할머니는 거지치고는 아주 깔끔한 편이었고, 얼굴도 곱상하셨다. 우리 집에 있으면서 엄마를 도와 불도 때고 집안일도 거들던 기억이 난다. 나는 친척 할머니로 생각했었던 것 같다.

그렇게 정 많으신 할머니의 맏아들이셨던 아버지는 그 유전자대로 밖에 있는 사람들에게는 있는 대로 인심을 베푸셨다. 그러나 엄마에게는 그 수혜가 돌아가지 않았다. 정작 집안에서는 어려서부터 누려온 삶의 방식 그대로 당신의 권리를 넘치게 누리고만 사셨으니 거기에 내 아버지와 우리 엄마 남편으로서의 아버지 삶이 남긴 안타까움이 있다. 우리 아버지가 제대로 배우셨다면, 책을 읽으셨다면 평생을 그렇게 사셨을까? 책이 주는 가치를 알게 되면서 나는 내 아버지의 삶을 자식의 눈으로 되돌아볼 때마다 그 생각을 하게 된다. 그 시대에 책을 읽기란 쉬운 일은 아니었을 것이다. 마땅히 해야 할 공부도 그렇게 하신 아버지가 책을 읽었을 리는 만무할 것이다. 바깥사람들에게는 늘 인심 좋은 아버지셨으나 평생 함께 사신 엄마에게는 온갖 편안함과 권리를 누리며 사신 절대적 제왕이요, 그것이 가능하도록 희생으로 견뎌내야 할 존재셨던 걸로 내 기억에는 남아있다. 배움의 이성과 책의 지혜를 잡으셨다면 그리 살 수는 없었을 것이다.

당신이 제대로 된 배움도 습득 못하셨고, 책과도 거리가 먼 삶을 사셨으니 자식들에게 그런 배움의 영역을 정신의 유산으로 남겼을 리는 만무하다. 엄마도 참 총명했었다는 얘기만 들었지, 우리 엄마가 어떤 어린 시절을 보냈는지에 대해 구체적으로 물어본 적도, 궁금해 해본 적도 없었다. 우리 엄마라는 존재는 자식인 내게는 어린 시절이란 게 있지도 않은, 처음부터 끝까지 그냥 내 엄마였던 존재였다. 이제야 처음으로 우리 엄마는 어떤 어린 시절을 보냈을까, 생각해본다. 아마 아주 영리한 학생이었을 것이다. 부지런하고 샘도 많아 다른 사람 논보다, 밭보다 더 잘 가꾸지 않으면 맘이 편치 않은 분이셨다. 나는 유감스럽게도 그런 엄마를 닮지 않고 천하태평에다, 급할 것도 없고, 모든 세세하고 힘든 일들은 남편이 알아서 다 해주겠거니... 하며 사는 모습이 아버지를 참 많이 닮은 자식이다. 대신 아버지 큰 키도 닮아서 클 때만 해도 항상 맨 뒷줄에서 놀던 꺽다리였었다.

모습이나 성격은 유전자로 인해 부모나 자식의 의지와 상관없이 대물림된다. 나도 셋이나 되는 아이들에게 물려주고 싶지 않은 내 모습이 참 많지만, 내 의지와 상관없이 더 물려받은 아이, 덜 물려받은 아이, 아빠 유전자와 섞여 반반씩만 물려받은 아이... 다 제각각이다. 나 또한 엄마 바지런함을 닮았으면 얼마나 좋았을까? 라는 생각도 해보지만, 때로는 내 널널한 성격이 좋기도 하다. 유전자는 어쩔 수 없다.

책이나 배움과 관련하여 나는 내 부모로부터 영향을 받은 기억이 없다. 한 번도 글 읽는 모습을 보여준 적도 없었고, 나한테 공부 열심히 해라, 책 많이 읽어라, 라는 말을 하신 적도 없었다. 바쁜 농사일에 그런 참견을 할 여유도 없으셨을 것이다. 제대로 된 내 첫 독서의 기억으로 남아있는 책은 서울에서 직장을 다니던 언니가 보내 준 〈아라비안나이트 전집〉이었다. 그때는 초등학교 3, 4학년 정도로 기억된다. 정말 흥미로웠고, 신비로웠고, 이질스럽기도 한 느낌으로 남아있는 그 책들이 내게 준 재미는 말로 다 못할 정도였다. 내가 초등학교를 다니던 때만 해도 우리 집은 아궁이에 불을 때서 밥을 하던 시절이었다. 끼니 때마다 나는 엄마를 도와 밥솥, 국솥에 불을 때는 일을 해야 했다. 내가 불을 때면 엄마는 나물도 무치고 다른 반찬들도 만드셨다. 때로는 읽다 만 책이 너무 궁금해서 불을 때면서 책을 읽다가 엄마한테 혼나기도 했다. 그렇게 책 읽기의 재미를 내게 알게 해준 언니가 없었다면 나는 지금처럼 책을 즐기는 삶을 살지 못 했을지도 모른다. 그 이전에 빠져서 읽었던 순정만화들은 어디서 어떻게 구해서 읽었던 건지 전혀 기억이 안 난다. 다만 읍내 말고는 빌려 올 데가 없었으므로 거기서 빌려다 봤겠거니 짐작할 뿐이다. 어쨌거나 나는 숱한 순정만화에 빠져서 주인공 얼굴을 따라 그린 공책도 많았었다. 그러다가 자연스럽게 동화책으로 그 재미가 옮겨갔으므로 우리 아이들이 어릴 때 만화책을 읽는 걸 편하게 됐었다.

책이 주는 재미와 가치에 대해 알게 되면서 나도 내 아이들에게 '책' 이라는 큰 세상을 알게 해주고 싶었다. 아무리 자신이 책을 읽지 않는 사람이라 하더라도 자식에게는 책을 읽히고 싶은 것이 부모된 마음일 것이다. 나 또한 아이들이 어렸을 때 이런저런 노력을 많이 했었다. 특히 큰 아이가 어렸을 때는 참 많이 읽어 주었고, 대학 입시 때 논술시험을 치른 후에 엄마가 책 좋아하는 아이로 키워 줘서 쓰기에 도움이 많이 되었다는 얘기를 아이가 하여 흐뭇했던 기억이 난다. 어렸을 때는 책을 많이 읽었는데 지금은 잘 안 읽는 아이도 있어서 늘 안타까운 마음으로 책 읽자는 얘기를 하게 된다. 얼마 전에는 그 얘기까지 했다.

"OO아, 책 읽으란 얘기는 엄마가 나중에 니들한테 남길 유언이야. 그 유언 지금 당겨서 할게. 꼭 기억해." 라고.

예전부터 늘 해왔던 얘기는 "책이 너희들 삶의 질을 결정해. 엄마가 확실하게 얘기할 수 있어."란 얘기였다. 그 삶의 질이란 것이 잘 먹고 잘 사는 질을 의미하는 게 아니란 것쯤은 아이들도 알 것이다. 나는 한 때 그런 생각도 한 적 있다. 책을 읽는 사람과 그렇지 않은 사람은 눈빛도 다를 거라고... 물론 지극히 내 개인적인 느낌이고 생각이다. 속에 그런 생각이 들어있는 나는 누구네 집이든 가서 집안에 책이 안 보이면 괜히 그 집 사람들은 정서적으로 메말라 있을 거란 생각이 들고, 혼자 좀 안타까운 생각도 든다.

내 부모의 삶을 돌아보면서, 물질적인 풍요, 어려운 사람들을 향한 아버지의 인정스러움, 잠시도 쉬지 않고 부지런히 일하셨던 엄마의 성실한 삶, 슬기... 들이 떠오르지만, 배움과 책이라는 깊고 큰 세계로부터는 어떤 정신의 유산도, 뿌리도, 자식에게 남겨주지 못한 삶이었다는 생각이 든다. 나는 책이라는 깊고 큰 세계로부터 길어올린 정신의 유산이 빠진 삶을 내 자식들에게 대물림하고 싶지 않다. 없던 뿌리였으나 운 좋게도 책이라는 놀라운 세상의 씨앗을 내게 심어 준 언니로 인해 어찌어찌 홀로 이어온 가느다란 줄기 하나일지라도 내 아이들에게 이어주고 싶다. 책을 읽으라고, 책이 삶의 질을 바꿀 것이라고 노래 부르며 사는 엄마의 삶이 아이들에게 어떤 모습으로 기억되고 남겨질지를, 그래서 종종 생각하게 된다. 그 '삶의 질'이란 것이 내가 읽은 책들로 인해 어떻게 내 인생에 적용되고 녹아들었는지를 아이들에게 증명해보여야 한다는 생각과도 다름없다. 뒤돌아보면 지금까지 내가 주로 읽어온 책들은 인생사 스토리가 녹아든 책들이었다. 자기 계발서는 별로 읽지 않았다. 나는 늘 남들 인생사 엿보고 들여다보는 게 재미있었다. 그래서 영화도, 드라마도 재미있다. 그런 책들만 주로 읽어왔지만 내가 읽은 책들은 내 눈빛에까지 영향을 미쳤으리라고 나는 믿는다. 혹은 나만의 분위기, 나만의 느낌을 지녀오는 데도 내가 읽은 책들은 무관하지 않다고 나는 믿는다. 책을 읽어보면 그게 무슨 소린지 알게 될 거라고, '지금의 너와 많은 책들을 읽은 후의 너는 매력의 깊이가 다를 것'이라고 내 아이들에게 몇 번이라도 더 얘기해주고 싶다. 내면을 더 깊고 넓게, 단단하고도 유연하게 할 거란 것까지 저희들이 알아가길 간절히 바란다. 이 얘기를 하기 위해서도 나는 이 글을 쓰기 시작했다. 어쩌면 이 얘기가 다일 수도 있다.

단 한 사람을 위한 용기

"저희들을 향한 엄마의 사랑이 이만큼이라고 증명해보이고 싶다.
아무도 읽어주지 않아도 단 한 사람, 때로는 저희를 그렇게 키워놓고 잔소리만 해대는 엄마를 향해
마음을 닫아걸기도 하는 내 아이를 위해 나는 이 글을 써낼 것이다."

내 오랜 친구에게는 아들이 하나 있다. 어느 부모나 자식이 부모의 좋은 면만을 타고 나길 바라는 마음이야 간절하겠지만 그 반대인 경우도 많은 듯하다. 그 친구 또한 그런 속상함을 자주 털어놓는다. 그 아들이 유감스럽게도 자신과 남편이 부디 안 닮길 바라는 면만 잘도 골라서 닮았다는 거다. 특히나 자신이 싫어하는 자신의 모습을 그대로 골라서 닮은 아들을 볼 때마다 자신을 보는 듯해서 그렇게 싫을 수가 없단다.

내 친구는 심한 야행성이라 야밤에 재방되는 무슨 시리즈물 드라마엔가 빠져서 밤을 새우며 보는 걸 좋아하고, 식구들 다 잘 때 혼자 거실에 앉아 영화를 볼 때도 많고, 어느 때는 게임을 하다가 빠져서 늦게까지 잠을 안 자기도 하는 친구다. 게임은 구경 한 번 해본 적 없지만

나도 오래 전에 '에덴의 동쪽'이라는 드라마에 빠져서 하필 오밤중에 하는 재방송을 보느라 잠을 안 자 가며 본 적이 있었다. 어느 날은 둘째 친구가 우리 집에서 자고 갔는데, 그날도 그 다음 얘기가 너무 궁금해 안 볼 수가 없었다. 다 자는 밤에 껌껌한 거실에 혼자 앉아 드라마에 빠져 있었으니 우리 애들은 그렇다치고, 하루 묵어간 둘째 친구가 뭐라 생각했을지 지금 돌아봐도 참 맘에 안 드는 시간들이다. 직장 다닐 때는 휴일 앞둔 저녁 같은 때, 읽던 책이 재밌으면 밤을 꼬박 새워서 읽고서 아침에 식구들 빵 먹게 하고 오전 내 자는 게 그렇게 좋을 수가 없었다. 사실 그런 일탈은 어른 모시고 사는 동안 정말이지 아주 많이 해보고 싶던 짓이기는 했다.

얼마 전에도 친구의 오랜 하소연을 들었다. 늦둥이로 자란 귀한 아들이 밤마다 잠을 안 잔다는 거다. 게임을 하는지 뭘 하는지 밤새 불이 켜져 있고, 아침에 들여다보면 씻지도 않고 불은 있는 대로 켜놓고 자고 있다고 했다. 밤을 새우다시피했으니 오전 내 자고 오후가 훨씬 지나야 하루 일과가 시작된다며, 어느 때는 밥을 먹은 후 엎드려 뒹굴다 또 자는 날도 많아 속이 뒤집힌다고 했다. 그런 모습을 볼 때마다 생각 없이 본능 따라 살며 아들에게 자기가 끼친 여러 모습들을 그대로 보는 듯해 괴롭기 그지없다고 했다. 휴학 중이라 날마다 그런 모습을 봐야하는 심정을 토로하는 친구 얘기를 들으며, 나라고 듣기만 할 수 있으면 얼마나 좋을까?

친구가 무엇보다 걱정하는 점은 그렇게 낮밤을 바꿔 사는 아들이 늘 무기력하고 의욕이 없다는 점이다. 밝고 건강한 누나에 비해 자주 아프고 비실대기도 한단다. 무엇보다 가장 큰 고민거리는 엄마가 걱정이 돼서 하는 얘기들을 다소곳이 받아들이지를 않고, 늘 말하는 투가 엄마가 뭘 아냐는 둥, 자기가 알아서 할 거라는 둥 하며 부모 얘기를 다 퉁겨내버린다는 거다. 그럴 때마다 울화도 치밀고 걱정도 되어 닫혀있는 아이 방문 보며 한숨 내쉬는 게 일이라고 했다. 참 자식이 뭔지 집집마다 부모들은 도를 닦아야 하나보다. '운 좋게 내 경우는 아닌' 얘기가 아니어서 우리는 자식을 통해 잘못 끼친 내 모습을 확인하는 벌을 쓰겁게 나누곤 한다.

〈한국미라클모닝〉을 창설하여 이끌고 있고, 아침습관 컨설턴트로도 활발히 활동 중인 엄남미 작가의 '톡톡 튀는 아내의 비밀톡'이란 책을 읽으며 눈을 떼지 못한 구절들이 있었다. 얼마나 가슴을 쳤는지 모른다. 그리고 말할 수 없이 대단해 보였다. 나로서는 꿈도 꿀 수 없는 일을 일상으로 해내고 있는 사람에 대한 외경에 가까운 마음이었다.

.......새로운 삶을 살고 싶어 대학 다닐 때에도 새벽 일찍 일어났다.

아침 일찍 도서관으로 향해 아무도 없는 빈 책상에서 조용히 공부했다. 새벽 종소리를 듣고 5시마다 깨며 부지런했던 어린 시절의 습관이 도움이 되었다. 아침 일찍 도서관으로 향하는 삶을 3년 6개월 하다 자연스럽게 조기졸업을 했다...... 일찍 자고 일찍 일어나는 삶을 반복하는 삶은 건강에도 도움이 되었다......

이 부분을 읽으며 내 엉망진창 망둥이 뛰듯했던 대학 시절이 떠올랐고, 늘 늦게 자고 늦게 일어나 아침마다 허둥대며 지각을 일삼던, 내 오래되고 못된 습관이 떠올라 쥐구멍에라도 숨고 싶은 심정이었다.

......아침 일찍 일어나는 것이 습관이 된 나는 약속시간을 아주 중요하게 생각한다. 아주 중요한 약속은 항상 1시간이나 30분 일찍 가서 기다린다. 그것이 성공 요인이다..... '자신감과 일찍 약속 장소에 도착하는 습관이 새로운 삶의 중요한 열쇠였구나'를 깨달았다. 세익스피어는 "세 시간 먼저 도착하는 것이 일 분 늦는 것보다 낫다."고 말했다. 나는 약속 시간을 아주 중요하게 생각한다......

이 부분을 읽으면서는 이 책을 나 닮아서 허둥대며 뛰쳐나가길 잘하는 내 아이에게 읽히고 싶다는 생각이 간절했다. 그러면서 드는 생각은 '나부터 고치자!' 였다. 나는 이 나이가 되도록 약속 시간에 종종 늦기도 하고, 30분 일찍은 커녕 5분, 10분만 일찍 가도 아주 잘 가는 거다. 늘 마음은 원이로되 오래도 데리고 살아온 나쁜 습관은 내게서 떨어져 나가는 일이 애통키만 한가 보다. 내가 초등학교를 다닐 때의 말도 안 되는 한 장면이 떠오른다. 때로는 나는 이 기억이 잘못된 건가, 싶기도 하다. 학교까지는 논둑, 밭둑길을 걸어 삼사십 분을 가야 하는데, 어느 땐가부터 우리 동네 아이들을 한꺼번에 다 모아 줄을 세워 인솔해오라는 임무가 나한테 떨어졌다. 아침마다 온 동네 아이들이 우리 집으로 우르르 몰려들어 난리법석을 떨었는데, 늘 아이들이 다 와서 나를 기다렸다. 미리 준비를 해서 기다리지 못하고 아이들이 준비 다 못한 나를 주로 기다렸다. 인솔자로서의 자격이 전혀 없는 내가 막대기까지 하나 집어들고 아이들을 줄을 세워 이끌고 간 웃기지도 않는 그림 하나가 내 오래된 기억 속에 흐릿하게 남아있다. 그 너른 들판을 마구 뛰어서 제멋대로 제각각 가는 게 너무도 자연스럽거늘, 그 시절에는 말도 안 되는 일들이 아무렇지도 않게 행해진 것 같다. 그때부터 이어진 질기고 질긴 습관이다. 늘 부끄럽고, 너무나 고치고 싶다.

약속 시간에 삼십 분 일찍 가 기다리면서 책을 읽고 있으면 얼마나 행복할까?

부디 일찍 자고 일찍 일어나서 하루를 길~게 늘여 살면 얼마나 좋을까?

이 두 가지는 늘 마음으로만 바라는 원이고, 여태까지도 잘 되지 않는 내 오래된 고질병이다. 그걸 그대로 따라하는 아이를 볼 때마다 나를 보는 듯이 얼굴이 화끈거려질 때도 있다. 그래서 늘 나부터 고치자! 라는 생각을 한다. 그나마 많이 고쳐져 약속 시간에 겨우 맞춰가거나 5분, 10분 일찍 가거나, 종종 늦거나... 한다. 일찍 자기도 조금 나아져 잠자는 시간이 한 시간 정도쯤 당겨졌다. 대단한 일 하는 것도 아니면서 습관적으로 새벽 두 시 전후로 자는 게 일이었다. 그것도 안 자고 싶어하면서 잤다. 그러니 아침에는 늘 비몽사몽이다. 나는 늘 아침 일찍 일어나는 것보다 밤 새우는 게 훨씬 쉽고 좋은 사람이다. 작년 6월까지 다닌 직장 생활에서도 매일 퇴근 후에 갔던 도서관에서 책에 빠져있다 집으로 돌아가는 시간은 아쉽고 아쉬운 시간이었다. 늘 시계를 보면서 5분만 더, 10분만 더... 하다가 급기야 책이 너무 재밌는 날은 남편한테, 신간교재가 나와서 내일까지 다 보고가야 해서 도서관 문 닫는 시간까지 있어야 한다고... 거짓부렁 메시지를 보내놓고 12시 문 닫을 때까지 있다 온 적도 종종 있었다. 그럴 때마다 '아~ 밤 새웠으면 좋겠다!' 는 생각을 매일같이 하곤 했었다.

이런 걸 체질이라고 하는지는 모르겠다. 나는 확실히 밤 시간대에 의식이 초롱해진다. 내 아이도 그래 보인다. 집에서 나갈 때도 여유있게 나가기보다는 밥도 못 먹고 호닥대며 나갈 때가 많다. 내 아이를 통해서 나를 본다. 고치고 싶고, 싫은 내 모습을 어찌 그리도 똑같이 따라하는지! 어느 때는 감사기도도 드리게 된다. '저 아이를 통해서 잘못 살아온 제 모습을 들여다보라고 제게 주시는 거울이군요...'라는 고백이 절로 나온다. 친구랑도 그 얘길 하게 된다.

자기계발서를 읽게 되면서, 그 책들을 써낸 사람들을 블로그 이웃으로 만나게 되면서, 구체적인 자극을 받게 된다. 그들이 자신들의 삶을 책과 글쓰기를 통해 단단히 세워가는 일상의 민낯을 내보일 때마다 신선한 자극으로 내 삶을 돌아보게 된다. 조금은 막연하게 느껴왔던 문제들이 구체적인 것들로 드러나고, 반드시 바꿔가야 할 과제로도 다가온다. 그 중 가장 큰 과제가 내가 내 아이들에게 잘못 끼친 것들을 나 먼저 바로잡고 고쳐야 할 것으로 다가온다. 물론 지금도 그런 모습들이 눈앞에서 여러 번 보이면 참고 참았다가 엄마표 잔소리로 몇 마디 튀어나온다. 그렇지만 늘 마음속으로는 '나부터 하자!'를 외치게 된다. 그래서 조금씩 나아지고 있다. 하루아침에 무쪽 잘려나가듯 그 오래된 습관들이 잘려나가진 않는다. 나는 그렇게나 소원을 하면서도 그 못된 습관들을 무쪽 잘라내듯 하루아침에 뚝 잘라내 버리는 거 하나를 못 해내는 의지박약의 부끄러운 엄마다. 그것밖에 안 되는 엄마여서 나는 이제라도 해내고 싶다. 부끄러움은 지나간다.

재미로만, 또 정신의 양식을 위해서만 읽어온 책들이 지금까지의 내 내면을 만들어 왔다면, 다른 분야의 책들을 통해서도 내 삶의 다른 면들이 새롭게 만들어지고, 세워져 갈 수 있다는 걸 아이들 앞에 보이고 싶다. 이제는 제발 그만 데리고 살고 싶은 내 모습을 특히 더 많이 끼친 아이를 위해 꼭 그렇게 하고 싶다. 내가 잘못 끼친 것들로 인해 잘못 살고 있는 아이의 모습을 볼 때마다 이 마음은 더 간절해진다. 내가 글을 쓰는 이유 중 가장 간절한 이유다. 늘 책을 읽으라고 했던 엄마가 그 책으로 어떤 일을 해내는지를 내 아이들에게 보여주고 싶다. 그 책이 엄마의 오래된 꿈나무에 어떤 열매를 매다는지를 보여주고 싶다. 이 글을 써가면서 나 먼저 고치자고 했던 것들 또한 해낼 것이다. 못된 것들 더 많이 끼쳐주느라 혹여 덜 준 사랑이 있다면 이것으로 가득 채워주고 싶다. 저희들을 향한 엄마의 사랑이 이만큼이라고, 그 마음이 엄마를 이렇게 움직였다고 증명해보이고 싶다. 아무도 읽어주지 않는 글이 될지라도 단 한 사람, 때로는 저희를 그렇게 키워놓고, 잔소리만 해대는 엄마를 향해 마음을 닫아걸기도 하는 내 아이를 위해 나는 이 글을 끝까지 써낼 것이다. 자식만큼 큰 스승이 없음을 자식으로 인해 배울 수 있으니 감사로도 채워질 것이다.

제 3 장

행복한 날, 함께 웃자

찰칵

결혼 30주년을 미리 당겨 기념하는, 말로만 듣던
리마인드 웨딩 사진 촬영이 설레기도 했고,
아이들이 어느 새 커서 부모 위해 마련해주는 첫 이벤트라 흐뭇하기도 했다.

1

아이처럼 폴짝폴짝

"여러 이름 노릇하고 사느라 내 안에 그런 게 있는 줄도 모르고 살았지만,
난 태생부터가 폴짝대는 망아지였다. 늦게나마 트레킹의 매력을 알아본 내가 맘에 든다.
그런 나를 어디든 따라서 주는 남편이 있어 말로 할 수 없이 감사하다."

3년 전 여름휴가 때 남편과 처음으로 남한산성 종주를 했다. 휴가 날짜를 서로 잘 못 맞춰서 하루만 같이 시간을 보낼 수 있었기에, 하루 코스 여행지를 찾다가 집에서 가깝기도 한 곳으로 정한 거였다. 복정역에서 내려 한참을 걸어 올라가니 남한산성 4개의 문들 중 남문 쪽으로 오르는 들머리가 나타났다. 산길을 한참 걸어 올라갔더니 그리 오래 걸리지 않아 종주 첫 출발지로 삼은 남문이 모습을 드러냈다.

사적 제 57호로 지정된 남한산성은 북쪽의 개성, 남쪽의 수원, 동쪽의 광주 등, 서울을 지키는 4대 외곽 가운데 동쪽에 있는 성으로, 북한산성과 함께 도성을 남북으로 지키던 남부의 산성이었다고 한다.(이상 네이버 지식백과) 그렇게 여러 군데 있다는 산성이란 걸 나는 그때서야 처

음 봤고, 도시들이 그토록 까마득히 비현실적으로 내려다보이는 높은 곳에서 산성을 본 것도 그때가 처음이었다. 아이들이 초, 중학생이었을 때 같이 가서 본 만리장성에 대한 기억도 껴넣긴 해야겠다. 오래되고 외국의 경우라, 또 규모로 비교가 안 되는 경우라 달리 느껴진다.

그때는 그러거나 저러거나 아무 생각도 없이 그저 휴가지로만 생각하고 갔다. 남문에서 서문 가는 길에 처음으로 까마득히 내려다보이던 도시가 지금 생각하면 당연히 성남시 중 어느 한 곳이었을 텐데 그때는 아무 생각 없이 '우와, 저기가 다 어디야?' 만 외치며 내려다 봤었다. 우리가 처음 출발지로 삼은 남문이 4대문 중에서 가장 크고 웅장한 중심문이고, 병자호란으로 인조가 처음 남한산성에 들어갈 때 바로 그 문을 통해서 들어갔다는 것도 그때는 몰랐다. 다녀와서야 역사, 지리 공부를 좀 하고 갈 걸... 싶었다.

다녀와서야 뚜렷한 역사의 물줄기를 간직한 장소에 대한 사전 공부도 없이 다녀온 여행을 두고 아쉬움을 느꼈지, 그 당시는 그렇게 둘이서 손잡고 네 개 문을 다 돌며 종주란 걸 해본다는 것만으로 그저 좋았다. 그전까지 오래도 같이 살면서 여행이란 걸 떠나본 적이 거의 없었다. 기껏 떠나봐야 일 년에 한두 번 휴가 때나 가는 친정 나들이가 다였다. 작년에 건대 여행작가 과정을 공부하면서 동료들을 통해 처음으로 나만큼 여행이란 걸 안 다녀보고 산 사람도 드물다는 걸 알았다. 물론 그쪽 동료들을 기준 삼았을 때 하는 얘기다. 세상 곳곳 온갖 데를 다 다녀온 얘기들을 풀어 펼칠 때마다 나는 꿔다논 보릿자루처럼 앉아서 듣기만 했다. 신혼여행 다녀온 후 30년 만에 처음 다녀온 제주도 정도는 일 년에도 몇 번씩 다녀오는 사람들도 많았다. 나는 도대체 뭘 하고 살았나를 절로 돌아보게 되었다. 핑계 없는 무덤 없고, 세상사에 제각각 사연이 있듯이 내게도 사연이야 있다.

어른을 모시고 살면서는 여행 가기가 편치 않은 법이다. 물론 우리 세대 얘길 거다. 요즘 젊은 세대들이야 할 얘기도 또박또박 잘 하고, 싫은 건 싫다고도 똑 부러지게 표현을 하며 사는 세대일 수 있지만, 우리 때는 그러기가 쉽지 않은 때였다. 아니, 나는 그랬다. 여행이란 것도 사실 돌아보니 생각조차 못 해보고 산 것 같다. 어른을 모시고 가는 것도, 우리만 가는 것도 다 만만치 않은 상황이었고, 그러다보니 아예 생각조차 해보질 않은 것 같다. 아이들이 커가면서는 세 아이 키우고 가르치기도 늘 벅차서 여행이란 걸 언감생심 떠올려볼 여유도 없었지 싶다.

그날 그렇게 하루 낯선 곳에서 둘만의 짜릿한 경험을 하면서, 그렇게 하루 정도 가까운 곳으로 다녀오는 여행 정도는 그리 어려운 일도 아니었을 텐데, 참 살아온 대로만 다람쥐 쳇바퀴 돌듯 살았다는 생각이 들었다. 그리고 그렇게 다 놓쳐버린 시간들일랑 잊어버리고 남은 시간들 동안만이라도 그동안 못 해본 여행, 부디 좀 하면서 살아야겠다는 생각도 했다. 아직 남아있는 시간이 길고, 건강한 두 다리가 있다는 것만으로도 감사할 일이다. 무엇보다도 30년을 한결같이 곁을 지켜주는 남편과 함께 할 수 있는 시간이어서 참 감사한 하루였다. 나이가 들수록 좋아하는 일을 평생 함께 할 수 있는 친구 같은 남편의 존재가 그렇게 감사할 수 없다. 우리는 참 감사하게도 함께 할 수 있는 일들을 많이 가진 부부다.

아주 오래 전 얘기지만, 요즘이야 듣고 싶은 노래들을 손쉽게 들을 수 있는 방법들이 널린 세상이지만 예전에는 듣고 싶은 노래들을 하나하나 찾아서 한 테이프에다 모아 녹음을 했었다. 어느 날 남편이 자기가 그렇게 녹음한 테이프라며, 장거리로 시골 가는 길에 차에다 꽂고 들려주는데 한두 곡만 빼고 거의 다가 내가 좋아하는 곡이었고, 처음 듣는데도 바로 좋은 곡들이었다. 말하자면 곡을 골라 듣는 취향이 비슷하단 얘기다.

결혼 전에, 나랑 동갑인 아가씨는 교회 친구였다. 어느 날, 교회에서 내가 기타로 반주하며 노래를 하고 있는데 아가씨가 자기 오빠도 기타를 좋아한다고 했던가? 잘 친다고 했던가? 그랬던 것 같다. 나는 그때 한창 통기타에 빠져있던 때였고, 알량하게 코드 몇 개 잡고서 노래 부른답시고 있는 대로 폼을 잡던 시절이었다. 나는 그때부터도 내가 좋아하고 결혼할 남자는 반드시 기타를 좋아하고 잘 쳐야 한다고 생각했고, 그렇지 않은 남자는 내 남자로서의 자격이 없다고까지 생각했었다. 근데 그 '오빠' 라던 사람이 내 남편이 될 줄은 꿈에도 생각 못했다. 그렇게 우리는 만나기 전에서부터 각각 자기 위치에서 제 나름대로 기타를 즐기고 있었고, 그 취미는 지금까지 이어지고 있다. 우리 부부가 기타를 둘러메고 나란히 다니는 걸 보고 사람들은 부럽다고 한다. 나라도 그렇게 볼 것 같다. 거기다 우리는 서로 노래도 웬만큼씩은 한다. 특히 남편이 노래방에서 반주기에 맞춰 안치환의 '사람이 꽃보다 아름다워'를 부르는 걸 듣고 볼 때마다 나는 참 좋다. 원래 무척 좋아하는 가수고 노래인데, 남편이 나름대로 멋지게 소화해서 불러대는 걸 들으니 안 좋을 수가 없다. 노랫말이 뭣보다 마음을 끄는 데다 그 노래는 특히나 남성의 야성을 끌어내는 노래여서 더 좋아하게 된다.

젊을 때는 집에서 가끔씩 남편이 쳐 주는 기타 반주에 맞춰 내가 〈트윈폴리오〉의 '웨딩케익' 같은 노래를 부르거나, 노사연의 '님 그림자' 같은 노래를 부를 때면 남편이 내 노래에 빠져서, 끌려하며 듣는 게 느껴졌었다. 그런 남편 모습을 슬쩍 느끼면서 부르는 맛이 꽤 있었다. 나이가 들면서 음역대도 낮아지고, 어느 순간부터는 목소리 자체도 갈라지고, 음정도 불안정해지는 걸 내 스스로도 느끼게 된다. 남편도 예전 같은 끌림을 가지고 듣게 되지 않는 것도 느껴지니, 나이 들어가면서 느끼게 되는 아쉬움 중 하나긴 하다. 목소리는 갔어도 평생 함께 할 수 있는 기타가 있으니 얼마나 다행인가?

 거기다 트레킹이 있다. 나는 그날 남한산성 종주를 함께 하면서 우리 둘 다 트레킹을 좋아한다는 걸 느꼈다. 그 전에는 제대로 된 트레킹을 해본 적이 없었다. 그러니 나도, 남편도, 그걸 좋아하는지 어쩌는지를 느껴볼 기회도 없었다. 참 감사한 일은 남편이나 나나 30여 년 함께 살면서 둘 다 지금껏 크게 아파 본 일 없이 건강하게 살아왔다는 점이다. 어머니 살아계실 때는 맏며느리인 나를 두고, 일 년 내 감기 한번을 안 걸려서 이쁘단 얘길 종종 하셨었다. 둘 다 운동 신경도 빠르고, 특히나 남편은 나와 달리 무척 바지런한 사람이다. 직장 다닐 때 하루 쉬는 날, 내가 집안에 드러누워 책이나 끌어안고 뒹굴고 있으면 남편은 집 안팎으로 다니며 잠시도 가만 안 있고 버스럭대며 뭐든 하고 있었다. 그러다 들어와서는 뒹굴대는 나를 있는 그대로 봐 주고 쓰다듬어도 주며 들여다보다 또 나가서 뭐든 했다. 그런 순간들이 주는 안정감과 평안함은 늘 말로 할 수 없을 만큼이었다. 만약 남편이 그렇게 뒹굴대고나 있는 나를 못 참아하고 꼴 보기 싫어한다면 나는 그런 안정감을 느낄 수 없었을 것이다. 그리고 그런 나를 견디고 있다고 느껴져도 마찬가지였을 것이다. 그런데 남편은 지금껏 늘 생긴 그대로의 나를 바라봐 주고 즐거워한다. 그게 진심으로 느껴진다. 그래서도 우리는 참 잘 맞는 짝이라는 생각이 든다. 그날, 트레킹을 처음으로 함께

하면서도 평생 손잡고 건강하게 즐길 수 있는 일을 또 하나 발견한 즐거움과 감사를 느낄 수 있었다.

 북문에서 동문 가는 길은 가파른 계단도 제일 많았고 코스도 길었다. 해질 무렵이라 까마득히 내려다보이는 도시 위로, 또 노을이 물들어가는 산마루 위로 내리는 저녁 어스름을 바라보며, 하루 중 제일 좋아하는 저녁 무렵을 만끽할 수 있었다. 그 코스부터는 사람들이 거의 안 보였다. 남한산성 종주길은 코스 중간중간 산 아래로 연결되는 길들이 많아 구간구간 끊어서 걷는 사람들이 많아 보였고, 우리처럼 전체 구간을 종주하는 사람들은 별로 없어 보였다. 마지막 코스인 동문에서 출발지 남문으로 돌아가는 길에는 아예 아무도 없어서 어둑해진 산길을 둘이서 헛둘헛둘 구령을 붙이며 뛰다시피 걸었다. 산 아래서 점심을 먹고 오후에 시작한 종주라 남문이 가까이 내려다보일 때쯤에는 껌껌해졌다. 살짝 무서워하며 뛰었던 산 속 종주의 도착지가 주는 안도감과 성취감으로 둘이서 부둥켜안고 만세를 불렀다. 요즘이야 하루 대여섯 시간 트레킹은 기본이지만, 그때만 해도 트레킹이란 걸 처음 해보던 때라, 세 시간 가까이 걸린 남한산성 종주 시간이 지금 느끼는 세 시간이랑 달리 꽤 길게 느껴졌었다. 게다가 중반 이후부터는 저녁 무렵에 걷던 산성길이라 더 아찔한 느낌이었고, 먼 산 위에서 붉게 타오르던 저녁놀에 대한 기억이 아주 강렬하게 지금까지 남아 있다.

그날 도착지 남문을 내려다보며 기뻐 폴짝폴짝 뛸 때 난 예감했었다. 내가 트레킹을 아주 좋아하게 될 거란 걸! 여러 이름 노릇하고 사느라 내 안에 그런 게 있는 줄도 모르고 살았지만, 난 태생부터가 폴짝대는 망아지였다. 봄이면 진달래를 한아름씩 꺾어 안고 앞산 뒷산으로 뛰어다녔고, 지천에 널린 삐삐에, 산딸기들을 따먹으며 폴짝폴짝 망둥이처럼 뛰어다녔었다. 그 동산들로 돌아갈 수는 없지만, 남편의 손을 잡고 함께 걸을 길들은 많고 많다. 이 나이에도 습관적으로 다다다다 뛰어다니는 걸 좋아하는 내가 나는 참 좋다. 트레킹의 매력을 알아본 내가 맘에 든다. 그런 나를 따라 어디든 따라나서 주는 남편이 있어 말로 할 수 없이 감사하다. 나는 내가 몇 살까지나 폴짝대며 뛰어다닐지 참 궁금하다.

ㄹ

매일이 오늘 같다면

———

"자식 노릇은 그리도 허술하게 해놓고 그날 우리 부부는 자식들이 베풀어 준 호사를 있는 대로 누렸다.
나는 그날 하루의 감사로 십년은 살 수 있을 것 같았다.
그 하루의 기쁨과 보람만으로도 어미된 내가 누릴 수 있는 모든 걸 다 누렸다."

재작년 가을에 온 가족이 올림픽 공원에 갔었다. 우리끼리만 간 게 아니라 사진작가까지 대동하고 갔다. 큰아이가 효도한답시고 엄마 아빠 결혼 30주년을 미리 당겨 기념하는 리마인드 웨딩 촬영을 마련해준 거였다. 미리 당긴 이유는, 주름이 하나라도 덜할 때 찍어두잔 얘기를 장난처럼 했는데 그게 그대로 적용된 것이다. 숫자는 그저 숫자일 뿐, 어차피 잘 지켜온 세월들을 기념하자는 데 의미가 있었으므로 상관없었다. 웨딩드레스 대신 평소 입던 옷 중에서 두어 벌 골라 갔고, 기타도 메고 갔다. 세 아이들까지 기타를 좋아해서 집에 기타만 5대가 있는 우리 집은 이런저런 일에 기타가 빠지면 왠지 서운하다. 나중에 사진들 보면서 잘 가져갔단 생각이 들었다. 여섯 번째 식구인 셈이다. 큰애는 전날 밤에 우리가 결혼한 날짜를 종이에다 써서 오려 줄에 매달기도 하고, 엄마 아빠 이름도 예쁘게 써서 소품으로 준비했는데, 사진 곳곳에서 그 소품들이 한결 의미를 더하는 역할을 해주었다.

그날은 하늘이 눈부시게 푸른 날이었고, 내가 제일 좋아하는 코스모스가 활짝 피어난 전형적인 가을날이었다. 아이들이 어렸을 때 가보고 처음 가보는 데다, 가까이에 있는 방이동 지하 단칸방의 추억도 생각나게 하는 곳이라 더 마음이 당겨갔다. 날씨 좋은 가을날이라 사람들이 많을 걸 예상하고 아침 일찍 다섯 식구가 서둘러갔는데 사진작가가 생각해둔 장소들을 다 차지할 수 있어서 다행이었다. 올림픽 공원에서 그런 촬영들을 많이 하는지, 사진사가 그런 장소들을 잘 알고 있었다. 말로만 듣던 리마인드 웨딩 사진 촬영이 설레기도 했고, 아이들이 어느 새 커서 부모 위해 마련해주는 첫 이벤트라 흐뭇하기도 했다.

내가 대학을 졸업하고 얼마 안 됐을 때 아버지를 위해 어딘가 지하상가에서 모시로 된 한복 한 벌을 사서 갖다 드린 적이 있었다. 그때는 돈벌이를 제대로 할 때도 아니어서 비싸지도 않은 걸로 샀었는데 지금 생각하니 중국산이었을 것 같다. 그 옷을 받아든 아버지가 흐뭇해하시며 입어보시던 모습이 지금도 생각난다. 아마 제대로 된 진품이 아니어서 통풍이니 촉감이니, 다 별로였을 것이다. 그 뒤로 언제 부모님 위해 뭔가를 해드린 기억이 거의 없다.

직장생활 제대로 해본 적도 없이 결혼하고, 애들 키우며 사느라 바빠 용돈 한번 변변히 드려보지도 못했다. 지금이야 그리도 흔한 여행한 번도 보내드리지 못하고 자식 노릇을 끝내버렸다. 기껏 한 일이라고는 일 년에 한두 번 찾아뵙고 며칠 머물다 온 게 다였는데, 그나마 가을에 가서 엄마 도와 감 따는 일은 우리가 맡아 놓고 했었다. 우리가 위에서 장대를 가지고 따면 엄마는 밑에서 받아 정리도 하고, 상자마다 담기도 하셨다. 우리 집에는 앞뒤로 돌아가며 감나무가 많았다. 꺼먼 무늬가 있는 동감도 있고, 넓적하게 생긴 따바리감도 있었다. 여러 감들 중에서 젤로 맛있는 감은 돌감이었는데, 학교 갔다 와서 마루에다 가방일랑 휙 집어던져 놓고 나무로 기어올라가 가지에 턱하니 걸터앉아 따먹던 돌감맛은 특히나 비할 데가 없었다. 나는 완전히 익어서 너무 단 감보다는 살짝 덜 익어서 약간 떫은맛이 섞인 감이 맛있었다. 그렇게 맛있는 돌감은 식구들이 다 좋아하기도 했지만 크기가 작아서 값을 잘 받을 수 있는 감이 아니었다. 상주 장날 경운기에 싣고 가 파는 감은 넓적 따바리감이랑 알이 굵은 동감이었다. 남편은 엄마가 큰 감들은 위에다 놓고, 작은 감들은 아래에다 놓으시더라고, 장난을 치며 웃어댔다. 그렇게 감들을 장에 내다 팔기도 하고, 우리 차가 미어터지도록 바리바리 실어도 주셨는데, 감을 그렇게 실어오면 어머니도 좋아하시고, 남편도 겨우내 얼마나 잘 먹어대는지 모른다. 딱딱하고 큰 감들은 어머니도 남편도 깎아서 곶감으로 말리는 걸 좋아해, 감 따러 친정 가는 일은 우리한테도 즐거운 나들이였다. 엄마한테는 큰 짐 덜어주는 일이기도 했고, 자식에게 온갖 것들 싸보내는 재미도 누리신 일이었을 거다. 그러거나 저러거나 그런 일들은 아버지한테는 다 강 건너 불구경이었고, 온전히 엄마 몫의 일이었으니 우리 집에서는 당연한 그 사정을 알고도 모른 체할 수 없기도 했다. 지금 생각하니 그 일이라도 거들어 자식 노릇 비슷이라도 했던 게 다행이었다는 생각이 든다.

용돈도 십만 원 이상은 드려본 기억이 없다. 참, 그때는 사는 게 어찌 그리 늘 빠듯하기만 했던지! 나중에 애들도 웬만큼 크고 어느 정도 여유가 생겼을 때 남편한테서 보너스를 받은 날 엄마 생각이 났다.

'엄마, 이 돈 엄마 위해서만 써야 돼. 아무한테도 주지 말고, 누구 위해서도 쓰면 안 돼. 꼭 엄마 위해서만 써야 돼.' 하면서 백만 원을 엄마한테 드릴 수 있다면 얼마나 좋을까? 우리 엄마 까무러치셨을 텐데... 라는 생각에 가슴이 메어왔다. 평생 아버지한테 소소하게 용돈 받아 쓰셨고, 늙어서는 자식들 돈 눈치보며 받아쓰시다 가신 우리 엄마가 너무 불쌍해 이 글을 쓰면서도 눈물이 흐른다. 큰 집 하나를 지니고 사시면서 당신 마음대로 쓰실 수 있는 돈도 써 보셨고, 유럽이니, 동남아, 일본에 백두산까지 다녀오신 어머니에 비해, 평생 엎드려 일만 하시다가 나이 드셔서는 아픈 다리 때문에도 여행 한 번 못 해보고 가신 엄마 일생이 너무 안 됐어서, 생각날 때마다 가슴이 저리다. 올림픽 공원에라도 한번 모시고 갈 걸, 하필 지하 단칸방 살 때 자식 사는 집이라고 처음 와 보시고 심란해만 하시다 가신 엄마 생각을 그 동네 바로 옆인 올림픽 공원에서도 할 겨를이 없었다. 겨우 이렇게 기억을 더듬어 들어가서야 그 모든 것들이 헤아려지고 엄마 생각도 오롯이 해 보게 되니, 자식들이란 그저 부모 마음 열에 하나나 겨우 따라갈 수 있을지 모르겠다.

자식 노릇은 그리 허술하게 해놓고 그날 우리 부부는 우리 자식들이 베풀어 준 호사를 있는 대로 누리고 왔다. 소문난 포토존들을 찾아다니며, 조명 도구로 조명까지 받으며, 사람들의 시선도 받으며, 마치 영화의 주인공이 된 듯한 기분을 맛보았고, 하루 종일 아이들과 사람들 앞에서 뽀뽀머신 노릇도 실컷 해보았다. 세 딸들은 매니저가 되어 소품도 챙겨주고, 함께 배경도 만들어 주고, 꽃보다 더 어여삐 피어나 바라보는 즐거움도 누리게 해주었다. 나중에 노련한 전문가의 손길을 거쳐 영화같이 멋지게 다듬어진 사진들을 구경한 사람들은 딸들이라 그런 일을 해주는 거라며 부러워도 했다. 나는 그날 하루의 감사로 십 년은 살 수 있을 것 같았다. 매일이 오늘만 같다면!, 싶은 날이 일생 동안 몇 번이나 될까? 내게는 그날이 바로 그런 날 중 하루였다. 일 주일간의 가출을 끝내게 했던 아이들! 결혼 생활에 위기가 찾아올 때마다 중심축이 되어 준 아이들! 흐트러질 수도, 잘못 갈 수도 없게 하는 아이들로 인해 나는 가장 낮아져서 신 앞에 엎드렸고, 가장 절절한 기도를 드려왔다. 그 시간들을 품고 세 아이들이 꽃밭 한가운데서 꽃처럼 피어난 날, 나는 그 하루만의 기쁨과 보람만으로도 어미된 내가 누릴 수 있는 모든 걸 다 누렸다고 느꼈다.

매일이 그날만 같을 수는 절대 없다. 단 하루의 감사로도 십 년을 이어 살 수 있는 마음의 힘만 있을 뿐이다. 내가 계속 낮아지고 엎드려야 할 이유는 그 하나로도 차고 넘친다.

3

가만히 있어도 웃음이 난다

"그렇게도 가보고 싶었던 그랜드 캐니언과 자이언 캐니언, 산타바바라 비치에서
찬란한 추억을 고이 담아왔다. 이런 날이 올줄 알았다. 꿈과 손 잡으면 정녕코 알게 된다! 언젠가
다시 만날 길들을 생각하니 가만히 있어도 웃음이 난다."

재작년 11월에 우리 부부는 꿈에 그리던 그랜드 캐니언
을 보기 위해 미서부 여행길에 올랐다. 엄밀히 말하자면 꿈에 그리던
건 나 혼자였다. 남편은 어쩌다 가는 여행지 선택이나 영화 관람, 외식
메뉴에 이르기까지, 늘 내 맘대로 선택하면 거기에 따라주는 사람이라
미서부 여행도 순전히 나를 따라가 준 거였다. 이렇게 쓰면서 생각해
보니 참 오랜 세월 동안 고맙기도 하고, 새삼 미안하다는 생각도 든다.
외식을 자주는 하지 않지만 어쩌다 하면 내가 허구헌날 고르는 메뉴는
비빔밥이다. 나는 고기나 생선 종류를 별로 안 좋아하고, 면류보다는
밥을 좋아하고, 더구나 못 말리는 야채 킬러다. 그 세 가지에 다 들어
맞는 메뉴가 바로 비빔밥이라 주로 먹게 된다. 그런 날 보고 내 친구는
집에서 맨날 먹는 밥 말고 다른 것 좀 먹으라고 했지만, 말은 맞는데

고를라치면 또 비빔밥이고, 아니면 두부요리나 청국장찌개만 고르니 생각해보면 내 입맛은 참 저렴하기도 하다. 언젠가 다녀온 설악 여행에서도 몇 끼니를 계속 산채 비빔밥만 고르는 마눌 따라 비빔밥만 물리게 먹고 온 남편한테 미안하기도 했었는데, 다행히 남편도 비빔밥을 싫어하지는 않는다.

내가 주구장창 고르는 영화들은 거의 다 멜로영화들이다. 그래서 내가 고른 잔잔한 영화를 같이 보다가 어느 날은 남편이 옆에서 자고 있을 때도 있었다. 아마도 그런 서비스를 어쩌다 자신이 아내에게 줄 수 있는 즐거움으로 생각하고 항상 그렇게 양보하는 것 같다. 알고는 있으니 다행이다. 갚아야 할 날들도 남아있으니 그 또한 다행이다.

우리 방 책장 옆에 걸린 보드에는 몇 년 동안 그랜드 캐니언 사진이 붙어있었다. 그곳은 처음 봤을 때부터 내게는 인간의 영역 너머 신의 경지였다. 처음 본 순간부터 빠져들었고, 반드시 그 숨막히게 아름답고 신비로운 협곡을 따라 걸어 내려가리라고 다짐했었다. 사우스카이밥 트레일을 따라 굽이굽이 몇 시간인지를 걸어 내려가면 진초록빛 콜로라도 강줄기가 나타나고, 그 바닥 어드메쯤 있다는 팬텀랜치 롯지... 그곳에서 하룻밤을 묵으면 켜켜이 쌓인 억겁의 시간들이 뱉어내는 낯선 소리들이 들려올까? 지구의 맥박이 고동칠 듯한 새벽 미명 속에 눈을 떠, 까마득히 올려다 보일 협곡의 속살들과 마주할 때, 그 벅찬 감동은 어느 만큼일까?

브라이트엔젤 트레일로 걸어 올라가며 부서지는 햇살 속에 새로 씻긴 맨얼굴을 드러낼 협곡을 대할 때 그 느낌은 어떤 걸까? 인디언 가든에서 점심을 먹고, 더 걸어 올라가면 우아 포인트(Ooh Aah Point)에 처음 섰을 때의 감격에 버금가는 감격으로 끝도 없이 걸어오른 협곡을 굽어볼 수 있겠지! 그리고 마침내 다시 맨 꼭대기에 서서 까마득히 내려다보이는 대협곡을 발 아래 두고 나는 감격에 겨워 통곡이라도 쏟아내지 않을까?

나는 마음으로는 수도 없이 여러 번 그 협곡의 바닥까지 밟고 왔다. 그렇게 나는 협곡의 굽이굽이를 내 두 발로 걷고 또 걷고 싶었다. 너무나 트레킹으로 가고 싶었다. 그랜드 캐니언뿐이 아니다. 자이언 캐니언의 엔젤스랜딩 코스는 또 다른 아름다움으로 뒤설레게 했다. 보는 것만으로 그랬다. 오죽하면 자이언 캐니언을 '신의 정원'이라 부르고, 그 최고봉을 일컬어 '천사들이 내려앉는 곳, Angels Landing'이라 이름을 붙였을까? 우리나라 설악의 노적봉 릿지, '한 편의 시를 위한 길' 등반 영상을 유튜브로 찾아 설거지하며 몇 번 본 적이 있다. 가을 영상이었는데, 자이언의 엔젤스랜딩 코스랑 닮아 보였다. 둘 다 가을 영상으로 먼저 봐서 그 아름다움에 우열을 가리기가 어려워 보였는지 모른다.

브라이스 캐니언의 붉은 첨탑들 사이로 난 트레일 또한 놓칠 수 없다. 나바호루프 트레일과 퀸즈가든 트레일! 이름만 들어도 인디언 원주민의 전설이 풀려나올 것 같은 길들... 그곳은 저녁 어스름도 붉게 내릴 것 같다.

그렇게 찾아보고, 상상 속에서는 수도 없이 다녀와 그 길들의 이름까지 다 익혀버린 길들을 내 두 발로 속속들이 다 걸어볼 수 있는 트레킹으로는 결국 갈 수 없었다. 여러 사정으로 열흘 가까운 관광으로 다녀올 수밖에 없었지만, 그랜드 캐니언을 직접 눈 앞에서 봤을 때의 그 느낌을 무어라 적어야 할지 모르겠다. 신 앞에 선 외경과도 같은 느낌으로 말을 잊었고, 그 다음에는 우와~ 우와~만 되풀이했다. 그랜드 캐니언을 향한 내 이런 별스러운 애착을 두고 남들은 무어라 할지도 모르겠다. 자이언과 브라이스, 그리고 요세미티 국립공원에 나 있는 모든 길들을 다 걸어볼 수만 있다면 얼마나 좋을까, 라고 소원을 하는 내가 유별나 보일 수도 있다. 누군가는 쇼핑의 천국 홍콩에 마음이 쏠릴 수도 있고, 누군가는 먹거리로 풍성한 일본의 어느 도시에 마음이 쏠릴 수도 있고, 또 누군가는 아름다운 건축 양식들이 즐비한 유럽의 어느 도시에 마음이 쏠릴 수 있는 것처럼 나는 내가 가진 나만의 특질로 미서부의 대자연에 언제나 마음이 끌린다. 이름하여 '미서부 쏠림증'이다. 내가 왜 이러는지는 나도 잘 모른다. 그냥 내 마음이 그런 걸나도 어찌할 수 없다, 물론 국내는 제외하고다. 국내에도 산과 들에 난 모든 길들에 내 마음이 늘 쏠려가지만, 가까운 국내는 나이가 더 들어서도 갈 수 있으니 일단 열외로 하는 것이다.

그랜드 캐니언을 보러 가던 날, 나는 동이 트기도 전에 관광버스 차창가에 붙어 앉아 그랜드 캐니언으로 가는 길을 따라 서있는 이정표들을 찍고 또 찍었다. 라스베가스에서 새벽에 출발하여 그곳으로 달려가는 네다섯 시간 동안 자지도 않고 그 길들을 눈으로, 가슴으로 보고 느끼고 즐겼다. 그렇게 긴 시간이었는데 왜 몇 장면만 겨우 기억에 남아 있을까? 그곳에 도착하여 눈으로 보고도 현실감이 들지 않았던 그 순간에 대한 기억도 어찌하여 잠시 꾼 꿈처럼만 어슴푸레 남아 있을까?

자이언 캐니언을 보기 전까지는 오로지 그랜드 캐니언뿐이었다. 내려다만 본 그랜드 캐니언과 달리 아래에서 올려다보며 처음 그 실체와 맞닥뜨린 자이언 캐니언이 주던 느낌 또한 인간이 지어 쓰는 언어로는 형용하기 어려운 그 어떤 것이었다. 이제는 어느 쪽에 더 마음이 끌린다고 말할 수도 없을 듯하다. 브라이스 캐니언이 그 다음인 건 확실하다. 그렇다고 붉은 첨탑들의 아찔했던 향연이 준 놀라움이 가벼웠다고도 절대 말할 수 없다. 그저 그곳들은 다 신의 영역이었다고는 말할 수 있겠다. 브라이스 캐니언의 섬세하고 화려한 여성미도, 자이언 캐니언의 웅장하고 묵직하면서도 아름다운 남성미도, 그랜드 캐니언의 무어라 형용할 수 없는 고유한 신비로움도 다 두 눈으로 똑똑히 보고는 왔으나 잠시 꾼 꿈 속의 조우였던 양 감질스럽기가 그지없다.

하기사 그리도 오랫동안 그려보다 간 그곳에 버스에서 우르르 내리게 하여 풀어놓은 시간이래봐야 고작 이삼십 분씩뿐이었다. 그럴까봐 가기 전에 관광이면서도 트레킹 코스가 조금이라도 포함된 여행상품을 찾고 또 찾았었다. 그러다 겨우 발견한 상품에 브라이스 캐니언에서의 트레킹이 포함되어 있었고, LA 유니온역에서 산타바바라 비치까지 암트랙으로 가는 기차여행도 포함되어 있었다. 얼마나 기대하고 좋아했는지 모른다. 겨우 한 시간짜리 트레킹 코스였지만, 선라이즈(sunrise) 포인트와 선셋(sunset) 포인트를 잇는 길을 걸어볼 수 있다는 게 그렇게 좋을 수가 없었다. 그때는 11월 말이었는데 걸어 내려간 길 초입에 양쪽으로 눈이 조금씩 쌓여 있었고, 그 길이 선라이즈 쪽이었는지, 선셋 쪽이었는지도 모르고 걸어 내려갔다. 붉은 첨탑들의 영토답게 붉디붉은 황톳길이 첨탑들 사이로 비밀스럽게 이어지고 있었다. 그림자도 붉을 듯한 그 길로 채 한 발을 들여놓기도 전에 그만 올라오라는 소리가 들려왔다, 아마 위에서 황홀한 경치에 빠져 탄성을 쏟아내느라, 또 '........ 이상, 눈부시게 아름다운 브라이스 캐년에서 리포터 이경연입니다.' 어쩌고, 제법 리포터 흉내씩이나 내보며 동영상을 찍어대느라 너무 시간을 지체했나 보다. 어쨌거나 그 동영상들은 그때 그 시간에 멈춘 채 지금까지 내 카스토리 공간에 그대로 담겨있다. 그때 다 가보지 못한 그 길의 끝이 얼마나 궁금하고 아쉬웠는지 모른다. 그랜드 캐니언에서도, 콜로라도 강줄기가 잡아끄는 협곡 사이로 난 길의 유혹에 얼마나 마음이 끌렸었는지 모른다. 자이언 캐니언이 그려내는 웅장하고도 유려한 풍경화를 굽이굽이 아찔하게 내려다볼 수 있는 엔젤스랜딩 가는 길 또한 상상 속에서 얼마나 여러 번 오르고 내렸나 모른다.

요세미티 국립공원은 날씨까지 흐려 어둑할 무렵에 도착했는데, 가기 전에 내가 상상했던 모습하고는 많이 달랐다. 캘리포니아주 시에라 네바다 산맥 서쪽 사면에 위치한 산악공원이고, 수천 년의 세월을 견뎌낸 메타세콰이어 거목들의 군락지이며, 세계 암벽 등반의 메카인 엘 캐피탄을 품고 있는 거대 국립공원답게 어마무시한 규모에 우선 가위 눌릴 마음의 준비부터 해야 한다. 내 몸 정도는 몇 개를 합쳐 묶어도 모자랄 만큼의 메타세콰이어들이 줄지어 서 있는 사잇길을 우리는 좐 (그 분의 발음대로!!) 킴 가이드 아저씨를 따라 뛰다시피 걸어갔다. 까마득한 높이에서 삼단으로 떨어지는 요세미티 폭포가 우리 앞에 위용을 드러냈다. 나는 폭포보다도, 거대한 나무들보다도, 폭포 구경을 마치고 버스에 다시 올라 한참을 올라간 공원의 어느 높은 지대에서 아득히 마주보이던 화강암 바위산들에 끝간 데 없이 마음이 끌렸었다. 우리가 서서 바라보고 기념 촬영도 했던 그곳에서는 은빛으로 빛나는 거대한 화강암 바위산들이 외계의 어디쯤인 듯 바라보였는데, 그것들이 그 유

명한 하프 돔과 엘 캐피탄이었는지, 그 전망대가 무어라 이름 붙은 전
망대였는지도 그때는 잘 몰랐다. 단지 내 마음 속에는 '언젠가 저 웅대
한 위용을 자랑하는, 낯설고도 치명적인 유혹으로 잡아끄는 저 능선들
을 내 발로 걸어서 넘어 볼 수 있을까?' 라는 이끌림만 가득했었다.

암트랙(American과 track의 합성어)을 타러 유니온역으로 가던 날 아침
은 매일이 눈부셨지만, 유난히 더 아침 햇살에 눈이 부시던 날이었다.
역 바로 앞에는 밑둥치로 보나 키로 보나 우리나라 목련나무 몇 배는
돼 보이는 미국 목련 나무 하나가 늠름히 서 있었다. 전날 LA에서 그
리피스 천문대 오르는 길에 어여쁜 마을들과 함께 어우러져 서있는 모
습을 아주 인상 깊게 봤던 터라 더 반가웠다. 사진으로 찍어 남기고 역
사로 들어가서 나는 화장실을 찾아 헤매느라 일행들을 놓치고, 목 빠
지게 혼자 기다리고 있던 남편이랑 죽을 힘을 다해 뛰고 또 뛰어 겨우
우리가 탈 기차를 찾아 탔다. 얼마나 애가 타서 뛰었던지 자리에 앉고
난 후에도 한참이나 기침이 그치지를 않았다. 그리고 그렇게 기대했던
기차여행은 하필 그날, 그 시각, 그 지역 사정으로 인하여 가다 멈춰서
우리는 급히 달려온 버스로 갈아타야 했다.

그런들 어떻고 저런들 어떠랴? 나는 그렇게도 보고 싶었던 그랜드
캐니언을 마침내 보고 왔고, 생각지 못한 자이언 캐니언의 깊은 매력
을 알아차렸고, 역시 상상과는 달랐지만 산타바바라 비치에서의 부서

질 듯 찬란한 추억도 고이 접어왔다. 그리고 가슴 속에 언젠가 다시 가서 걸을 길들을 남기고 왔다. 와서는 계속 꿈꿨다. 상상하고 또 그렸다.

그래서 나는 곧 그곳으로 다시 떠난다. 남겨두고 온 길들을 걸으러, 구석구석, 굽이굽이 걷고 걸으며 그 길들과 하나가 되어 춤추러! 가만히 있어도 웃음이 난다. 옆구리가 터져버릴 듯 웃음이 큭큭 터져 나온다. 이런 날이 올 줄 알았다. 꿈과 손 잡으면 정녕코 알게 된다!

4

배꼽 잡고 웃는 날

"오늘도 잠들기 전에 남편은 또 한두 마디 장난말로 나를 웃길 것이다.
오늘은 그 생각만으로 배꼽 잡고 웃어댈지 모른다. 그만큼 헤퍼진 웃음이 우스워서 웃어댈지 모른다.
눌려있던 눈물 대신 웃음이 분출되니 얼마나 감사한 일인가."

언젠가부터 나는 웃음소리가 엄청 커졌다. 특히 남편이
랑 자려고 누워서 남편이 몇 마디 장난치며 웃기는 말에 참지를 못하
고 깔깔깔깔 킥킥킥킥 웃음보를 있는 대로 터뜨리며 웃어대느라 아이
들 방이나 윗층 사람들 눈치를 보며 조심해야 할 정도다. 어느 때는 웃
음이 안 그쳐져서 배꼽을 잡고 침대에서 떼구르르 구를 때도 있고, 눈
물을 줄줄 흘리며 웃을 때도 많다. 그런 내가 보기 싫지 않은지 남편은
쿡쿡 찔러대며 "왜 그래? 왜 그러는데?" 하면서 들여다보고 자꾸 더
웃게 만든다. 어느 날은 둘 다 암말도 안 했는데 나 혼자서 속으로 그
렇게 웃던 게 생각나 자려고 누워 있다 킥킥거리며 웃기 시작하면 남
편도 재미가 나 또 쿡쿡 찔러대며 왜 그러냐고 물으며 따라 웃음보를
터뜨린다. 그럴 때마다 남편이 하는 말이 있다.

"당신 옛날에는 이러지 않았어."

옛날에는 그럴 수가 없었다. 넓지도 않은 집, 거실 건너 바로 마주보이는 방에 어른이 계셨고, 내 마음 속에는 늘 여러 스트레스가 어지러이 널려 있었다. 며칠 전에 블로그 이웃분이 평소의 평정심이 흔들리는 상황이 짐작되는 글을 써 올려서 읽으며 그 상황들이 이백 프로 이해가 되었다. 그 분은 늘 감사로 사는 분이고, 신앙도 성숙한 경지에 이른 분으로, 책과 글쓰기로도 마음의 힘을 단단히 챙겨서 사는 분으로 느껴졌었다. 그런 분이 시댁에서 며칠 머무는 상황과, 시어른이 불쑥불쑥 들이닥치는 상황을 겪으면서, 흔들리는 평정심을 놓치지 않으려 애쓰며 마음을 지켜가려는 노력을 하는 모습을 엿보자니 예전의 내 삶이 떠올랐다. 무엇보다 그 분을 통해 위로도 받았다. 이런 분도 나랑 똑같이 이렇게 힘들어하는구나 싶었다. 내게는 매일의 연속이었고, 십수 년 동안의 이어짐이었는데, 그럴 수밖에 없었던 건 내가 특별히 어디가 부족해서는 아니었구나! 라는 안도감에서 오는 위로였다. 그러면서 드는 또 한 가지 생각은 내가 그때 이런 이웃들을 가까이할 수 있었다면 나도 좀 더 지혜롭게 마음을 지켜낼 수 있었을 텐데... 라는 안타까움이었다. 새삼 내가 몸 담고 마음 섞으며 산 세상이 한정적이었구나 라는 생각도 들었다.

글쓰기를 시작하면서 예전에 힘들었던 순간들을 달리 바라볼 수는 없을까? 라는 생각을 종종 하게 된다. 그동안 너무 한 생각으로만 고착되어 있었다는 생각이 들어서다. 할 수만 있다면 부디 그러고 싶다. 다른 누구도 아닌 나 자신을 위해서 말이다. 지난 시간들을 돌아보며 잔잔히 웃고만 싶다. 다 오늘의 나를 만든 시간들이었고, 부족함은 부족함대로, 허술함은 허술함대로, 그 당시의 나의 나된 모습으로 살아낸 한 번뿐인 내 인생의 히스토리여서다. 완벽함으로 꽉 찬 인생은 감동적이지 않다. 있을 수도 없다. 허술한 모습을 채워가는 과정이 아름답고, 허술한 모습을 품어주는 관계에서 감동도 느낄 수 있다.

나는 여러 모로 참 어리버리한 면이 많은 사람이다. 특히 수에 약하다. 십 달러만 넘으면 일 달러부터 다시 세어 올라가며 한참을 계산해야 하고, 계산기를 가지고 세대별 수도세 나누기를 세 번을 하면 세 번 다 답이 다르게 나오는 사람이라, 나 스스로도 세상에서 가장 못 믿을 건 내가 한 계산이라는 생각이 든다. 또 질리지도 않고 지금까지도 잘하는 짓은 지하철에서 헤매는 짓이다. 어느 때는 구파발 지나 대화로 가야 하는데 다 가서 보니 정반대 방향인 수서에 가 있기도 하고, 서너 정거장 더 가서 되돌아오는 짓은 수도 없이 많이 했다. 어느 날은 하루에 세 번씩 그런 짓을 하기도 해서 내가 바보 아닐까 싶은 때도 있었다. 주로 책을 읽다가, 아니면 핸드폰을 들여다보거나 잠이 들어서 그런다.

차 안에다 열쇠를 꽂아둔 채로 문을 잠그고 나오는 것도 내가 잘 하는 짓이다. 어느 날은 서비스카를 같은 이유로 두 번을 불러서 창피해

죽을 지경이었던 적도 있었다. 그런 짓은 위험하지나 않지, 위험천만한 짓도 종종 잘 한다. 사이드브레이크를 내려놓은 채 시동을 끄고 나와, 살짝 경사진 곳에서 미끄러져 내리는 자동차에 죽을 힘 다해 매달려 내려가며 겨우 문 열고, 사이드브레이크를 간신히 올려 위기를 모면했던 적도 종종 있었다. 그런 짓을 할 때마다 남편이 나를 몹시 힐책하거나 한심해하거나 했다면 나는 주눅이 들어서 더 당황해하며 같은 실수를 반복할지도 모른다. 다행히 남편은 내가 그런 짓을 했다고 얘기하면 장난으로 받아주고, 그런 모습을 내가 가진 무수한 모습 중 아주 작은 일부분으로 바라봐 준다. 물론 차로 위험한 실수를 할 때는 좀 더 엄격해지고 걱정도 한다. 하지만 그 이상으로 확대시키지는 않는다. 남편이 나를 있는 그대로 바라봐 주고 인정해주는 것이 나를 편안하고 넉넉하게 한다는 걸 알기 때문에 아이들을 바라보면서 나도 그렇게 하고 싶다는 생각을 하게 된다. 그런데 어느 아이에게는 잘 되고, 어느 아이에게는 잘 안 된다. 그럴 때 나는 내가 모성이 부족한 엄마인 것 같다는 생각도 든다. 지나고 보면 별 것도 아닌 일로 아이에게 같은 잔소리를 반복하고, 좀 더 기다려 주지 못하는 조급함도 갖게 되니, 그저 묵묵히 바라봐 주는 법을 남편한테 과외라도 받아 익혀야 할 것 같다. 부족하고 허술한 모습을 품어주고, 있는 모습 그대로를 바라봐 주고 기다려 줄 수 있다면 더 푸근히 살 수 있을 텐데... 받은 그대로를 자식한테도 못 흘려보내는 함량 미달을 어디 가서 채워야 할지!

내 자식 하나 있는 그대로 바라봐 주고 넉넉히 기다려 주지도 못하면서, 한 가지 생각으로만 바라보고 지녀왔던 지난 일들을 달리 바라보는 일이 가능할지는 모르겠다. 그런 일들을 해보고는 싶다.

시조카 아이 돌잔치를 하던 날이 생각난다. 아들로 맏이인 우리는 딸만 셋이고, 아들로는 둘째인 시동생은 아들만 둘이었다. 동서는 큰아이를, 나는 셋째를 가졌을 때 어머니는 두어 번 내 배를 보시며 그러셨다.

"네 배에서 아들이 나와야 할 텐데..."

우리가 맏이라 당연히 그런 마음이 드셨겠지만, 그렇다고 진심스럽게 부담을 주시는 말씀은 아니었다. 걱정대로 동서는 아들을 낳고, 나는 셋째딸을 낳았다. 그 아들이 어머니께는 맏손자가 되는 셈이었다. 맏손자였으니 어머니 입장에서는 돌잔치를 제대로 해주고 싶으셨을 것이다. 그때는 우리도, 동서네도 분가해서 살 때였는데 돌잔치를 시댁에서 하던 날, 나는 그 모든 걸 이해하면서도 자꾸 흘러내리는 눈물을 주체할 수가 없었다. 세 아이의 돌잔치를 안 한 건 아니었지만 돌상을 제대로 차려서 한 돌잔치는 다 아니었고, 그저 식구들 모여서 밥 먹는 정도로만 했다. 큰아이 때는 어머니를 모시고 시댁에서 살 때였는데 돌복도 어디서 빌려 입혔던 것 같고, 식구들끼리 모여 밥 먹은 후 나중에 사진관에 가서 빌린 옷 입혀서 사진 한 장 찍어 준 게 다였다. 둘째 때는 그렇게도 않고 밥만 모여 먹었을 텐데, 어찌된 노릇인지 그 기억도 안 난다. 셋째 때는 돌복을 여자애 옷도 아니고 남자애 옷을 어디선가 빌려 입혔었다. 그 장면은 기억도 나고, 남자 아이 돌복 입혀 찍은 사진도 남아 있다. 그래서 우리 아이들은 다 돌상 앞에 앉혀서 찍은 돌사진들이 없다. 다 커서 아이들이 자기들은 왜 다 돌잔치 사진이 없냐며 물었을 때 참 많이 미안했었다. 그런 형식 대신 어머니는 둘째 때는 우리 살림에 필요했던 전자레인지를 사 주셨고, 셋째 때는 피아노를 사 주셨던 것 같다. 이 기억이 정확한지는 모르겠지만, 어찌됐건 그런 이름 붙은 날에 사 주신 기억은 난다.

그랬는데도 나는 주책없이 그쳐지지 않는 눈물을 보일 수가 없어 많은 식구들 눈을 피해 욕실로 들어갔다. 문을 잠그고 눈물을 그치려고 세수도 하고, 딴 생각도 해보려 했지만, 그럴수록 자꾸 더 터져나오는 눈물 때문에 애를 먹은 기억이 지금도 생생하다. 아마도 큰아이가 아들이었더라면 데리고 사는 맏아들의 큰아이 돌잔치를 그렇게는 안 지나갔을 텐데... 하는 생각에, 그리고 줄줄이 다 딸이라는 이유로 돌상 한 번을 제대로 안 차려준 것 같아 아이들에 대한 미안함으로 자꾸 눈물이 터져 나왔던 것 같다.

그런 내 입장을 헤아리셔서 어머니는 몇 차례 조카 아이 외가쪽 입장을 전하셨다. 그 댁에서는 첫 손주여서 돌상도 제대로 차리고, 돌복도 제대로 해 입히고, 돌잡이도 시키고... 해야 한다고, 또 하고 싶어하신다고... 당연한 말씀이고, 백 번 이해가 가는 상황이었다.

"당연히 그러시겠지요. 그러셔야지요." 라고 드린 말씀대로 마음도 의연히 따라갔다면 참 좋았을 텐데, 맘대로 안 되는 눈물을 식구들이 눈치를 챘다면 얼마나 마음이 불편했을지... 이제야 헤아려진다. 그 다음 상황에 대해서는 정확한 기억이 안 난다. 그저 욕실로, 어디로 피해 다니며 눈물을 그쳐보려 안간힘 썼던 기억만 생생하다.

어머니 입장에서는 맏며느리가 떡하니 아들 하나 낳아서 안겨 드렸으면 그런 불편스러운 마음 서로 갖지 않아도 되는 거였다. 모든 게 그냥 물 흐르듯이 순순히 흘러갔을 것이다. 그게 아니었으니 어머니 입장도 여러모로 어려우셨을 것이다. 지난 세월을 생각하면 슬펐던 기억의 하나로 내 가슴 속에 남아있는 그날의 기억을 이렇게 처음으로 꺼내놓으며 혼자 실실 웃어본다. 꼭 고리짝 얘기 같아서다. 나이 한 칠십은 된 듯한 느낌이 들어서다. 하기사 예전에 내가 처음 결혼해 시댁에서 살던 때 얘기를 하면 듣는 친구들이

"너는 어째 꼭 6,70년 대에 사는 애 같다." 라고는 했었다. 추운 한옥에서 연탄불 꺼트려서 번개탄 휘휘 돌려 살려낸 얘기, 대문에서부터 마당을 지나, 부엌 한가운데를 지나서 있는 연탄광에 수백 장의 연탄을 들이고 나면 온 집안이 꺼먼 연탄색이 돼버려 죽어라 씻어내고 닦아낸 얘기... 연탄 들이던 날은 왜 항상 그렇게 날도 우중충 궂던지! 내 마음이 그래서 그랬던지는 모르겠다. 그런 날의 날씨는 내 기억에 늘 같은 날씨였다. 거기다 여러 드나드는 사람들에 치여사는 얘기...들까

지, 따뜻한 아파트에서 단 둘이 깨를 볶고 사는 친구들에게 내 사는 얘기들은 그렇게 느껴지고도 남았을 것이다. 그때는 몰랐다. 그렇게 다름으로 인하여 나는 나만의 고유한 히스토리를 지니게 될 거란 걸. 그 다름으로 인하여 나는 글을 쓸 때, 노랫말을 지을 때, 그 노래를 부를 때도 남과 다른 나만의 고유어를 불러내고, 나만이 지닌 흐름으로 이어가고, 나만의 언어와 나만의 눈빛으로 노래를 지어 부를 수도 있게 될 거란 걸! 그래서 이제와 생각해보면 어느 한 순간도 쓸모없었다고 내다버릴 수 없다. 그 모두가 다 지금의 나를 만든 것들이었다. 그렇다고 해서 다시 한 번 돌아가 살아볼 생각이 있다는 건 아니다. 그건 정말이지 아니다. 어차피 그리 되고 난 후이니 지어먹는 생각이기도 하지만, 그렇다고 틀린 얘기도 아니다.

오늘도 잠들기 전에 남편은 또 무어라 길지도 않은 한두 마디 장난말로 나를 웃길 것이다. 오늘은 그 생각만으로 배꼽 잡고 웃어댈지 모른다. 그만큼 헤퍼진 웃음이 우스워서 웃어댈지 모른다. 오래 전에 눌려있던 눈물 대신 웃음이 분출되니 얼마나 감사한 일인가? 오늘도 되고말고 깔깔대는 날 보고 남편은 이렇게 말할 것이다.

"당신은 참 오래 살겠다!

그 얘길 해주려고 자꾸 웃기는 건 아닌지, 오늘은 배꼽 잡고 웃지만 말고 한번 꼭 물어봐야겠다.

5

당신 이러지 않았어

"우리는 어찌어찌 부부가 되었고, 살아갈수록 내 부족한 모습들을 정확하고도
푸근히 채워주는 남편 덕분에 천생연분이 되었다. 요즘 이런 저런 장난에 배꼽을 잡는 날 보고
남편은 자주 그런다. 당신 옛날에는 이러지 않았어! 라고."

작은 언니를 따라 다니기 시작한 교회는, 대학 진학을 위
해 고향을 처음 떠나와 첫 정을 들인 곳으로, 내게는 제 2의 고향과 같
은 곳이었다. 아무 생각 없이 1학년 한 해를 보낸 대가로 한 번도 생각
해보지 않았던, 꿈에라도 생각 한 번 해본 적 없던 전공을 어쩔 수 없
이 택한 후유증으로 방황하던 학교생활의 혼돈을 달랠 수 있었고, 혼
란스러운 마음도 위로받을 수 있었다. 신앙으로야 막 걸음마를 뗀 어
린 아이와 같은 수준이었고, 그래서 기실 그 위로와 위안은 사람들로
부터 온 것일 수도 있다. 우선 언니가 있었고, 결혼한 언니의 가족들도
있었다. 면 단위 시골에서 고등학교까지를 졸업한 후 본고사로 치른
대학시험에 낙방하고 재수란 걸 하면서 나는 언니네 집에 얹혀 살았
다. 언니는 4남 2녀 집안의 장남인 형부를 만나 연애결혼을 했는데,

내가 가서 보니 막내 시누이와 그 위 시동생이 초등학생들이었다. 시어머니가 안 계신 집안이어서 언니가 엄마인 셈이었다. 나는 그 식구 많은 집에 염치도 없이 얹혀 살며 어느 날은 집안일을 도와주시던 아주머니한테 한 소리를 듣기까지 했다. "'이모는 속옷 빨래만큼은 직접 좀 해줬으면 좋겠다."는 거였다. 들어 싼 얘기고 말고였다. 아주머니 입장에서는 그러잖아도 식구가 많은데, 염치도 없이 얹혀 사는 군식구 주제에 주인집 식구인양 속옷 빨래까지 척척 섞어 내놨으니 얄밉지 않은 게 이상할 것이다. 그 정도로 내 딴에는 나도 그 집 식구라도 된 양 허물없이 어울려 살았던 것 같다. 언니가 안주인이고, 사돈 되는 식구들이 다 흉허물 없이 편하게 대해 주어 그럴 수 있었을 것이다.

지금도 생각나는 장면이 있다. 언니네 식구들은 새벽마다 집에서 식구들끼리 새벽예배를 드렸다. 나도 언니 따라 교회를 다니고 있었기 때문에 당연히 따라 일어나 졸린 눈을 부벼대며, 하품을 있는 대로 해 가며 찬송도 부르고, 말씀도 읽고, 기도도 드리는 시늉을 했다. 요즘 식으로 말하자면 가족 미라클모닝 시간이었다. 나는 다 크기나 했지, 초등학교 다니는 꼬맹이 사돈들까지 다 깨워 새벽마다 온 가족이 예배를 드렸으니, 여간한 신앙의 토대가 아니면 해낼 수 없는, 그야말로 미라클모닝다운 모닝이었다.

또 하나는, 배가 많이 부른 언니랑 예배를 마치고 집으로 가는 버스를 타러 가는 길에 있는 청과시장을 지나던 장면이다. 당연히 주일이었는데, 임신을 하면 으레 신 과일들이 당기는 법이고, 딸만 넷을 낳은 언니는 당연히(??) 더 과일이 당겼을 것이다. 근데도 언니는 먹고 싶단 말만 하고 절대 사지는 않았다. 주일에는 세상적인 일들에 돈을 쓰지 않는 게 좋다는 신앙적 이유에서였다. 그런 이유가 신앙적으로 어떻게 되든 나는 그런 언니 사는 모습이 좋아 보였고, 나도 그렇게 살고 싶었다. 그런 언니 모습이 신앙적으로 순수해보였고, 임신이라는 특수한 상황의 기본적인 욕구조차 절제하며 마음을 지켜 사는 모습이 훌륭해 보였다. 나도 주일에는 먹고 싶은 걸 사는 데에 돈을 쓰면서 살지 못하더라도 언니처럼 신앙도 훌륭하고, 평생 큰 소리 한 번 안 내는, 순하고 선한 남자 만나서 결혼해 살고 싶었다. 우리가 어릴 때 겪었던 우리 집 남자들이랑 다른 남자들을 만나서, 우리 집이랑 다른 집안 분위기를 만들어 살고 싶었다.

우리 집이랑 담장 하나를 사이에 두고 살았던 고모네 집 식구들은 늘 도란도란 작은 소리로 얘기를 나눴고, 어쩌다 좀 큰 소리가 날 때 보면 우리 집에서 우리 집 식구로 살다 시집간 우리 고모가 내는 소리였다. 지금은 기억도 가물거리는 고모부는 말씀이 거의 없는 분이셨고, 나는 고모부가 큰 소리로 얘기하시는 걸 본 기억이 없다. 고모랑 고모부에, 나보다 두어 살씩 많았던 두 사촌 언니들까지, 여러 시댁 식구들 모시고 한 집에서 살며 아주 오랫동안 시집살이를 하고 산 고모 네 집 올케 언니는 우리 동네에 처음으로 오르간이란 걸 선보인 분이 고, 그 오르간으로 찬송가 반주라는 걸 해보인 신식 사람이었다. 나한 테는 그런 언니가 참 대단해 보였고, 지금 생각해보니 처음 시집 와 예 순 훨씬 너머까지 시어른을 모시고 산 분이라 더욱 그런 생각이 든다. 아무리 나보다 더 윗세대 분이셨다고 해도 참 대단한 일을 해내셨다고 나는 믿는다. 옛날에 고모네 집이 얼마나 좁았는지 내가 알고, 우리 고 모가 며느리 입장에서 보면 수더분한 분은 아니었던 걸로 기억되기 때 문이다.

고모네 집은 작은 정사각형 마루를 중앙에 두고, 들어가면서 왼쪽 에 있던 조그만 방은 오빠랑 올케 언니가 쓰던 신혼방이었고, 조용하 면 부스럭 소리도 들릴지 모를 맞은편 방은 고모랑 고모부 방이었다. 면 서기여서 자전거 타고 읍내로 출퇴근하던 사촌 언니가 한지 같은 데다 유행가 가사나 시 같은 걸 멋지게 써내려 가는 걸 구경하기도 하 고, 드러누워 뒹굴대며 라디오로 유행가 같은 걸 같이 듣기도 했던 두 언니들 방은 그 가운데에 있었다. 올케 언니네 방이랑 두 언니들 방 사 이로 부엌으로 통하는 작은 문이 하나 나 있었는데, 그 부엌에서 고모 네 올케 언니가 만들어 내는 음식들은 우리 엄마가 만들어 주는 음식 들하고는 다른 신식 음식들이어서, 나는 늘 고모네 집 음식이 궁금했고, 가끔씩 얻어먹는 게 그렇게 좋을 수가 없었다.

　내가 무엇보다 좋았던 건 고모네 집 식구들이 만들어 사는 분위기였다. 고모네 집에서는 큰 소리 같은 건 아예 안 들렸고, 대신 도란도란 낮고 교양 있어 뵈는 소리에다, 종종 오르간으로 찬송가를 연주하는 소리도 들려왔다. 나중에 아이들이 태어나 자라면서는 두 딸아이가 엄마한테 오르간 치는 걸 배워서 엄마랑 같이 치는 걸 보고 참 부러웠었다. 어느 날은 우리 뒷마당에 있는 넓은 장독대에서 뭔가를 하고 있는데, 담장 너머에서 오빠랑 고모가 언성을 조금 높여 주고받는 소리가 몇 마디 들려왔다. 오빠는 그때 교회 장로님이셨고, 고모는 권사님이셨다. 수요일 밤 예배 때는 멀리까지 걸어가야 하는 교회로 가지 않고, 우리 동네 분들이랑, 우리 동네 가까이 있는 동네 분들 몇몇이 고모네 잠실방에 모여 따로 예배를 드렸다. 나도 몇 번 참석해본 적이 있는데, 그 예배에서는 장로님인 고모네 오빠가 예배를 주도하시고, 정식 설교는 아니지만 말씀도 전하셨다. 그 예배에 고모도 물론 참석하셨다. 그때는 아무 생각 없이 우리 식구들이랑은 나누지 못하는 신선하고 다른 경험들에만 마음이 팔려있었을 테지만, 지금 생각해보니 겉으로 크게 드러나지는 않았어도 오랜 세월 좁은 집에서 어른들 모시고 여러 식구들이랑 부대끼며 살면서 겪는 소소한 마음 속 갈등들도 없지 않았을 텐데, 그런 갈등들도 때로는 품고 하나님의 말씀을 전하고 듣는 모자의 입장이 늘상 편키만 하진 않았을 거란 생각도 든다. 물론 내 경험이 기준이긴 하다. 그래서도 더 그분들이 훌륭해 보인다. 자신이 할머니가 되도록 어른을 모시고 살았으니. 나 정도는 갖다댈 수도 없다. 그분들의 성품도 성품이지만 신앙의 힘도 컸을 것이다. 그건 나도 마찬가지다. 그때는 물론 어른을 모시는 삶이 어떻고 하는 관점 같은 게 나한테 있을 리가 없는 때였다. 나는 그냥 그 모든, 우리 집과 다른 고모네 집의 분위기가 좋았다. 내 눈에는 그게 그분들이 교회를 다니는 분들이라 그렇다고 느껴졌다. 그래서 나는 당연히 교회에 다니는, 신앙적으로 반듯한 남자를 만나고 싶었고, 또 우리 고모네 집같이 온 가족이 교회에 다니는 믿음의 가정으로 시집가고 싶었다. 고모네 집 식구들이 가진 좋은 점 중에 식구들이 다 술이란 건 입에도 안 댄다는 것, 그리고 큰 소리를 내지 않는다는 게 참 좋았다. 늘 잔잔히 평화로워 보이는 게 좋았다. 고모네 식구들 중 그 누구도 나와 우리 언니들이 결혼에 대한, 또 결혼 상대자로 선택할 남자에 대한 기준을 정하는 데에 자신들이 그 정도 영향을 미쳤다는 걸 꿈에도 생각 못할 것이다. 물질적으로는 옛날에 우리 집 땅을 경작해서 살기도 했다고 들은 것 같지만, 누가 나에게 우리 집이랑 고모네 집을 선택하라면 나는 아마 고모네서 살겠다고 말할 것이다. 물질적 풍요보다는 고요하고 평온한 삶이 나는 좋다. 나를 키워준 부모님이 서운해 하셔도 어쩔 수 없다. 그분들이 나를 그런 사람으로 낳아 주셨고, 그런 환경과 반대되는 상황이 많았던 가정환경을 통해서도 그런 선택을 하도록 하셨다.

서울에서 첫 정을 들였던 교회라는 새로운 환경 속에서 내가 장차 그런 인생을 함께 할 사람을 만나게 될 거라는 구체적인 예감이 있었던 건 아니다. 그저 그럴 수도 있지 않을까 라는 막연한 감은 있었을 것이다. 그때도 대학부와 청년부라는 공동체를 통해 신앙 안에서 건전한 활동들을 함께하며 자연스럽게 커플들이 탄생하는 경우가 많았고, 나도 지금 내 아이들에게 바라는 바지만 그렇게 배우자를 만날 수 있는 건 예나 지금이나 축복받을 일이다. 그 청년들 안에 내 남편도 나중에 끼어들었다.

남편이 군에서 제대하고 청년부에 복귀했더니 눈길을 끄는 새로운 인물이 있더란다. 남편 동기들과 선후배들은 대부분 초. 중등부 때부터 같이 신앙생활을 해온 사람들이라 대학부 때 처음으로 그 교회에 얼굴을 들이민 나는 여러 사람들에게 뉴 페이스(new face)였을 것이다. 내가 대학부 때는 남편은 군 복무 중이었고, 제대해 청년부로 올라갔더니 내가 보였는데, 그때까지도 살짝 시골애티를 못 벗고 있었던 내가 순수해보이고 참 예뻐 보였단다. 제대한 해 여름에 하기 봉사대 대장을 맡은 남편은 나를 자기 조에다 고의적으로(!!) 집어넣었고, 철 이르게 핀 코스모스가 줄지어 서 있던 봉사지 부근 어느 초등학교 앞에선가 나보고 코스모스가 어쩌고 하며 갑자기 앉더니 업어주겠다며 등을 내 쪽으로 돌려댔었다. 이 기억이 정확한지는 모르겠다. 어쨌거나 돌아와서 남편이 한 코스모스 얘기로 인해 내가 제일 좋아하는 꽃이 코스모스인 걸 어떻게 알았냐는 둥, 어쩌고 얘기하다 남편이 처음으로 데이트를 청했었다. 우리가 처음 만난 교회 근처 다방 이름은 '환희'였다.

남편과의 만남이 처음부터 환희스러웠던 건 아니었다. 남편은 한마디로 그 당시의 내 이상형이 아니었다. 지금이야 세상에서 제일 편안하고 좋은 사람이지만, 그때 당시의 내 이상형은 키도 크고, 덩치도 크고, 스케일도 큰 남자였다. 남편은 그 모습들에서 거의 다 반대였다. 그런데 우리는 어찌어찌 부부가 되었다. 그리고 살아갈수록 내 부족한 모습들을 정확하고도 푸근히 채워주는 천생연분이라는 생각이 든다. 남편은 장난기가 많은 사람이다. 요즘도 그 나이에, 하루에 세 번씩 밥 먹으러 집에 들락거리며 얼굴 보자마자 하는 소리가 왜 전화 안 했냐는 거다. 밥 먹고 나가면서는 꼭 달겨들어 뽀뽀도 하고, 보고 싶으면 전화하라고 노랠 부른다. 점심이라도 한 번 건너뛰면서 그런 소리 좀 했음 좋겠다. 이런저런 장난으로 나를 웃길 때마다 낄낄낄낄 푸하하하 웃음을 못 참고 배꼽을 잡는 날 보고 남편은 자주 그런다.

"당신 옛날에는 이러지 않았어!"

아쉬운 듯 말하지만 사실은 좋아서 그러는 줄 나도 안다. 자기 옆에서 세상 근심 다 놔버린 여자라도 된 양 깔깔대고 숨 넘어가게 웃어대는 아내를 보고 흐뭇하지 않을 남자가 어디 있으랴? 그래서 더 웃어주려는 뜻으로 그렇게 웃는 건 아니다. 나도 모르게 그리 되는 나를 나도 신기해서 바라보게도 된다. 세월이 그리 만든 건 알겠다. 참 오래도 한 솥밥 먹으며 살았다. 아니 살아내었다! 그리 웃게 된 걸 보니 아주 잘 살아낸 듯하다.

6

네버앤딩 딴따라라

"나는 많이 슬플 때면 그 슬픔을 견뎌내느라 시를 쓰곤 했다.
어느 날은 퇴근 후에 도서관에 가서 어렸을 때 읽었던 '어린 왕자'를 다시 읽고서 탄천으로
나와 걷고 있는데, 도서관에서 몇 줄 쓰다만 시가 노래로 입에서 흘러나왔다."

우리 아버지가 내처 집안의 독재자시기만 했던 건 아니
다. 딸로는 셋째 딸에다 끝에서 두 번째인 나를 많이 이뻐하셨다. 내
기억에 고등학교 다닐 때까지도 아버지한테 어리광도 부리고 반말로
버릇없이 굴며 자란 것 같다. 밥 먹다 엄마가 나한테 물 심부름을 시켜
서 떠다 드리고, 일어난 김에 밥을 그만 먹으면 애 밥도 못 먹게 심부
름시킨다고 여러 번 혼내셨던 기억이 난다. 내 고향 좁은 세계에서는
그런 대로 공부도 잘 하고, 달리기도 잘 하고, 노래도 잘 부르고, 글짓
기도 곧잘 했던 나는 엄마랑 아버지 중에서 누구를 더 닮았을까, 궁금
했던 적이 있었다. 근데 잘 가늠할 수는 없었다. 나는 여러 잡기들에
다 좀 끼를 보였는데, 엄마나 아버지나 내가 조금씩 잘 했던 것들을 내
가 볼 수 있게 내 앞에서 해보인 적이 없었으니 그렇다. 아버지가 기분

이 좋으실 때는 소죽을 끓이는 아궁이 앞에 앉아 불을 때시며 '흐으으 ~으음 흐으으~음~' 하시며 콧노래를 흥얼거리시곤 했다. 제대로 된 노래를 부르시는 건 한 번도 본 적이 없다. 우리 엄마가 노래를 부르시는 건 몇 번 들어본 적 있다. 동네 무슨 잔치 때나, 엄마 아버지 회갑잔치 같은 때에 들은 것 같다. 그치만 다 닐니리 닐니리야~ 어쩌고 하는 노래들이라 내가 주로 좋아하고 잘 부르는 발라드 종류의 노래라든가, 그도 아니면 제대로 된 트로트라도 돼야 들어본 바대로 짐작이 될 텐데, 엄마가 부른 노래들로는 가늠이 안 됐다. 달리기도, 문학적인 감성도, 다 누구의 유전자인지 아무 단서도 안 남기시고 두 분 다 떠나셨다. 그때는 내가 이렇게 다 나이 들어서 이런 걸 궁금해하며 글을 쓸 줄은 몰랐다. 참 살아볼 만한 세상이다.

초등학교 다닐 때, 오락시간이면 나는 자주 불려나가 노래를 불렀던 것 같다. 내가 어떤 계기로, 언제부터, 선생님들과 친구들 사이에서 노래를 잘 부르는 아이로 알려지게 되어 그렇게 불려나가 노래를 부르게 됐는지는 전혀 기억이 안 난다. 내가 자주 부른 듯한 노래는 생각난다.

'옛날에 금잔디 동산에 매기 같이 앉아서 놀던 곳,
물레방아 소리 들린다. 매기 아하 희미한 옛 생각...'
으로 시작되는 '매기의 추억' 이라는 노래다. 또

'오가며 그 집 앞을 지나노라면 그리워 나도 몰래 발이 머물고

오히려 눈에 띌까 다시 걸어도 되보면 그 자리에 서졌습니다.'

로 끝나는 '그 집 앞'이라는 노래도 내 레퍼토리였다. 다시 불러봐도 꽤 서정성 있고 분위기 있는 노래들이다. 그 취향은 지금까지 이어져 나는 발라드 아닌 노래들은 거의 불러본 적이 없다. 팝송 몇 개만 더하면 끝이다.

초등학교 저학년 때에 처음으로 내가 만든 노래도 지금껏 생각난다. 노래를 만들어 볼 생각은 언제, 왜 하게 됐는지 모르겠다. 어린애답게 아주 단순명쾌한 곡이다.

'노오란 노오란 색지 위에 그~려 그~려 봅니다.

여기는 여기는 어디요? 여기는 여기는 서울입니다.'로 끝나는 노래인데, 색깔이랑 지명만 바꿔서 혼자 5절, 6절까지 신나게 불러대던 생각이 난다.

중학교로 진학하여 훨씬 더 넓어진 세계에서도 나는 어찌어찌 또 그 명맥을 이어갔다. 오랜 세월이 흘러 삼십 몇 년 만에 만난 친구들도 내가 노래를 잘했던 걸 당연하다는 듯 기억해주었다. 오락시간에 대한 기억은 없고 소풍 가서 노래를 불렀던 기억은 난다. 어느 해엔가 중학교 때였는데, 어쩌다 팔을 다쳤는지 붕대로 감싼 한 쪽 팔을 줄로 목에다 동여맨 몰골을 하고서 나는 많은 친구들 앞에 나가서 마이크를 입

에 대고 노래를 부른 것 같다. 그때 내가 불렀던 노래는 제 1회 대학가
요제 대상 수상곡이었던 서울대 〈샌드페블즈〉의 '나 어떡해' 였다.

'나 어떡해 너 갑자기 떠나가면 나 어떡해 너를 잃고 살아갈까... 나
나나나 나나나 나나나나'

로 이어지는 이 단순한 리듬과 가사의 노래는 내가 좋아하는 '산울
림' 의 김창완 씨 동생, 김창훈 씨가 만든 노래다. 소풍 가서 내가 이 노
래를 부른 이후 우리 학교에서도 이 노래가 유행했던 걸로 나는 기억
된다. 아님 말고다. 하하

그 이후의, 노래와 얽힌 내 기억은 대학 2학년 때 학교가요제에서
불렀던 첫 창작곡으로 이어진다. 엄마를 도와 아궁이에 불 때면서 만
든 것 같기도 하고, 학교 갔다 집에 오는 길에 논두렁 밭두렁을 걸어가
면서 만든 것 같기도 하고, 이어진 것 같기도 하다. 한꺼번에 완성할
수는 없으니 이어서 만든 게 맞을 것이다.

'........하늘 내음 땅 내음을 아는 사람, 사랑할 줄 더욱 아는 사람,
그런 사람이면 좋겠오. 그런 사람이면 하하 하하 웃겠오.'

로 끝나는 노래도 있었다. 노처녀가 자기를 좀 불러주고, 같이 하늘
로 날아오르자며, 백마 탄 왕자님은 싫고, 하늘 내음 땅 내음을 알고
사랑하는 사람이면 족하겠다는... 내용의 가사인데, 갈래머리 풋풋한
여고생이 저런 노래는 왜 만들었는지 지금 생각해봐도 모르겠다. 지금
도 그렇지만 노래를 만들어야겠다고 마음을 먹고, 시작~ 해서 만드는

게 아니라 어느 날 저런 노래가 멜로디를 달고 그냥 내 입에서 흘러나왔을 거다. 왜 그렇게 되는지는 나도 모른다. 그냥 그게 나다.

그 다음에 이어지는 내 딴따라 끼에 대한 기억은 앞서 풀어놓은 대로 학교가요제와 대학가요제로 이어진다. 그리고는 갑자기 사십 몇 년 후로 뛴다. 아, 아니다! 그 중간에 낀 기억이 또 하나 있다. 나는 대학가요제에서 달걀로 바위치기 같았던 낙방의 경험 이후, 한동안은 노래의 '노'자도 꺼내기 싫었었다. 그 전에도 그 경험을 한 번 했기 때문에 그냥 그러라고 두었다. 그 아쉬움들을 교회에서 달랠 기회들이 많았던 걸 잊고 건너뛸 뻔했다. 교회에서도 나는 노래를 잘 부르는 사람으로 알려진 걸 보면 내가 노래를 조금 잘하긴 했나 보다. 사실 이 표현은 겸손해야 한다는 생각으로 한 표현이고, 그러고 나서도 나는 은연중 내가 노래를 좀은 부를 줄 안다고 생각했던 것 같다. 그러니 애까지 달고서 급기야는 방송국 문까지 두드렸으니 말이다. 사실 대학가요제를 두고 생각하면서, 제대로 된 준비를 하고 나가 본 게 아니라는 판단을 한 것 같다. 그래서 한 번만 더 도전해보자고 나간 거였을 거다. 큰아이가 아장아장 걸을 때였다. 그때 당시 우리나라에서는 KBS 2TV에서 방송되던 〈도전 주부가요열창〉이 선풍적인 인기를 끌 때였다. 나는 그때도 연습이래봐야 혼자 집에서 노래 몇 번 불러보고서 나갔다. 달리 꾀할 수 있는 뾰족한 방도가 내 주변머리로서는 없었다. 1차 예선에서 무슨 노래를 불렀던지도 지금 기억이 잘 안 난다. 아마 노사연 씨 노래 중 하나였지 않았을까 싶다. 어쨌거나 나는 애까지 달고서 예선을 치르러 가 다행히도 1차 예선에서 붙는 영광을 누렸다. 그때도 잠시 며칠, 발이 땅에서 붕 떠있는 기분이었을 거다. 2차 예선에서는 또 떨어졌다. 그만하면 내 딴따라 끼도 좀 못 말리는 수준인 듯하다. 그 다음이 쉰을 넘기면서로 이어지는 기억들이다.

남편이 남성 갱년기 증상을 심하게 겪으면서 다른 안 좋은 상황들도 겹쳐 있던 때였는데, 예전 같지 않은 남편으로 인해 그때 나는 많이 슬펐었다. 나는 예전부터 많이 슬플 때면 그 슬픔을 견뎌내느라 시를 쓰곤 했다, 써야지! 생각하고 쓰는 게 아니라 노래가 어느 날 제 맘대로 내 입에서 흘러나오듯이 시도 그렇게 쓰여졌다. 어느 날은 퇴근 후에 도서관에 가서 어렸을 때 읽었던 '어린 왕자'를 다시 읽고서 탄천으로 나와 걷고 있는데, 도서관에서 몇 줄 쓰다만 시가 노래로 입에서 흘러나왔다.

그가 살던 별 소행성 B612호는
아주 작은 별이라 그 앞에 B라고
기호 하나 든든히 붙였지요.
세상에서 가장 아름다운 사막

사하라 사막 그곳에서

나는 그 6살 어린왕자 만났지요 (확실하진 않아요 6살인지...).

"양을 그려줘" -어린 아이 목소리로-

양을 그려줘.

내 별에 두고 온 장미를 지켜 줘야 해.

우린 서로 길들였거든.

코끼리를 삼킨 도마뱀 그림을

어린왕자는 알아보았지.

그래서 우린 친구가 됐네.

아무도 없는 외로운 사막 그곳에서...

여기까지가 1절, 제목은 '다 못 쓴 편지-어린 왕자에게-' 다.

그가 두고 온 소행성 B612호는

하루에도 마흔 두 번이나 노을을

볼 수 있는 아주 작은 별이라고,

세상에서 가장 아름다운 행성

초록별 지구 떠나면서

어린왕자는 양 한 마리 데려갔죠.

라고 쓰여진 그 편지는 아직도 그대로인데

이렇게 별이 빛나는 밤에

나는 널 찾아

고개를 한껏 젖히고

네 별을 찾는단다, 어린왕자야.

(더 이상 노래가 이어지질 않아. 다시 네 책을 꺼내야겠어. 그치만 내가 궁금한 건 이거야.

어쩌다 너는 그 별에서 혼자 살게 됐니? 언제부터였어? 엄마 아빠는? 외로울 땐 넌 뭘 하니? 아, 그래서 너희들은 서로를 길들인 거구나! 사실은 여기 지구인들도 그래.

길들인 만큼 편하기만 하면 참 좋을 텐데... 너도 그랬음 좋겠다.

이런 얘기 말고, 뭔가 중요한 얘기가 있을 텐데, 이어지질 않아. 나이 때문일까?

그렇게 생각하면 제일 편하지. 근데 정말 그럴까?)

나이가 무슨 상관이람? 핑계일 뿐 핑계일 뿐 핑계일 뿐 (그래 핑계지, 뭐).

하지만 너도 내 나이 돼 보렴. (그 나이에 그래도 되나?) 라는 말이 내 안에서 먼저 들리지.

하지만 기다려 줄 거지?

아직도 못 다 쓴, 꼭 부치고 싶은 이 편지를... 으음~

노래 중간중간 담긴 괄호 부분은 어린왕자랑 얘기를 나눠야 한다. 혼자 중얼중얼대고 걸으며 어린왕자랑 놀기에는 내 나이가 심하게 많다는 생각이 들었다.

'어린왕자'가 정말 주려는 메시지는 아직 담지 못해, 또 가사 한 군데 고쳐야 할 부분도 있어, 아직도 미완성인 이 노래를 다 이을 때쯤엔 내 딴따라 끼가 좀 수그러들까? 아니면 영원히 네버앤딩 딴따라라(!!)로 이어질까? 그때 가봐야 알겠지만 나는 답을 알 것 같다.

월간 창경
-월간 윤종신 내 맘대로 따라하기-

"반듯하게 사는 것만이 정답이라고는 생각하지 않는다. 나는 그냥 나다움으로,
내가 즐거워지는 방법으로 살면 된다. '월간 창경' 역시 내 오랜 꿈에서 나온 놀이다.
꿈은 내 오랜 친구고, 끝까지 손 잡고 갈 고마운 동행이다."

사십 대 초반쯤이었나? 우리 부부는 클래식 기타를 같이 배우기 시작했다. 나는 대학 때는 통기타에만 관심이 있었다. 노래 부르면서 반주를 하기 위해 배운 거였고, 남편은 자기 학교 〈고전음악반〉이라는 써클에서 클래식 기타를 배우며 즐기고 있었단 얘길 나중에 들었다. 교회에서 아가씨가 그 얘길 했던 것 같다. 그것이 우리를 이어 줄 운명의 끈이 되고, 평생 함께 즐길 놀이가 될 줄 그때는 서로 몰랐다.

사느라 바빠 기타는 잊고 살다가 남편이 먼저 클래식 기타를 다시 배우기 시작했다. 그러면서 '카바티나'라는 인터넷 창에 들어가면 자기네들 얘기가 떠있다는 거였다. 그때만 해도 컴퓨터나 인터넷에 대해 거의 문외한일 때라 그게 무슨 뜻인지도 몰랐다. 그러다 남편이 열어

주는 공간에 들어가 봤더니 같이 배우는 사람들끼리 주고받은 얘기들이 떠있었고, '카바티나'라는 낯선 어감이 주는 묘한 매력에도 이끌려서 나도 관심이 생기기 시작했다. 게다가 그 멤버들 중에 무슨 교수, 누구 선생님... 이라는 여성 멤버들에 대한 얘기도 종종 해 어떤 사람들인지 궁금하기도 했다. 가봤더니 멤버들이 남편과 같은 건축사 한 분에, 대학 교수님에, 학교 선생님에... 다 점잖고 교양 있어 뵈는 분들이었다. 통기타를 같이 배우던 사람들하고 분위기가 달라 더 끌렸던 것 같다. 그렇게 우리는 대학 때 즐겼던 기타를 사십이 넘은 나이에 다시 잡기 시작했다.

그곳은 분당 어디에 있는 문화센터였는데 일주일에 한 번씩 주말엔가 갔고, 대신 일주일 동안 연습을 해가야 했다. 우리는 분기별로 향상 발표회도 하고, 발표회가 끝나면 기타 하나씩 둘러메고 가까운 공원에 가서 기타 연주를 하기도 했다. 어느 때는 분위기 좋은 찻집에서 뒤풀이를 하기도 했다. 나는 함께하는 기타 연주도 좋았지만 그런 모임들도 참 좋았다. 지금도 그때 그 멤버들의 이름과 얼굴이 그대로 생각난다. 그러다 어떻게 그 모임이 흐지부지 깨졌는가는 기억이 나질 않는다.

다시 십여 년이 흘렀고, 그 세월 동안 기타를 본격적으로 치거나 배우지는 않고, 아주 안 치지도 않고 살았다. 그러다 어느 날 다시 기타를 배우기 시작했는데, 역시 집 주변 문화센터에서였다. 항상 우리는 세트로 붙어 다녔다. 남편은 무슨 일이든 시작하면 성실하고 꾸준히 붙잡고 하는 사람이고, 바지런바지런하셨던 엄마보다 평생 설렁설렁 한량처럼 사셨던 아버지 기질을 많이 닮은 나는 연습을 늘 설렁설렁 해갔다. 그러다가 또 어느 날 필이 꽂히면 애들 빵 먹여 놓고, 몇 시간씩 붙잡고 파고들어 할 때도 있긴 했다. 내게 제일 불가항력으로 보이는 사람들은 일 년 열두 달, 하루도 안 빠지고 어떤 일을 일정한 시간에, 일정한 분량만큼 반드시 해내는 사람들이다. 그래서 나는 학교 다닐 때도 우등상보다는 3년 개근, 6년 개근 같은 일을 해내는 사람들이 훨씬 대단해보였다. 나는 규칙적이고, 정확하고, 꾸준하고… 같은 기질의 유전자가 다른 사람들보다는 모자라게 태어난 사람 같다. 다행인 건 어느 순간 몰입하면 놀라운 집중력으로 어떤 성과를 만들어 내기도 한다는 점이다. 그런 몰입의 순간이 규칙적이고 꾸준하기만 하다면 내가 지금껏 살아오면서 얼마나 더 괜찮은 일들을 많이 해낼 수 있었을까 라고, 하나마나한 생각을 해보게는 된다. 그래서 그런 꾸준함과 성실함을 큰 저력으로 가진 남편이랑 인생의 짝이 되어 살면서, 참 잘도 맞춰서 짝을 정해주셨구나! 라고 감사하게 될 때가 많다.

그래서도 시작하긴 했다. 뭔가 동기부여가 될 만한 게 있어야 연습을 하게 되는 나 자신을 너무 잘 알기에 그런 장치를 하나 만들어야겠다는 생각이 들었다. 그 즈음에 나는 한창 '카스토리'라는 공간에다 여행 다녀온 흔적을 남기거나, 나들이 가서 찍어온 사진들을 늘어놓고 무어라 주절주절 사설을 붙여 올려놓는 놀음에 빠져 있었다. 어쩌다 주어지는, 선물 같이 아름다운 삶의 순간들을 그냥 흘려보내는 것이 너무 아쉬웠고, 그런 순간들이 담긴 사진들과 짧은 글들로라도 그런 일탈의 순간들을 내 삶의 기록으로 남겨두고 싶었다. 지금 이렇게 삶을 돌아보는 글쓰기를 하면서 그때 그렇게 남긴 그 기록들이 얼마나 소중한지 모른다. 그런 결정을 하고, 남들 눈에 좀 유난스러워 보였을 수도 있었을 일들을 소신을 가지고 계속했던 나에게 박수를 보내고 싶다. 실제로 내가 살아온 삶의 테두리 안에 있었던 사람들은 내가 하는 그런 짓들을 다소 유난스럽게도 보고, 이질감의 느낌으로 바라보는 듯한 시선을 느끼기도 했다. 그리고 그들의 그런 느낌을 이해도 했다. 내 주변의 점잖고 평범한 사람들은 내가 하는 그런 짓을 거의 하지 않는 사람들이다. 열에 아홉이 잘 안 하는 짓을 하면 당연히 그런 느낌을 가지게 되는 것이 사람들 살아가는 모습이다. 그래서 어느 때는 내 필요에 의해, 내가 즐거워서 하는 짓을 하면서 마음이 불편할 때도 있었다. 그렇지만 어찌어찌 시작한 일이니 계속해가기로 했다. 내 삶의 구호 중 하나는 '못 먹어도 go!' 다.

첫 번째 목적은 내가 꾸준히 기타를 잡고 있도록 하는 거였다. 언젠가 수첩에다 끄적여 놓은 메모에 '허리가 굽은 날에도 기타를 끌어안고 있고 싶다...' 라고 쓰여 있듯이, 나는 그럴 수만 있다면 팔십, 구십이 될수록 더 기타를 끌어안고 살고 싶은 사람이다. 그 점에서는 남편하고 마음이 똑같다. 참 감사한 일이다.

그래서 매달 기타 연주곡 하나씩을 연습해서 연주하는 모습을 동영상으로 찍어 카스토리 공간에 올려놓기로 하고, 그 공간의 타이틀을 무어라 할까 고민했다. 우선 나만의 공간이 아니라 기타를 같이 즐기는 남편도 동참하는 걸로 하고, 참 고지식하게도 둘의 이름 첫 글자를 따서 '월간 창경' 으로 하기로 정했다. '창경' 이란 말은 어쩐지 듣기에 경사스럽고, 기쁨이 가득한 느낌이고, 옛날 임금님들이 거처하던 궁궐로서의 느낌도 있어 맘에 들었다. 거기다 '창(創)' 자는 한자로 뭔가를 새로 시작하고 창조해낸다는 뜻으로 쓰이는 글자여서 좋았고, '경(慶)' 자 역시 기쁘고 경사스러운 뜻으로 쓰이는 글자여서 내가 한 작명에 나 혼자서는 만족스럽기만 했다. 의미는 그렇게 두루 좋은 뜻으로만 골라 담기로 하고, 쓸 때는 '창' 과 '경' 사이에 카스토리 공간에서는 꺼내 쓸 수 있는 기타 모양 이모티콘을 하나 껴넣었다. 그리고 딸린 타이틀 하나를 부제처럼 더 쓰기로 했다. 이름하여, '월간 윤종신 내 맘대로 따라하기' 다.

윤종신이라는 가수를 잘은 모른다. 그 가수의 노래를 자주 불러본 적도 없고, 몹시 좋아하는 노래가 있는 것도 아니었다. 언젠가 〈판듀〉라는 프로그램에서 직접 만든 노래를 듀엣으로 누군가와 부르는 걸 본 적이 있는데, 그 노래의 가사가 참 와 닿아서 나중에 다시 찾아 듣기도 하고, 어디에다 올려놓기도 한 기억이 있다.

사랑해 이 길 함께 가는 그대
굳이 고단한 나를 택한 그대
가끔 바람이 불 때만
저 먼 풍경을 바라봐
올라온 만큼 아름다운 우리 길...

이라는 가사가 들어있는 '오르막길'이라는 노래였다. 이런 가사를 볼 때면 나도 노랫말을 쓰고 싶다는 유혹을 느낀다. 작사가의 꿈도 내 꿈 중 하나다.

그 노래 얘기는 나중 얘기고, 그때 당시에는 윤종신이라는 가수가 매달 반드시 새로운 곡을 하나씩 만들어 〈월간 윤종신〉이라는 타이틀을 달아 발표한다는 점에 마음이 끌렸고, 참 대단하다는 생각이 들었다. 내가 알기로 그 가수는 여러 분야에서 다양한 활동을 하고 있어서 아주 바빠 보였는데, 그런 삶 속에서도 자신의 본분인 가수로서의 본질을 놓지 않고, 계속 그 길에서의 치열함을 보이고 있다는 점이 인정

받을 만하다는 생각이 들어서였다. 그래서 나도 그런 정신을 본받자는 의미를 담고 싶었다. 나도 매달 한 곡씩 새로운 곡들을 연습해 발표하면 그런 대로 비슷하게 따라하는 게 되지 싶었다.

실제로 처음에는 새로 배우기 시작한 클래식 기타 소품집에 있는 짧은 곡들을 한 달 동안 연습해 매달 올렸다. 그때는 직장을 다닐 때였고, 그래서 오히려 더 연습을 할 수 있었다. 왜냐하면 나는 기타를 아예 내가 근무하던 학원에다 갖다 놓고, 퇴근 후에 빈 학원에서 매일 연습을 했기 때문이다. 맘씨 좋은 원장님의 배려로 퇴근 후 시간에 학원이라는 공간을 내 맘대로 사용할 수 있었는데, 매일 규칙적으로 연습할 수 있었던 그 시간들이 그립다.

확실히 그런 장치를 해놓으니 연습을 안 할 수가 없었다. 무척 더운 여름날, 양심적으로 에어컨은 안 켜고, 벽에 붙은 선풍기 하나 밑에 붙어 앉아 연습을 하다보면 찌는 듯이 덥고 답답해서 당장 가까운 탄천으로 뛰쳐나가고 싶은 마음이 굴뚝같았다. 그런 마음을 참아내고 정해진 시간만큼 연습을 계속할 수 있었던 건, 누군가 한 사람은 내가 스스로 한 약속을 어떻게 지켜내나, 지켜볼 것 같아서였다. 나 스스로와의 약속도 중요했지만 현실적으로 더 신경이 쓰이는 건 당연히 타인의 시선이었다. 별것도 아닌 놀이였지만 그건 내가 내 인생의 한 부분을 대하는 태도일 수도 있고, 어쩌면 그 하나를 대하고 지속해나가는 마음

가짐이나 자세가, 내가 내 인생 전체를 대하는 마음가짐이고 자세일 수도 있다는 생각도 들었다. 하나를 보면 열을 안다는 말이 있듯이 말이다. 아마도 내 생각은 맞을 것이다. 그 작은 것 하나에 내 본질이 드러나는 것을 나 스스로는 느꼈다. 남들은 나처럼 예민하게 보지 않고, 해도 그만 안 해도 그만인 남의 일이요, 별것 아닌 구경거리로 대할 수 있지만, 나는 내 스스로 만들어 놓은 건전하고 건설적인 올가미에 스스로 빠져 때로는 스트레스도 느끼고, 즐거움도 맛보고, 나의 나됨이 드러나는 걸 혼자서만 조용히 관망하기도 한다.

처음에는 기타곡만 올리다가 나중에는 기타로 반주하며 노래를 연습해 올리기도 하고, 어느 달은 시를 써서 올리기도 했다. 미국 여행을 다녀와서는 여행기를 써서 올렸고, 연말에는 '고요한 밤 거룩한 밤'을 기타로 남편이랑 듀엣으로 연주해 올리기도 했다. 지금은 (격)월간으로 바꿨고, 두 회째 남편이 드럼 연주랑 기타 연주를 하게 해서 올렸다. 다행히 남편도 늘 어제보다 나은 오늘, 어떤 걸로든 나아져 가고 발전해가는 데에 마음을 두고 사는 사람이라 함께 즐기고 있고, 우리는 그런 면에서도 죽이 잘 맞는 부부여서 참 감사하다.
처음에는 기타 연습이 목적이었으나 이제는 우리 부부가 어떤 걸로든 새로운 에너지와 열정으로 하루하루를 즐겁게 살아가는 과정과 그 결과물을 기록하고 남기는 데에 의미를 두고 있다. 그럴 줄 알고 나는 굳이 딸린 타이틀에 '내 맘대로 따라하기"라는 표현을 넣었다. 나는 어떤 일의 처음과, 과정과, 끝을 처음 그대로 정확하게, 빈틈없이, 빤듯이(!!) 해 나갈 수 있는 사람이 아니다. 나는 그런 일이 세상에서 젤로 어려운 사람이다. 꼭 그렇게 사는 것만 정답이라고 생각하지도 않는다. 나는 그냥 나대로, 나다움으로, 내가 즐겁게 할 수 있는 방법으로 살면 된다. 나는 세상에 하나밖에 없는 나만의 특질을 가진 고유하고 존귀한 존재다. 그런 나여서 나다움의 극치, '월간 창경 −월간 윤종신 내 맘대로 따라하기−'를 만들어냈고, 내 식으로 즐기고 있다. 이 또한 내 오랜 꿈에서 나온 놀이다. 꿈은 내 오랜 친구고, 내 삶의 목격자이고, 끝까지 손 잡고 갈 고마운 동행이다.

[제 4 장]

생각이 나이를 삼키듯

그랜드 캐니언으로 나는 다시 떠난다.
슬쩍 구경만 하고 온 지 2년도 안 됐지만, 아주 오랫동안 생각 속에 품고 품어
이미 반은 다녀온 듯한 그 협곡들이 나를 불러대서 속수무책 딸려간다.

1

이제 겨우 절반 살았는데

"밝은 색이 좋아지면 노인네라는데, 요즘은 자꾸만 밝은 색상에 눈길이 간다.
이제 겨우 인생 절반 살았는데 내가 왜 이러나 모르겠다.
그래도 세상에 둘도 없는 짝이 '청년정신'으로 곁에서 함께 살아주고 있다는 게 참 좋다."

내가 결혼하던 해에 어머니는 회갑을 맞으셨고, 회갑잔
치를 집에서 했었다. 그때 내 눈에 비치던 어머니는 그냥 백 프로 할머
니셨고, 여성성은 조금도 함께 보이지 않았었다. 지금의 육십된 여자
의 여성성과 30여 년 전의 모습과는 상당한 격차가 있을 거라고 나는
느낀다. 그 전에 결혼을 앞두고 집으로 어머니께 인사를 드리러 갔었
는데, 화장대에 여러 가지 화장품들이 놓여 있어서 혼자 속으로 살짝
놀랐던 기억도 있다. 그 이유는 그 당시의 나에게 어머니 연세 되신 분
들은 로션이나 크림 하나 정도 바르는 사람들인 줄 알았고, 실지로 우
리 엄마 말고는 그 연세 되신 여자분의 화장품들을 구경해본 적도 없
었기 때문이다. 평생을 뙤약볕에 엎드려 농사일만 하시며 사신 엄마가
화장품들을 제대로 바르기는 하시고 사셨나, 기억도 나지 않는다. 장

날이나 어디 나들이하실 때만 뭐라도 하나 손에 덜어 북북 얼굴에 문지르셨던 것 같다. 엄마 얼굴에 화장품이 잘 스며들라고 찰싹찰싹 두들겨대는 소리… 같은 건 들어본 기억이 없다. 그런 엄마만 보다가 기본 라인들이 갖춰져 있는 어머니 화장대의 화장품들을 봤으니 좀 놀랐을 법하다. 두 분은 연세로는 동갑이셨다.

내가 삼십대 초반쯤 되었을 때 지인 중에 50대 초반 정도되셨던 분이 있었다. 그 분은 보통 체격이셨는데 남들 눈에 잘 안 띄는 복부 쪽에 살이 많았던지 살을 빼기 위해 배에다 어떤 시술을 하기로 했단 얘길 하셨다, 나는 속으로 혼자 '저렇게 나이가 들어도 여자로서 예뻐 보이고 싶어서 저런 노력을 하는구나!' 라는 생각을 했었다. 더 솔직히 말하면, '누가 봐 준다고 저런 노력까지 할까, 저 나이에?' 라는 생각이었을 거다.

또 한 분으로는 옷을 굉장히 젊게 입는 분이 계셨다. 그 분 역시 그 당시에 50대 초반 정도였던 걸로 기억된다. 좀 마른 체격이고 날씬한 편이어서 몸에 쫙 밀착되는 스타일을 자유자재로 소화해내었고, 헤어 스타일 또한 긴 생머리를 풀고 다니거나 묶고 다녀서, 뒤에서 보면 나이가 짐작이 안 되는 스타일이었다. 사람들 사이에서 조금은 그런 전체적인 스타일에 대해 나이에 좀 더 걸맞는 차림이 더 낫지 않을까, 정도의 말들도 있었던 걸로 기억된다.

어느 새 내 나이가 그때 그 분들보다 두어 살 더 많기까지 하다. 이런 날이 이리도 성급하게 닥칠 줄 몰랐다. 마음은 대학 때 마음 그대로니 이를 어찌해야 할까? 내 화장대 위에는 그때 어머니 화장대 위 화장품들보다 더 많으면 많지, 적지는 않은 화장품들이 놓여 있고, 나 또한 여전히 살 빼기에 관심이 많고 고민도 하는데. 젊었을 때보다 더하면 더하지 절대 덜하지는 않다. 그때는 살이 찌지 않기도 했다. 또 하나, 나 또한 젊을 때 입던 옷차림 그대로를 고수하고 있다. 나는 평생 청바지만 입고 살았다. 신혼 땐가? 한창 변진섭의 '희망사항'이란 노래가 유행할 때 아기였던 큰아이가 그 노래를 따라 불렀었다. 그 노래를 들으신 큰형님이 '딱 네 노래다.' 하셔서 같이 웃었던 적이 있다.

청바지가 잘 어울리는 여자
밥을 많이 먹어도 배 안 나오는 여자...

여기까지가 나랑 잘 맞던 때였다. 이제는 밥을 안 먹어도 배가 9개월일 때가 많다. 내가 이 얘길 하면 예전부터 나를 오래 알아오던 사람들은 눈을 하얗게 흘기며 한 대 칠 기세들이다. 어찌어찌 아직까지는 잘 감춰지긴 하나 보다. 문제는 내 마음이다. 요즘 청바지들이 다 달라붙게 나와서 내 옷들도 입으면 다 달라붙는다. 나는 평생 그렇게 입고 다닌 사람이라 지금도 그냥 그렇게 입고 다닌다. 그런데 속으로는 슬

슬 눈치가 보인다. 내가 예전에 내 나이보다도 두어 살 젊기까지 했던 사람들의 옷차림을 보며 했던 생각이 있기 때문에, 그 당시의 내 나이 정도 되는 사람들 앞에 설 때면 '나처럼 생각하면서 나를 보겠지?' 라는 생각이 들고, 그런 눈치가 보이는 내 나이가 참 많이 서글퍼진다. 순전히 내 느낌이기만 했음 좋겠다.

나보다 두 살 위 남편의 삶의 구호는 '청년 정신'이다. 여기저기 아이디를 아예 '청년 정신'으로 정해 쓰고 있을 것이다. 남편은 살 찌는 걸 유난히 싫어한다. 본인도 본인이지만 특히 내가 살 찌는 걸 싫어하고, TV에 나오는 여자들도 남편에게는 두 종류로 나뉜다. 살 찐 여자, 안 찐 여자! 물론 장난으로 그러긴 하지만 진심도 담겨있을 것이다. 우선 그러는 자신부터 중년의 꽉 찬 나이임에도 불구하고 지금까지 살 한 번 쪄 본 적 없고, 배 한 번 나와 본 적 없다. 살이 찌고, 안 찌고를 자기 관리의 차원으로 보고, 그 관리를 못 해내는 것에 대한 평가를 하는 걸 알기에 나한테 그 잣대를 들이밀어도 할 말은 없다. 그런 남편 덕분에라도 늘 신경은 쓰게 된다.

남한테 어떤 요구를 하기 위해서는 본인부터 그 문제에만큼은 철저해야 하므로 남편은 늘 운동도 하고, 음식 욕심을 부리지 않으려는 노력도 한다. 재작년에 미 서부로 여행을 갔을 때, 어느 호텔에서 뷔페로 저녁식사를 하는데 우리 맞은편에 모녀로 온 일행이 같이 앉게 되었다. 나는 뷔페를 가면 온갖 야채 샐러드들로 절반 이상을 채우고 나머지 밥이나 전 종류 몇 가지만 얹어도 수북한데, 남편은 두어 가지를 조금씩 가져와 접시에 여백을 두고 우아하게(!!) 먹는 사람이다. 나는 여러 번 왔다갔다거리기 귀찮아 수북히 담아와 먹는데 남편은 별로 맘에 안 들어하는 눈치다. 그날도 맞은편에 앉은 모녀는 치킨에 튀김에 피자에... 여러 음식들을 수북히 날라다 놨는데, 남편이 두어 가지 가져와 오래오래 씹으면서 우아하게 먹고 있으니까 눈치가 보이는지 음식을 반도 못 먹고 남기는 걸 봤다.

때로는 그런 모습들로 인해 편치 않을 때도 있지만, 게걸스레 먹어대고 과체중이 되는 것보다 백 번 낫다고는 생각된다. 살이 안 찌면 조금 더 젊어 보일 수도 있다. 눈에 보이는 모습을 위해서도 자기 관리가 철저한 남편은 내적인 성장을 위해서도 자기 나름의 방법으로 평생 무언가를 배워온 사람이다. 주로 집 근처에 있는 문화센터를 이용하는데, 비용도 부담 없고 일주일에 한 번씩만 가면 되니 시간적으로도 부담이 안 된다. 아주 열심히 해서 단기간에 어떤 성과나 결과를 내야 하는 게 아니라 취미로 즐기는 것들이라 문화센터라는 시스템이 남편에게는 안성맞춤이다. 피아노를 배운 적도 있고, 성악에, 서예에, 골프, 심지어는 스포츠 댄스도 배웠다. 그 중에서도 평생 끼고 살아온 건 기타다. 남편은 무얼 배우든 성실하고 꾸준히 노력하는 사람이라 설렁설렁 배우는 나랑은 다른 결과를 낸다. 그런 마음과 몸의 태도와 노력들로 인해 남편은 자신의 삶의 구호처럼 분위기에서 청년 때의 분위기를 지금도 잃지 않고 있다. 몇 년 전까지만 해도 우리 부부가 기타를 둘러 메고 다니면 사람들이 대학생 같다고, 돈 안 드는 말 인심을 팍팍 써주곤 했다. 모습은 이미 어쩔 수 없는 제 나이에 들었으나 풍기는 분위기가 그렇다는 얘기였을 거다. 어떤 마음과 몸의 태도를 가지고, 어떤 삶의 구호를 가지고 사는지가 삶이라는 표면과 결에 영향을 미친다는 걸 남편을 통해서도 확인하게 된다.

내가 청바지 입기를 즐기는 이유도 평생 청바지만 입고 살아서이기도 하지만, 청바지를 입으면 조금 더 젊어 보일 수 있다는 생각이 무의식적으로 작용해서일 것이다. 작년 6월까지 다니던 직장은 학원이었다. 교사교육을 가보면 몇 년 전이었는데도, 내 나이 또래 원장도 별로 보이질 않았었다. 내가 교사라고 하면 의외라는 듯 쳐다보는 사람도 있었다. 그런 나를 선생으로 계속 채용해준 원장님들이 고마웠던 이유이기도 하다. 그러니 여차하면 아이들 입에서 장난 삼아라도 할머니 선생님... 어쩌고 하는 얘기를 들을까봐 신경이 안 쓰였다면 거짓말이다. 실제로 나랑 동갑인 친구는 그런 얘기를 이미 들었다고도 했다. 그러니 더 청바지를 입게 됐다. 머리가 하얗게 된 사람들도 청바지를 입으면 훨씬 젊어 보인다. 윤여정이라는 배우가 언젠가 여배우들끼리 여행 함께 떠나는 프로그램에서 60대 후반의 나이에 딱 달라붙는 스키니를 입고 출연했었는데 전혀 어색하지 않고 보기 좋았다. 배우여서, 또 살 찌지 않은 체격이어서 그랬을 것이다. 배우도 아니고, 딴따라 끼만 작렬하는, 자칭 '민간인 사이비 딴따라'일 뿐인 내가 그 나이까지 그런 옷차림을 한다면 누가 잡아갈까?

얼마 전부터 등산복을 사면 꼭 볼그죽죽한 색만 고르는 나를 구경하게 된다. 그저께도 실습 다녀오는 길에 등산복 할인 매장에 구경삼아 들렀다가 순~ 볼그죽죽한 색들로만 몇 가지를 사오면서 어이가 없어서 혼자 실실 웃었다. 젊을 때 같으면 거들떠도 안 봤을 색들에만 마음도, 손도 가니 이게 어찌 나이탓이 아니랴? 산에 다녀보니 화려하고 밝은 색들이 예뻐 보이는 것도 젊은 사람들하고는 다른 내 나이된 사람들 취향일 뿐이리라. 밝은 색이 좋아지면 노인네라는데, 이제 겨우 절반 살았는데 내가 왜 이러나 모르겠다. 마음으로라도, 분위기만으로라도, 아직은 청년(!!)인 남편 곁에 딱 달라붙어, 정신만이라도 '청년정신' 짝으로 어울리게 살고 싶다. 스키니를 입어도, 청바지를 입어도 잘 어울리는 70(!!)을 목표로 삼고 몸매 관리도 하고 싶단 얘기는 왠지 눈치 보인다. 꿈이 너무 야무지고, 내 나이에 어울리지 않는 목표라는 걸 알아서 그렇다. 물론 남편과 나, 우리 둘끼리는 그런 목표도 당연하고 아무렇지 않다. 우리 안에는 스물 몇 살부터 바라봐 온 서로의 오래 전 모습도 그대로 들어있기 때문이다. 그런 사람 하나, 세상에 둘도 없는 짝이 되어 살아갈 수 있다는 게 참 좋다. 이제 겨우 절반 살았는데, 나머지 절반, 같이 손잡고 걸어갈 수 있는 짝의 인생 구호가 '청년정신'이어서 감사하다. 그 사람의 짝이니 나는 맘만으로라도 '평생소녀'나 한번 돼 봐야겠다. 돈도 안 드니 맘만으로는 '그까짓 거!!' 다.

2

누가 보면 구십 노인인 줄

"겉모습이 어찌 보이든 이 세상 살아가는 날까지 자신만의 본질을 지켜내는 일은 귀하고 귀한 일이다. 나도 그런 고유한 나를 데리고 살고 싶다.
구십 노인도 꿈꿀 수 있을진대, 하물며 그에 비하면 나는 아직 까마득한 청춘이다."

　　박완서 선생님 단편집 중에서 읽은 글인데, 제목도 생각이 안 나는 작품을 읽으며 빙그레 웃은 적이 있다. 70대에도 작품 활동을 꾸준히 이어가신 선생의 작품들을 두고 어느 평론가는 '노년문학' 이라는 표현으로 새로운 카테고리 하나를 추가했는데, 특히 '친절한 복희씨' 라는 작품에서는 대부분의 등장인물들이 노인들이고, 노인들 세계에서 겪을 법한 여러 문제들을 리얼하고도 농익은 성찰로 파헤치고 있어 '노년문학' 이라는 표현이 절묘하게 와 닿는다. 내가 읽으며 빙그레 웃은 작품은 그 책에 실린 작품은 아니고 어느 단편집에서 읽었지만, 노년문학이라는 카테고리에 함께 담길 만한 내용이었다. 나는 박완서 선생님 작품들을 읽고 또 읽어서 언젠가 내가 소설을 쓴다면 나도 모르게 그분의 말투나 필치가 비집고 나올지도 모르겠다는 생각을 해본 적도 있다. 그만큼 양념이 고루 잘 밴 맛깔스런 말맛의 향연에 끌릴 뿐 아니라, 인간의 허위와 가식, 속악한 내면들을 무참하리만큼 처연히 파헤치는 고유한 필치의 경지에 늘 압도되고 매혹되기 때문이다. 그런 분이 실생활에서는 나랑 비스무리하게 어수룩, 허술스러운 면을 보이시니, 글로 풀어낸 모습이지만 빙긋 웃음이 지어졌다.

70대에도 여전히 컴퓨터 앞에 앉아 글을 쓰셨는데 어느 날은 뭘 하나 잘못 건드렸더니 써 놓은 글이 다 날아가 버리고 다시 불러지지도 않아 애를 끓이다 수리 기사를 불렀다고 한다. 집으로 온 젊은 기사가 그 유명한 박완서 선생을 알아보지 못하고, 집에서 하릴없이 컴퓨터로 게임이나 하다 고장낸 노인네 취급을 하더란다. 세세한 내용에서는 내 기억력이 정확지 않을 수 있다. 어쨌거나 컴퓨터에 둔한 일개 노인네로 전락한 저명 작가의 생생 리얼리티를 엿보며 동질감도 느끼고, 그런 소소한 일상을 글감으로 삼아 해학으로 풀어내는 노작가의 무심한 듯 초연한 경지에 부러움도 느꼈다.

그러던 내가 이렇게 컴퓨터 앞에 앉아 독수리 타법의 정석을 보이며, 컴퓨터에 둔한 노인네의 정석도 더해 떠듬떠듬 글쓰기를 이어가게 될 줄 몰랐다. 아니, 언젠가는 혹 박완서 선생처럼 노년의 나이에 접어들어 살아온 삶을 돌아보며 글쓰기를 한 번쯤은 하게 되겠지... 라고 생각했었다. 이 나이의 글쓰기는 내 인생 각본에 있던 내용이 아니었다. 그러니 삶이란 모름지기 각본대로 흘러가는 게 아니고 말고다. 내가 이 나이부터 글쓰기의 재미를 알고, 그 가치까지 깨달아, 이후로부터 짬나는 대로, 혹은 부러 짬을 내서라도 글쓰기를 이어가게 된다면 나는 박완서 선생의 작품들을 읽으며, 박경리 선생의 작품들을 읽으며 보낸 도서관에서의 시간들에 답하는 것에 다름없다. 그때 나는 늘 생각했다.

'이 시간들이 열매를 맺기를…' 이라고!

그럴 때는 총기 총총하고 사려 깊은 나였다. 내 모습이 그 모습만이면 기뻐 뛰련만, 내 속에는 내가 너무도 많아서 때로는 나도 내가 낯설 지경이다.

작년 9월에 고향 친구의 소개로 어느 대학의 '여행작가 과정'을 듣게 되었다. 그 친구는 내가 어렸을 때부터 책 읽기를 즐겼고, 글쓰기에도 관심이 있는 걸 아는 친구였다. 그 소식을 SNS상에서 접하고, 그 자리에서 바로 지도 교수님과 통화를 했고, 늘 그러듯이 여러 번의 시행착오를 거쳐 온라인상의 등록과 결제까지 마쳤다. 아마도 내 인생에서 가장 즉각적인 반응과 실행의 예로 기록에 남을 만한 순간일 것이다. 그 다음 주부턴가?, 나는 그 과정을 미리 예정되어 있었던 듯 즐기고 있었고, 나는 모든 수업이 새롭고 즐거웠다.

나는 천성적으로 비판능력이 부족한 유형의 사람이라는 것을 예전에 '한우리독서문화운동본부'에서 강평연구위원으로 활동할 때부터 느꼈었다. 매주 독서지도사 과정을 공부하는 사람들이 책을 읽고 써내는 원고를 가져와 강평을 했는데, 나는 예리한 시각이 부족하고 대략, 좋은 게 좋은 사람이라 비판적인 관점과 견해로 분석해야 하는 과정에 어려움을 느꼈다. 그래서 그 점을 보완하기 위해 다른 선생님들의 다양한 관점에서 나온 평어를 연구하기도 하는 등, 나름대로 혼자만의 노력을 했던 기억이 난다. 다행스럽게도 당시 지도 교수님은 연구위원들끼리 바람직한 평어들을 공유하여도 된다고 하셨었다.

어떤 모임에서도 나중에 개인적으로 만난 사람이 여러 사람들을 두고서 이러저러한 면에 대해 내가 전혀 생각지 못한 관점으로 얘기하는 걸 들으면서

'아, 저렇게 생각할 수도 있구나...'

라고 생각하며 나와 다른 사람들의 생각에 대해 놀랄 때도 많다. 똑같이 겪은 상황과 사람들에 대해 나는 대부분 두루뭉술 그냥 다 좋은 사람이라 그렇다. 내가 전혀 생각지 못한 관점으로 보는 사람들을 보면서 드는 생각은 두 가지다. 나는 왜 이렇게 아무 생각도 못 할까? 평균 이하로 둔한 걸까? 라는 생각이 하나다. 두 번째로 드는 생각은, 들으면서 편치는 않지만 그런 관점도 있어야 건설적인 다른 과정과 결과를 끌어내는 첫 걸음이 될 거란 생각이다. 어느 쪽이든 다 섞여있게 마련이고, 내가 잘 못 보고, 잘 못 느끼는 걸 분별해 할 말도 하고, 앞설

일에 선뜻 나서주는 사람들이 있어 다행이다. 나는 그렇지 못한 사람이라 그 과정들의 모든 시간들이 그냥 다 좋았고, 함께했던 사람들도 다 좋았다. 이런 나와 다르게, 내가 한 번도 느껴보지 못한 견해를 나타내 보이거나, 두루뭉술하게 한 가지 생각과 느낌이 아닌, 다양한 견해와 관점에서 바라보고 표현하는 동료들을 보게 될 때 나는 내가 좀 나이 든 사람 같다는 생각이 들었다. 어떻게 한 가지 생각과 느낌만으로 모든 시간과 과정들을, 또 사람들을 바라보고 느낄 수가 있을까? 도무지 달리 바라볼 생각이 없는, 또 그럴 능력도 없는 둔한 사람 같다는 생각이 들 때, 나는 그게 내 천성에 가까운 건지, 나이가 들어서 더 둔해진 건지 헷갈린다. 부디 전자 쪽이었음 좋겠다.

여행작가 과정을 공부하면서 나는 당연히(!!) 여행작가에 대한 꿈을 꾸었다. 여행을 좋아하고 글쓰기도 좋아하니 그렇게 잘 들어맞는 조합도 없어 보였다. 그 과정 가운데 블로그 관련 강의도 들어 있었다. 작가가 되려면 필수 코스처럼 블로그 운영도 해야 할 거란 생각을 그전부터 하고는 있었다. 여행기를 블로그에 연재해 파워블로거가 되고, 책으로 출간하기까지 하는 예가 실제로 많다는 걸 알고 있었기 때문이다. 나는 남한테 말은 못 했지만 혼자 속으로는 파워블로거가 되어보리라는 야무진 꿈을 품고 블로그를 시작하게 되었다. 그런데 도대체 어떻게, 어디에서 시작해야 하는지부터 알 수가 없었다. 애들도 블로그는 다 하지 않고 있어서 잘 모른다고 했다. 좀 더 적극적으로 부탁하면 아이들도 성의를 가지고 알아봐 알려줄 수도 있겠지만 나는 그렇게 하지는 않았다. 곧 내가 품었던 꿈이 내 주제에는 허무맹랑한 꿈이란 걸 깨달았기 때문이다. 그래서 지금은 그냥 내 삶의 흔적들을 남기는 데에 의미를 두고 블로그를 대하고 있다. 그런데 문제들이 조금은 있다.

처음부터 지금까지 나는 거의 대부분의 블로그 작업을 폰으로만 하고 있다. 언젠가 블로그 이웃인 초인 용쌤의 블로그 특강을 들은 적이 있는데, 컴퓨터로 작업하지 않으면 네이버에 노출이 되지 않아 조회수가 많아질 수 없다고 했다. 그 얘기를 듣고 와서도 계속 폰으로만 블로그 작업을 하는 이유는 컴퓨터로 하면 시간이 너무 오래 걸리기 때문이다. 폰으로는 쓰기 속도가 빠른데 컴퓨터로는 하 세월이 걸리기 때문에 엄두를 낼 수가 없어 피하다보니 이제는 더 습관으로 굳어졌다. 속도뿐 아니라 여러 스킬들도 나한테는 넘을 수 없는 벽처럼 느껴졌다. 처음에 스마트폰으로 블로그를 꾸밀 때 블로그 대문(??)에 내 나름대로 좋아하는 사진을 넣어서 꾸몄는데, 나는 그게 컴퓨터로 내 블로그를 열었을 때도 똑같이 적용되는 줄 알았다. 한참을 그렇게 알고 있었는데 어느 날 여행작가 과정에서 내 준 과제를 컴퓨터로 해야 해서 아이들 도움을 요란스럽게 받으며 들어가 봤더니 사진이 들어가 있지 않았고, 〈스킨〉이라는 이름으로 불리는 그 공간을 별도로 다시 꾸며야 한다는 걸 알았다. 하지만 지금까지도 어떻게 해야 하는지 몰라 그냥 방치되어 있다. 그럴 때 나는 내가 아주 나이 많은 노인네 같다는 생각이 든다. 젊은 사람들은 죽 먹듯이 쉽게 바꾸고 또 바꾸며 놀이처럼 할 수 있는 일일 텐데 나는 그런 일이 어렵다. 그래서 초반에는 어디 그런 블로그 꾸미기를 가르치는 곳이 없나 하고서 여기저기 검색도 많이 해봤다. 그러다가 어차피 삶의 흔적을 남기는 용도로, 또 이웃들과의 소통을 위한 공간으로 의미를 두게 되면서 그 노력도 하지 않게 되었다. 네이버 검색을 해보면 블로그 꾸미는 법을 친절히 설명해놓은 참 고마운 사람들도 있는데, 종이접기도 조금만 단계가 더해지면 따라하다 말고 나와 버리는 나한테 그런 설명은 외계어 비슷한 수준이라 아예 엄두도 안 낸다. 나는 만들기에는 아주 젬병인 걸 예전부터 알고는 있었다. 어렸을 때도 못하던 걸 이제 이렇게 나이까지 들었으니 어찌할까? 다행히 배우는 건 좋아하니 한가해지면 어디든 가서 배울 생각은 있다. 구십 노인도 배울 생각만 있으면 나이야 어찌됐건 장벽을 넘을 수 있는 세상이니 감사할 일이다.

박완서 선생님은 블로그라는 공간을 아셨을까? 아마 글만 쓰셨을 것이다. 집으로 온 컴퓨터 수리 기사한테 일자무식한 일개 노인네 취급을 당했지만 그 분의 본질은 티끌 하나 흔들림이 없었다. 그 분은 그

본질에 충실한 삶으로 수많은 독자들에게 말로 다 할 수 없는 감동과 위로를 끼쳤다. 내게는 그 분의 작품들을 읽는 그 시간 자체가 최고로 행복한 힐링과 휴식의 시간이었다. '친절한 복희씨'를 읽으며 나이 든다는 것의 쓸쓸함과 비애로 가슴을 쓸어내렸고, 생로병사의 지난한 과정을 살아내는 인간사 만 가지 속사정도 내 것인 양 들여다 볼 수 있었다. 나 또한 걸어갈 길들을 미리 느껴보며 노년의 의미도 곱씹을 수 있었다. 그것들은 그 나이에 이르러서야 끼칠 수 있는 것들이 아닐까? 겉모습이 어찌 보이든 이 세상 살아가는 날까지 자신만의 본질을 지켜내는 일은 귀하고 귀한 일이다.

나도 그런 고유한 나를 데리고 살고 싶다. 남들 이전에 때로는 나 스스로부터 구십 노인처럼 느껴지기도 하는 나지만, 본질에서는 그 누구와도 대체될 수 없는 나만의 정체성을 지켜가고 싶다. 글쓰기와 책이 재료였으면 좋겠다. 쥔 따라 나이 먹지 않는, 독야청청 푸른 꿈이 연료였으면 좋겠다. 그렇게 다 함께 굴러가 맺는 열매가 어느 날 도서관에서 책으로 꿈꾸던 그 열매였으면 참 좋겠다. 구십 노인도 꿈꿀 수 있을진대, 하물며 그에 비하면 나는 아직 까마득한 청춘이다.

이제 그만 나이를 잊고

"지난 세월들을 돌아볼 때마다 늘 나이를 끌어내며 변명을 했었다.
너무 어렸었다고, 어리버리했고 여려터졌었다고... 이제 그만 그 나이의 나도 잊고, 그 나이의
나를 만들었다고 탓을 해댔던 그 나이도 잊고 싶다. 그리고 지금의 내 나이도!"

－글쓰기의 치유 능력일까요?

글쓰기가 치유라는 걸 오늘 처음 느꼈습니다. 지난 주 토요일, 글쓰기 과정 첫 수업에서 오로지 글쓰기에만 집중할 때 그 자체가 치유란 얘길 듣긴 했지만 이렇게 빨리 그것을 경험하게 될 줄은 몰랐습니다.

저는 요즘 '5학년 6반, 8반의 춤 이야기'란 제목으로 매일 A4용지 3매 분량의 글을 독수리 타법으로 써내느라 날밤을 꼬박 새우기도 했습니다. 작년 겨울쯤에 제 가슴에 서늘한 바람의 행렬을 남겼던 얘기들을 풀어가노라니 자연 살아온 얘기들도 섞여들게 되더군요.

오늘 오후에 아무도 없는 집에서 컴퓨터 앞에 앉아 여전히 독수리 타법으로 떠듬떠듬 옛 얘기들을 써 내려가는데 난데없이 통곡이 꺽꺽 터져나오는 거예요. 제 안에서 터져나왔지만 저도 순간적인 일이라 깜짝 놀랐습니다. 집에 아무도 없었길 다행이었지요. 글쓰기를 멈춘 건 아니고 울면서 손은 계속 떠듬대며 글을 이어가고 있었습니다. 그리고 바로 알아차렸습니다. 이게 바로 강의 시간에 들은, 글쓰기가 주는 치유라는 거구나, 하구요.

제 가슴 속에는 스물 여섯, 애만 같던 나이에 결혼해 당시의 내 또래들과 다르게 산 긴 세월 동안의 숱한 사연들이 아직도 가슴 속에서 더글대며 굴러다니고 있습니다. 곧 저녁시간이라 퇴근해 들어온 남편이 좋아하는 도라지 구이를 하면서도 목 안에서 뭔가가 울컥울컥댔고 콧등도 찡긋찡긋 시려왔습니다.

그 길고 긴 이야기들을 다 풀어내면 가슴 속 뭉치들이 다 녹아내릴까요?

설교시간에 어머니에 대한 말씀을 들으면 저는 이상하게 친정엄마 생각으로도 울지만, 제게 너무 많은 형언할 길 없는 감정들을 남겨놓고 가신 어머니로 인해 울게 될 때가 많았습니다. 앞으로도 그럴 것 같네요. 이 글을 쓰고 있는 지금도 자꾸 눈물이 흐르네요. 왜 자꾸 울게 될까요?

그 당시의 제 용량으로는 참 힘들었던 환경들 속에 계셨던 분들은 지금은 제게 친정붙이들과 다름없습니다. 제가 시댁에 들어가기 전과 똑같이 그분들은 그분들이 살아오신 그대로를 살고 있었는데, 뒤늦게 그 환경에 껴든 저한테는 모든 게 낯설고 버거웠던 거지요.

언젠가 어느 모임에서 저처럼 맏며느리라는 분이 하시는 얘길 들으며 새로 깨달은 게 있었습니다. 그 분은 종종 남편한테 얘기한다고 합니다. 나중에 어머님이 몸 불편하셔서 모셔야 할 때가 되면 집 하나 따로 구해서 당신이 모시고 살라고... 나는 어머니랑 안 맞는 게 많아 도저히 모시고 살 수 없다고...

그 얘길 들으면서 저는 알았습니다. 제가 겪어낸 시간들은 다 제가 받아들이고, 저의 저됨으로 끌어들인 시간들이라는 것을요. 그 모든 걸 받아들이게 돼 있도록 저는 물렀었고, 어리버리했었단 걸 그때 새로이 깨달았습니다. 내 인생을 만든 건 결국 저 자신이라는 것을요.

올해 스물 여섯이 된 우리 아이를 보면서 저 나이에 뭘 알아서 그런 시간들을 살아냈을까 싶은 생각에, 그 어리버리 물러터졌고, 힘들면 구석자리 혼자 찾아가 찔찔 울던 스물 대여섯 살 때의 제가 어쨌거나 참 대견하다는 생각이 듭니다.

그래선지 저는 우리 딸들을 아주 늦게 결혼시키고 싶습니다. 제가 핑크빛을 경험한 바 없으니 제게 결혼은 그저 현실이고 고생문인데, 그 길로 그때 제 나이밖에 안된 어린 딸들이 걸어들어가겠다 한다면 저는 말리고 싶습니다. 엄마 아빠 옆에서 부모가 베풀 수 있는 것들 최대한으로 받아 누리고, 하고 싶은 것들도 실컷 해보고 가라고 하고 싶습니다. 결혼하면 둘만의 세계가 아닌 걸 아이들에게 세세히 설명도 하구요. 누구나 자신의 경험으로 느끼고 말하고 살게 되는 것 같아요. 이런 엄마를 둔 우리 아이들은 이런 엄마의 경험에서 나온 얘기들을 듣고, 일정 부분 자신들의 삶에도 영향을 받게 되겠지요. 어느 것이 옳다고, 정답이라고 말할 수는 없을 겁니다. 부디 이런 엄마의 조언이 우리 세 아이들에게만은 정답이 되었음 좋겠습니다.

글쓰기의 치유, 비슷한 걸 처음 경험한 소회가 길어졌네요. 새로운 경험들은 늘 정신을 깨어있게 합니다. 밤 새워도 좋을 만큼이요.

-2017. 1. 13일자 블로그에서 가져옴-

신혼여행에서 돌아온 첫날부터 시작된 시댁에서의 살이... 흔한 얘기로 '시집살이' 15년의 세월을 두고 나는 늘 피해의식을 느꼈었다. 그 시간들이 죽 이어진 건 아니고, 처음 2년 후에는 일원동으로, 다음에는 방이동으로, 다시 인천으로, 한두 해씩 옮겨 다니며 나가 살았다. 물론 마음은 늘 편치 않았다. 누구네 집 상황처럼 어른들이 같이 사는 걸 원치 않는... 상황이 아니었고, 우리가 그럴 수만 있다면 처음부터 끝까지라도 같이 살길 원하신다는 걸 알았기 때문에 그랬다. 생각해보면, 찾아보면, 같이 모여 사는 상황에서도 즐거웠던 일, 기뻤던 일들도 많았을 텐데, 그 15년의 세월을 돌아보면 그냥 늘 한 가지 느낌이었다. 다시 돌아가고 싶지 않은 시간들... 힘들었던 기억들의 농도가 더 진해서 나머지 기억들을 다 집어삼킨 것 같다는 생각이 든다. 그렇게밖에 기억 못 하는 내가 안됐기도 하고 안타깝기도 하다.

얼마 전에 숲길체험지도사 과정을 같이 공부하는 동료분이랑 얘기를 나눌 기회가 있었다. 그분은 참 평온해 보이는 분이고, 언제라도 다른 사람들의 필요에 응하기 위해 자신의 시간과 정성을 기꺼이 내주려는 준비를 하고 있는 분으로 보였다. 더 부러운 것은 그런 일들에 스트레스 받지 않고, 오히려 기꺼워하며 즐기는 듯해 보이기까지 하는 점이다. 그런 마음과 모습은 그냥 그분의 천성 같아 보였다.

어제 내가 신은 반 릿지화가 살짝 미끄러워 같은 조 한 쌤이 준비해온 암벽화를 세 번이나 빌려 신었습니다. 구간을 여러 번 옮겨 다니며 꽉 조여 매며 신고 벗어야 하는 번거로움을 당연한 듯이, 끝까지 다정한 얼굴로 견뎌 준 한 쌤께 감사드립니다.

끝나고 저녁 함께하며 얘기 나누고, 버스 기다리다 안 와서 다섯 정거장을 하계역까지 천천히 걸었습니다. 시할아버지에, 시부모님까지, 30년을 모시고 살았다 합니다. 아주 평온한 얼굴로 당연한 일 한 듯이 얘기합니다. 15년 모시고 산 세월이 부끄럽고, 늘 힘겨웠던 마음으로만 감당한 제 됨됨이가 부끄러웠습니다.

배울 점이 많은 분을 동료로 만나게 되어 감사합니다. 저와 다른 삶으로 빚어낸 시간들을 통해 깨닫고 배우게 하시니 감사합니다. 세상에는 비슷한 상황을 더 훌륭하게 견뎌내는 사람들도 있음을 발견하게 되어 감사합니다.

-감사일기/ 2017.4.30일자 블로그에서 가져옴-

그분도 처음에는 매일같이 드나드는 시누이들로 인해 힘들어하다가, 어느 순간 마음을 바꿔 먹었다고 한다. 어차피 해내야 할 일이니 즐겁게, 주도적으로 하기로 결심하고 남편에게 얘기했다고 한다.

"여보, 우리가 어차피 해야 할 일이니 있는 힘껏 끝까지 어른들 잘 모십시다!" 라고.

그 얘길 내가 남편에게 했다면, 그리고 어머니 가시는 날까지 기꺼워하며 끝까지 잘 모셨다면 남편은 얼마나 고마워했을까? 이렇게 쓰면서 나 또한 가슴이 미어지지 않을 것이다.

그 분은 자신의 삶을 두고, 어른들 모시며 자식 노릇 끝까지 잘 해낸 것 하나만큼은 여한이 없다고 하셨다. 떳떳하다고 하셨다. 그 얘길 들으며, 내가 그렇게 힘들어하며 살 때 그런 분이 내 가까이 계셨다면 내가 조금이라도 다른 마음으로 그 상황들을 대할 수 있었을까? 하고, 하나마나한 생각을 해봤다. 그때 내 곁에는 거의 다 둘이서만 깨를 볶고 사는 사람들 투성이였다고… 누덕누덕 변명을 덧대 보지만, 그분 곁에라고 그렇게 깨를 볶아대는 사람들이 없었겠는가? 결국은 선택이고, 그 선택을 이끌어내고 지속해갈 수 있는 마음의 힘이 해내는 일이라는 걸 이렇게 다 지나고 나서야 깨닫는다.

그 세월들을 돌아볼 때마다 늘 나이를 끌어내 탓을 했었다. 너무 어렸었다고, 어리버리했고 여려터졌었다고… 이제는 그 얘기들을 그만 써먹고 싶다. 사실은 두 번째 쓸 때부터 싫증이 났었다. 누구나 징징거리는 건 보기 싫은 법이다. '달려라 하니' 처럼 어려운 일, 힘든 일 잘 견뎌내고, 지혜로, 슬기로 훌륭하게 극복해낸 얘기들에 끌린다. 하지만 그건 만화 속 얘기다. 현실은 보기 흉한 얼룩들 같은 흔적을 남기게 마련이다. 그 얼룩들이 보기 싫은 얼룩으로만 남지 않게 하는 건 그 삶의 주인공이 해낼 몫이다.

글쓰기를 통해 그 얼룩들을 고요히 돌아볼 수 있는 행운을 누리니 감사하다. 그 얼룩들의 색을 빼 볼 수도 있으니 감사하다. 이 얘기를 쓰는데 나는 또 눈물이 흐른다. 좀 전까지 있던 둘째가 마침 집을 나갔다. 나는 또 오늘 혼자 꺽꺽대고 잠시 울어도 될 것 같다. 왜 자꾸 울게 되는지는 나도 잘 모르겠다. 글쓰기의 치유 능력이라면 나는 이제 확실히 그 얼룩들로부터는 빠져나올 수 있게 된 듯하다. 그것들을 내게서 떼어내 평온한 마음으로 바라볼 수 있다. 이제 그만 그 나이의 나도 잊고, 그 나이의 나를 만들었다고 탓을 해댔던 그 나이도 잊고 싶다. 그리고 지금의 내 나이도! 그 나이의 곱에 이른 이 나이의 내가 무슨 일을 해낼지는 아무도 모를 일이다.

4

생각이 나이를 삼키듯

───

"멋모르고 혼자 떠난 23시간 지리산 종주 극기훈련은 그냥 오롯이 다
내 본능이 시킨 일이었다. 속에서 그렇게 하라고 들쑤셔대서, 까마득한 옛날에 불쑥 한 번 가보고
30년을 못 가 봤던 지리산이 자꾸 불러대서 속수무책 딸려간 거였다."

월간 창&경

-월간 윤종신 내 맘대로 따라하기-

2016. June

여행기

멋모르고 혼자 떠난, 23시간 지리산 종주 극기훈련

첫째 날 (2016. 6. 16)

03시 00분 구례구역 도착, 역 앞에 대기 중인 성삼재행 버스로 이동

03시 20분 구례 버스 터미널 도착, 30분 휴식

04시 20분 성삼재 휴게소 도착

05시 14분 노고단 대피소 도착, 아침 식사

11시 30분 연하천 대피소 도착, 점심 식사

14시 13분 벽소령 대피소 도착, 30분 휴식

19시 20분 세석 대피소 도착, 저녁 식사, 취침

　신혼 때였나? 둘이서 분명히 지리산 종주를 했었는데 어느 지리산을 어떻게 올랐던 건지, 이번에 30여 년 만에 다시 다녀와서는 오히려 더 헷갈린다. 그때 올랐던 정상은 약간 평평했고, 정상으로 오르는 길에는 이름 모를 야생화들과 들풀들이 지천으로 피고 어우러져 있었다. 또 정상에는 안개가 휘감겨있어 현실세계 같지 않고 신비로웠던 기억만 지금도 생생하다. 그곳은 도대체 어느 지리산 정상이었을까?

　트레킹, 트레킹, 매일 노래 부르고 꿈꾸다가, 언젠가 다시 가리라고 들썩대고 있던 지리산으로 멋도 모르고 혼자 떠났다. 생각해보니 내 평생 혼자서만 떠난 첫 여행이었다. 참 징하게도 붙어 살았다. 산 속에서 먹을 다섯 끼 식량이든, 돌덩이처럼 무거운 배낭을 메고, 부엉이 아니랄까봐 야밤 기차를 타고 떠났다.

　어딜 갈 때마다 인터넷을 뒤져 먼저 다녀온 사람들이 남긴 글과 정보들을 찾아서 갔는데, 이번에도 젊은 아가씨가 혼자 종주하고 남긴 자취를 나침반 삼아 그대로 따르기로 했다. 1박 2일 종주를 목표로, 벽소령 대피소에 숙박 예약을 하고 떠났다. 그런데 성삼재 가는 버스 안에서 만난 젊은 직장인 팀의 도움이 아니었으면 나 혼자 그 첩첩산중에서 어떡할 뻔했는지 생각만 해도 아찔하다.

우선, 건강상태나 체력, 연령... 등에 따라 사람들마다 종주에 걸리는 시간이 아주 많이 다를 수 있다는 걸 간과했다. 그 아가씨는 노고단에서 벽소령까지를 6시간 걸려 도착했는데, 나는 9시간이 걸렸다. 천왕봉에 올랐다가 중산리로 하산해 종주를 마치는 시간도 시간차가 많이 났다. 30년 가까운 세월이 둘 사이에 존재한다는 사실을 왜 생각 못했을까? 그리고 내가 경험해보니 나이차도 있겠지만 그 아가씨는 산을 잘 타는 편이기도 했다.

제약관련 일을 한다고 들은, 점잖고 스마트한 그 젊은이들은 일단 벽소령에서 자면 다음날 천왕봉에 올랐다가 하산하기까지가 무척 힘들어진다고, 첫날에 세석까지 가야 한다고 했다. 그러면서 일행 중 한 명이 안 왔으니 그 자리를 내가 쓸 수 있을 거라며, 자기들을 따라다니라고 했다.

이 얘긴 그 다음 얘기고 우선 아찔했던 건, 성삼재 휴게소에 깜깜한 새벽에 내렸더니 몇 명 제각기 온 사람들이 후다닥 어느새 다 사라져 버리고, 그 젊은이들 6명과 나밖에 남지를 않았다. 나는 구례구역에서 성삼재 가는 버스에 타려면 기차에서 내리자마자 후다닥 뛰어서 빨리 가야 자리가 있다는, 인터넷 어느 블로그에서 읽은 한 마디에 꽂혀 사람들이 항상(!!) 아주 많은 줄 알았고, 그들을 따라 올라가면 되는 줄 알았다.

그리고 그렇게 껌껌할 줄 정녕(!!) 몰랐다. 아니, 왜, 도대체, 어찌하여 모를 수가 있을까? 그 시간인데!

그들은 내리자마자 배낭을 열고 헤드랜턴들을 꺼내 이마에 끼우기 시작했다. 나는 그런 게 필요한 줄도 몰랐으니 당연히 준비를 안 해 갔다. 스틱도, 등산장갑도, 토씨도!(지금 이렇게 옮겨 적으면서도 참 어이가 없다. 무식하면 용감하다!의 진수가 따로 없다.) 이것들은 반드시 준비하시라.(너만 알면 되거덩!!이라고 얘기해주고 싶다. 그 기본 중 기본도 모르고 지리산 종주에 나선 사람은 아마 나밖에 없을 것이다) 아, 그리고 상처에 붙이는 밴드도 준비할 것! 다음 날 다시 길을 떠나려면 부풀어 오른 발바닥과 발가락들 여기저기에 붙여줘야 통증을 조금이라도 줄일 수 있다. 또 하나, 근육통에 바르고 붙이고 뿌리는 약들도 꼭 가져갈 것! 온 무릎, 발목, 발 전체가 시리고 아파 발걸음 내디딜 때마다 비명이 새어나온다. 특히 종주 막바지에 돌계단들을 내리디딜 때마다...

어쨌거나 나는 참 고마운 그들 뒤를 그 깜깜한 새벽부터 저녁 7시가 넘어 세석 대피소에 도착할 때까지 염치도 없이 계속 따라다녔다. 여자 혼자서 그렇게 겁도 없이 가서 혼자 다녀도 되는 산이 아니라고 해서 겁이 더럭 났고, 우리가 종주를 시작한 시간대에는 출발지점에 우리밖에 사람들이 없었고, 거기다

곳곳에 내걸린 '반달곰 출현시 주의사항' 경고문들로 인해서도 무서워졌다. 무엇보다 그곳은 우리 집 앞산이 아니었다. 그야말로 첩첩산중이었고, 나는 길도 모르는 어리버리 초짜 무데뽀 아줌마였다. 마음만 하늘을 찌르는...

앞서 가다가도 기다려 주고, 자신들만의 시간이 필요할 때에도 좀 떨어져서 앉고, 뒤에서 쫄쫄 따라가고, 더러는 중간에 눈치 없이 섞이어서도 가며 끝까지 안 떨어져 나가는⑾ 이상한 아줌마 때문에 종일 신경 쓰이고 짜증도 났었을, 그럼에도 불구하고 끝까지 온화한 미소와 말들로 참 잘 걷는다고 힘도 주고, 간식도 나누며, 그 길고 힘들었던 종주길의 하루를 꼬박 이끌어 준 고마운 젊은이들에게 다시 한번 고마움을 전한다. 그들이 어디에서 어떤 일을 하든 그들은 이 세상을 이롭게 할 일들을, 내게 보여 준 온건함과 책임감과 인내로 이루어 낼 사람들이라 믿는다. 가치 있는 작은 것 하나가 끝까지 처음의 내용을 지켜가며 유지될 때 그것은 더 이상 작은 것이 아니다.

—여행기/2016. 6 28. 카스토리에서 가져옴—

위 글은 작년 6월 어느 날, 수원역에서 밤 11시 15분에 출발하는 야간열차를 타고 혼자 겁도 없이 떠났던 지리산 종주 여행기를 '월간 창경 6월호'에 올렸던 글의 일부다. 근데 왜 이렇게 오래 전 일처럼 아득하게 느껴지는지 모르겠다. 겨우 일 년 전 일인데 일 년 전 같지가 않다. 그 일 이후로 트레킹과 관련된 일들이 내 삶의 영역으로 많이 껴들어서 그런 것 같기도 하다. 옮겨 적으면서 아련한 그리움에 젖었다. 혼자 좋아서 떠나는 여행인데, 종일 일하고 온 남편이 저녁 휴식을 포기하고 굳이 수원역까지 태워다 준대서 미안해하며 같이 나서던 출발선의 기억부터, 수원역에서 혼자 밤기차에 오를 때의 설렘과 약간의 두려움까지, 다 생생하다. 어깨가 패여 나가는 듯했던 배낭의 무게를 꼬박 15시간을 견디며 걷고 또 걸었던 종주 첫 날의 길고 긴 여정, 온 삭신이 쑤셔올 때 온몸으로 부딪쳐오던 돌계단길에서의 통증, 하늘과 구름과 나무들과 풀잎들... 언제라도 좋기만한 자연이 내게 주던 기쁨들이야 어찌 다 형용할까?

만날 때마다 "안녕하세요? 힘내세요! 그래 니들도! 내년에 또 보자!" 같은 인사말들을 주고받으며 만났다 떨어졌다, 다시 만났다를 반복했던 순천고 2학년 아이들하고의 동행길이어서 막판에는 조금 더 힘을 낼 수 있었다. 나는 그 아이들을 그렇게 종일 붙잡아 앉혀둔 책상에서 떼어내, '지리산 종주'라는 특별한 추억 여행 속으로 떠나보낸 그 아이들의 교장 선생님과 부모님들에게 박수를 보내고 싶었다. 온몸으로 부딪치며 해낸, 또 많은 친구들과는 온 맘으로 하나 되어 견디어낸 그 며칠의 특별한 경험이, 학교에서 밤 12시까지 꼬박 매달린 며칠간의 공부보다 열 배는 값질 거라고 나는 믿는다. 그 아이들 중 몇은 내 나이를 묻고, 자기 엄마보다 젊어 보인다며 파이팅을 외쳐주었다. 그 힘으로도 나는 15시간을 견뎌냈다. 그 돌덩이 같은 배낭의 무게를 견디며...

　'멋모르고 혼자 떠난 23시간 지리산 종주 극기훈련'의 무용담을 풀
어놓을 때마다 사람들은 대단하다고 치켜세워 주었다. "그 나이에 그
런 일을 해내다니 멋지다"고도 했다. 나는 그렇게 떠날 때 나중에 사람
들로부터 그런 얘기를 듣게 될 줄 몰랐다. 그건 그냥 오롯이 다 내 본
능이 시킨 일이었다. 속에서 그렇게 하라고 들쑤셔대서, 까마득한 옛
날에 불쑥 한 번 가보고 30년을 못 가 봐서 너무나 가보고 싶었던 지
리산이 자꾸 불러대서 속수무책 딸려간 거였다.

　그보다 더 오래, 더 깊이 불러댔던 그랜드 캐니언으로 나는 다시 떠
난다. 슬쩍 구경만 하고 온 지 2년도 안 됐지만, 아주 오랫동안 생각
속에 품고 품어 이미 반은 다녀온 듯한 그 협곡들이 나를 불러대서 속
수무책 딸려간다. 사람들이 이런 나를 두고 또 '그 나이에 참 대단하
다!'고 말할지는 모르겠다. 오래 함께 살아온 생각이 끌어당긴 열망은
어떤 나이도 삼켜 버린다. 나이 따윈 집에다 두고 떠나 그 길들을 샅샅
이 걸어 내리고 걸어 오른 후, 그 길들이 준 벅찬 감격과 기쁨들을 나
는 글로 쓸 것이다. 생각으로 품으면 그게 꿈이다. 나는 아직도 더 꿈
꿀 것들 투성이다. 하고 싶은 일들이 너무 많아 나는 정말이지 늙을 새
도 없고 말고다!

5

그랬으면 좋겠네

"잠시 떨어지면 그리움으로 떠올릴 수 있는 짝이어서 감사하다.
허리가 굽은 날에도 누군가의 그리움이 될 수 있을 것 같아서 감사하다. 앞으로 남은 생애도
지금처럼만 살았음 좋겠다. 그랬으면 참 좋겠다."

-그랬으면 좋겠네

내 나이 쉰 하고도 두 해

게다가 가을이네요

가을 가을 가을이네요

휘영청 달빛 저리 고운 밤

나는 저 달 바라보며

이렇게 걸어요

무얼 해야 할까요?

무언가 해야 할 것 같은데

그저 그저 이렇게 걸어요

무얼 꿈꿨을까요?

내게도 푸르던 날 있었는데

한 사람 그리운 이 없는

내가 누군가의 그리움도 아닌

그런 날이 오기 전에

무얼 해야 할까요?

무언가 해야 할 일 있을 텐데

허리가 굽은 날에도

누군가의 그리움이 될 수 있기를

그랬으면 좋겠네

내 나이 쉰 하고도 두 해

그 가을에 올리는

기도

그날따라 유난히 달이 휘영청 밝았다. 언제나처럼 나는 그날 밤에도 저녁 운동 삼아 집 주변을 걷고 있었다. 우리 동네는 골목길들이 널찍널찍하고, 집집이 제각각으로 심고 가꾼 예쁜 화단들도 구경하며 걸을 수 있어서 심심치 않다. 게다가 위쪽으로 조금 걸어 올라가면 그때만 해도 공터로 남아있던 텃밭에 호박, 감자, 옥수수, 토마토, 고추, 보리 등등... 각종 작물들이 심겨진 풍경이 오른쪽으로 펼쳐져 오르내릴 때마다 얼마나 컸나 훔쳐보는 재미도 쏠쏠했다. 더 위로 올라가면 애들은 거의 없고 미끄럼틀, 그네, 정글짐 등 몇몇 놀이 기구들만 예쁘게 자리잡고 있는 깔끔한 놀이터가 나타난다. 그 놀이터를 오른쪽으로 끼고 올라가는 길들도 널찍널찍해서 양쪽으로 심긴 가로수들이 내는 바람소리를 들으며 저녁마다 걸어다니는 시간이 지루하지 않았다. 조금 더 올라가서 왼쪽으로 꺾어 오르면 아담하고 정갈한 공원이 나타난다. 공원에는 테니스 코트장이 마련돼 있고, 지금은 노인분들을 위한 게이트볼 게임장이 한쪽으로 커다랗게 들어서 있다. 공원에서 야트막한 산을 향해 놓은 계단을 따라 오르면 우리 집 기준으로는 뒷산이 이어져 있다. 나는 우리 집 주변 풍경들이 맘에 들고, 운동 삼아 걸을 때마다 그것들을 값없이 실컷 누릴 수 있어서 늘 감사하다. 그런 넉넉한 마음에서 그날 밤에 그런 노래가 한가로이 흘러나왔는지는 잘 모르겠다. 늘 그러듯이 그날 밤에도 노래를 만들어야겠다고는 전혀 생각하지 않았다. 그저 감사가 가득한 마음으로, 느릿느릿 널널한 골목길들을 걸

다 올려디 본 하늘에 달이 휘영청 떠 있었고, 그렇게 아름다운 또 하룻 밤이 그냥 흘러가 버리는 것이 너무 아쉬웠고, 무작정 달아나 버리는 시간들에 당하지만 말고 뭔가를 남겨야만 할 것 같은 안타까움이 가득 했었다. 그리고 늘 내 마음 속에 있어왔던 소망 하나가 노랫말로 자연 스레 이어졌다.

나는 예전부터 가끔씩 그런 생각을 했다. 내가 나이가 아주 많아져 호호 할매가 돼 버리면 내 마음 속에 그리움이라는 아름답고 애달픈 감정도 사라질까? 이 세상에서 그 아름다운 감정을 내게 불러일으키 는 사람이 단 한 사람도 없이 다 사라진다면, 이 세상은 얼마나 삭막해 질까? 내가 그걸 느낄 수도 없게 된다면? 그런데 더 슬프게 느껴지는 건 내가 쪼그랑쪼그랑 할매가 되어, 그 노추로 인해 이 세상에서 단 한 사람도 나란 존재를 그리워하는 사람이 없게 된다는 사실이었다. 나는 소설 종류를 많이 읽어온 사람이라 사람이 사람을 그리워하고 애틋해 하는 느낌들을 묘사한 문장들을 그냥 잘 지나치지 못한다.

아아 강실아 둥글고 이쁜 사람아
네가 없다면... 네가 없다면...
나의 심장이 연두로 물들은들 어디에 쓰겠느냐
-혼불 1권 83쪽-

이 문장은 퇴근 후 날마다 마지막 코스로 가던 도서관에서 오래 전에 읽었던 '혼불'을 다시 1권부터 시작해 읽기로 하고, 집 책꽂이에 꽂혀있던 열 권 중 뽑아간 1권을 읽다 발견한 문장이다. 사촌 동생 강실이를 향한 금단의 사랑으로 번민하는 강모의 애끓는 심정이 담긴 문장이다. 사람이 사람에게 이끌리는 마음을 어찌하랴? 금단의 사랑이기에 더 애달픈 심정이 담긴 몇 줄 글을 나는 그냥 흘려보내지 못하고 카스토리 공간 어디에다 저렇게 남겨놓았다. 나는 아직까지는 그리워할 누군가가 몹시 필요한 사람이고, 나 또한 누군가에게 그런 사람일 수 있다는 사실이 몹시 기쁜 여자다. 언젠가 남편이 둘째가 치는 피아노 반주에 맞춰 '내 맘의 강물'이라는 가곡을 자꾸 불러대던 때가 있었다. 그 가곡은 남편이 아주 좋아하는 노래라 나도 많이 좋아하게 됐다.

수많은 날은 떠나갔어도 내 맘의 강물 끝없이 흐르네
그날 그땐 지금은 없어도 내 맘의 강물 끝없이 흐르네

로 시작되다가, 가운데 클라이맥스 부분을 지나 다시 처음 음으로 이어지는 부분이 들을 때마다 나는 참 좋았다. 절정 부분은 잘 올라가지도 않는 목소리로 핏대를 올려가며, 한 손으로는 휘이휘이 지휘까지 해가며 불러대던 그 아름다운 노래를 들으며 나는 갑자기 울컥 치미는 슬픔에 콧등이 시큰했었다.

알알이 맺힌 고운 진주알 아롱아롱 더욱 빛나네

그날 그땐 지금은 없어도 내 맘의 강물 끝없이 흐르네

이 부분은 가사가 아름답고도 슬펐다. 만약 절대 그래서는 안 되지만, 나중에 혹시라도 남편을 한참 동안 못 보게 될 때 그 노래를 어디선가 듣는다면 나는 너무 슬퍼 그 자리에 고꾸라져 끝도 없이 울게 될 것 같은 느낌이 들었다. 지금 이렇게 쓰고만 있는데도 나는 또 눈물이 맺힌다. 아름다웠던 날들, 사랑했던 사람은 어디론가 다 사라져 버리고, 내 맘의 강물만 끝없이 흐르는 날... 을 생각만 해도 깊은 슬픔에 가슴이 아려온다.

틈

시시로 휘이 잡혀들고

가슴으로 비죽 새어들고

잊혀진 듯 제 집을 삼고...

마르고 보송한 길도 아닌

젖은 세월들 앞세우고

이쯤에야 편하여 족할 길을
작정한 듯 흩뜨려놓는
너를 이리 만날 줄이야

이 세상이 가진
어느 하나 말로써는 쓰이지 않는
함께 섞이고 얽혀 살아낸
세월의 두께도 우스운 듯
그 작은 틈새 하나로
바람이 새어들고

따순 봄볕 아래서도
마음 붙일 길 없는 바람의 행렬
새로 길을 다지려나?

말로 내면 굳어지는 길이 될까
깊이 밀쳐 갈비뼈 아래 쟁여두는
버려진 말들
아무도 몰라도 좋을 너희
그곳에서 슬픈 강물 되어 흐른들 어떠리

때로 온기기 그리운 기억들이

서걱이는 저녁

가까이 있어도 먼 듯

틈 하나가 아픈 날

메워진 듯 그대로인

작은 틈새 하나로

길든 바람이

제 길을 보이는 날

그때에 너희들 그냥 있으라

부디 그 강줄기 따라만 흐르고

뒤틀며 튀어올라

흠빡 새삼 잦아들게 말라

그토록 밀착하였었기에

이토록 뚜렷하여 어찌되지 않는

시린 틈 하나

다시는 너와 조우하지 말기를

이리 아린 시로도 만나지지 말기를

이렇게 마음 끝 진을 빼가는

너는 겨우

작은 틈새 하나

이 시는 어떤 일로 인하여 남편과의 사이에서 한동안 틈이 느껴졌을 때, 그 틈이 너무 아리고 시려 그 슬픔을 견뎌내느라 절로 쓰여진 시다. 남편은 내가 정말 좋아 나랑 결혼했다고 공개적으로 여러 번 밝힌 사람이다. 나 또한 그 말을 백 프로 믿어왔고, 그만큼 우리 둘 사이는 밀착된 관계였다. 평생 안 느껴지던 낯선 틈새 바람으로 인하여 나는 마음의 안정을 잃었고, 그 상황을 잠시 견뎌내기가 그리도 버거웠었나보다.

　남편과 나는 나이를 생각하면 좀 많이 닭살스러운 부부다. 우리는 둘 다 그런 사이를 즐기며 감사하게 생각한다. 우리가 이 나이에도 그럴 수 있는 건 서로를 여전히 남자와 여자로 바라보고 느낄 수 있기 때문이다. 그건 그냥 되는 건 아니다. 계속 서로에게 좋은 감정을 일으킬 수 있도록 각자의 모습을, 또 자신만의 세계를 가꿔가는 노력이 필요하다. 체중관리를 하는 건 가장 기본적인 요건이다. 상대가 나에게 계속 좋은 감정으로 끌릴 수 있도록, 나를 보여지는 모습으로도, 나만의 내면세계로도 가꾸고 채워가는 노력이 필요하다.

지금까지 그렇게 살아올 수 있어서 감사하다. 잠시 떨어지면 그리움으로 떠올릴 수 있는 짝이어서 감사하다. 허리가 굽은 날에도 누군가의 그리움이 될 수 있을 것 같아서 감사하다. 그렇게 될 수 있으려면 뭘 해야 할까를 생각할 수 있어서 감사하다. 생각한 대로 서로를 가꿔갈 수 있어서 감사하다. 우리의 생각이 행동이 되고, 그 행동은 스스로를 가꿔가는 노력으로 이어져 지금까지 나이보다 젊어 보인다는 얘기도 들을 수 있었다. 우리는 계속 그렇게 살아갈 수 있을 것 같다. 둘의 생각이 같기 때문이다. 잠시의 아픔으로 저리 긴 시를 써도 좋으니, 남은 생애도 지금처럼만 살았음 좋겠다. 그랬으면 참 좋겠다.

6

청바지 예찬

"남편은 늘 나와 함께 있었고, 언제나 내 편이 돼 주려 애썼었다.
요즘은 날마다 개구진 장난으로 깔깔대며 웃게 해준다. 남은 날들도 이렇게 나이 따윈 잊고,
생각도 모습도 청바지랑 아주 잘 어울리도록만 살았음 좋겠다."

어느 날 아침, 고무장갑을 끼고 설거지를 하고 있는데 갑자기 짤막한 미니송이 내 입에서 흘러나왔다. 전날 밤에 자려고 누워서 남편이랑 얘기하다가 들은 말 몇 마디가 노래로 흘러나왔는데, 잊어버릴까봐 얼른 고무장갑을 벗고 스마트폰의 녹음 기능을 눌렀다.

청바지 예찬!!

당신은 청바지야
왜요? 입으면 이뿌다고?
괄호 열고

그랬었었을걸 흐흐

괄호 닫고(그랬었었을걸 흐흐)

아니, 당신이 청바지야

화려하지도 않고

천하지도 않고

질리지도 않고

또 한 번, 괄호 열고

싸고

편하고

질기고... 가 빠졌을걸?? 흐흐

괄호 닫고(싸고 편하고 질기고..... 가 빠졌을걸?? 흐흐)

마눌 시 쓰게 하는

시 쓰게 하는

시~ 쓰게 하는 남자

무슨 얘긴가를 하다가 남편이 나한테

"당신은 청바지야."

라고 했다. 그러면서 날더러 '화려하지는 않지만, 그렇다고 천하지도 않다'고 했다. 거기에다 '언제까지, 누구에게나, 질리지 않는 사람이었음 좋겠다'는 내 소망을 더했다. 청바지처럼!

제목은 만들며 바로 정했다. '청춘'과 짝인 '청바지'니까 '청춘 예찬'에서 따온 '청바지 예찬'으로! 마지막의 '마눌 시 쓰게 하는...' 부분은 며칠 지나 앞산 올랐다가 내려오는 길에 이어졌다. 앞부분 10분, 뒷부분도 10분여 만에 만들어진 미니송이지만 나는 이 노래가 맘에 든다. 청바지가 가진 특징들을 잘 잡아냈을 뿐만 아니라 내가 가진 나만의 특질도 잘 담았기 때문이다. 내 바람까지... 게다가 나는 젊었을 때는 청바지 입은 뒤태가 제법 예뻤었다. 내 기억에는! 아님 말고다! 누구나 젊어 한때는 한 줌밖에 안 되는 개미허리에 잘룩한 힙 라인도 가졌었지 않은가? 누구나 옛날에는 금송아지 한 마리씩들 가졌었듯이 말이다.

오십대 중반으로 접어들면서 이런저런 인연으로 만난 사람들 중에 내 생활수준과는 차이 나게 다른 라이프 스타일을 즐기는 사람들을 보게 될 때가 종종 있다. 밥 먹듯이 온 세상 곳곳으로 여행도 다니고, 심심하면 골프 라운딩도 나가고, 나는 듣도 보도 못한 명품들로 치장을 하고 다니기도 한다. 그런 사람들을 볼 때, 나도 사람인 이상 잠시 부럽다는 생각도 하게 된다. 그렇지만 그뿐이다. 바로 내 삶을 들여다보면 나는 내가 가진 것들로 감사가 차고 넘친다. 나보다 나은 사람들과 비교하면 내가 살아온 삶은 '싸고 편하고 질기고'에 가까운 삶이었다. 청바지가 가진 좋은 점들이지만, 내 삶을 담은 표현이기도 하다. 그런 삶에 어울리게 또 평생 청바지만 입고 살았다. 어디 결혼식에라도 가려고 옷장문을 열면 입고 갈 만한 정장이 거의 없다. 그런 옷들만 즐기고 또 편하다보니 그런 옷들에 어울리는 삶도 살게 되는 것 같다. 결국 내가 살아온 삶도 다 나의 나됨과 내가 지닌 특질들이 불러들인 삶이란 생각을 또 한 번 하게 된다. 내 분위기가 화려하고 부티나고 우아하다면 그런 특징들에 끌리는 남자가 나한테 손을 내밀었을 것이다. 나는 청바지 같은 분위기를 가진 여자였다. 그래서 그런 분위기를 좋아하고 끌리는 내 남편 같은 남자가 나를 찍은 것이다. 남편 또한 그런 분위기의 남자다. 그러니 끼리끼리 어울린다는 말은 맞는 말이다. 그렇게 끌렸으면서 이제 와서 서로가 못 가진 걸 요구하고 바라봐선 안 되는 일이다.

미 서부 트레킹을 떠나면서 혼자서 고민을 오래도록 했다. 오래 품어온 꿈이어서 꼭 가야 했다. 트레킹으로 떠나는 여행이라 가슴은 떨리지만, 다리는 떨리기 전에 떠나야 했다. 남편은 여행이라는 문화에 익숙한 사람이 아니어서 우리가 여행을 함께 떠난다면 백 프로 다 내가 원해서, 내가 원하는 여행지로 간다고 해도 틀린 말이 아니다. 이번 여행은 혼자 경비만 수백 만 원이 넘는 고가여서 사실 둘이 같이 떠나기가 만만치 않은 여행이기도 했다. 거기다 12일이라는 기간을 남편이 직장생활하며 빼내기도 쉬운 일이 아니었다. 결론은 혼자 가는 걸로 정해졌고 남편도 다녀오라고는 했지만, 나는 왜 그렇게 오래도록 고민을 해야 했을까? 지금껏 그렇게 호사스런 여행을 혼자든 둘이서든 다녀본 적이 없었다. 여행의 격이 호사스럽다는 게 아니라 비용을 두고 하는 얘기다. 평생 안 해본 걸 혼자서만 누리려니 일만 하고 사는 남편한테 미안했고, 그 돈을 아이들 누구한테 주면 이러이러한 일로 얼마나 잘 쓸까?, 또 늘 병원 다녀야 하는 언니 생각, 혼자 사는 남동생 생각... 등등 발목 부여잡는 사람들이 너무 많아 마음이 편치가 않았다. 결혼 30주년 기념여행을 당겨서 갔던 재작년 미 서부 여행 때도 그랬었다. 그때는 두 사람 경비 더해도 지금 나 혼자 떠나는 여행 경비보다 적었다. 그러니 내 고민은 길어질 수밖에 없었다. 아무렇지도 않게 일 년에 두세 번씩 해외여행 다니는 누구들이 부럽기도 했다. 그러면서 새삼 내 주변을 돌아보니 가까운 지인들은 다 나랑 비슷한 형편으로 사는 사람들이었다. 얼마간의 차이는 있겠지만, 해외여행을 밥 먹듯이 다니고, 심심하면 골프 라운딩 나가고, 명품 쇼핑 다니고... 하며 사는 사람들은 내 가까이에는 없었다. 그러니 또 끼리끼리 가까이 살게 되는 건 맞는 얘기 같다. 내가 만나는 다섯 사람의 수입을 합친 평균이 내 수입이라는 얘기도 있다. 다 맞는 얘기라고 생각된다. 그렇게 살아온 환경에 어울리지 않는 사치를 혼자 누리려니 여러 갈등을 겪게 되는 것 또한 당연한 절차라는 생각이 든다.

그럼에도 불구하고 나는 간다. 가족 카톡방에 그런저런 마음을 담은 글을 남기고, 가족의 응원을 받으며 간다. 싸고 편하고 질긴 청바지를 입고 나는 갈 것이다. 내가 할 여행이 화려하고 부티 나고 우아한 여행이 아니고, 땡볕에서 하루 열 서너 시간을 걸어야 하는 여행이어서 간다. 나를 찾아 떠나는 여행이고, 내 오랜 꿈이 어떻게 이루어지는지 똑똑히 목격하러 떠나는 여행이고, 내가 앞으로 하고 싶은 일들에 오래도록 울궈먹을 단물이 될 여행이어서 떠난다. 돈은 다녀와서 벌면 된다. 건강을 잃으면, 다리가 떨리면, 돈이 아무리 남아나도, 시간이 남아돌아도 떠날 수 없다. 나는 어느 부부가 집 팔고, 직장 사표내고, 몇 년 동안 온 세상 구경하러 떠났다는 둥, 어느 아버지가 아들을 학교에서 빼내어 일 년 동안 온 세상 구석구석 돌아다니며 구경시켜 주러 떠났다는 둥... 하는 얘기들을 들으면 부럽고 설레고 이해가 너무 잘 되는 사람이고, 남편은 절대 이해 안 되는 사람이다. 그래서 여행 얘기하다가 우리는 가끔씩 싸우기도 한다. 여행 가서도 종종 잘 싸운다. 여행에 관한 한 우리는 코드가 서로 잘 맞지 않는다. 나는 걷는 게 너무 좋은 사람이라 앞으로 얼마나 더 쌩쌩하게 걸을 수 있을지를 생각해보

게 된다. 그 생각을 하면 마음이 급해진다. 왜냐하면 지금도 무릎이,
발목이 시큰대기 때문이다.

　평생 청바지만 입고 살아온, 청바지를 닮은 내 인생에 이번 여행이
정점이 될지는 모르겠다. 이런 호사를 누릴 날이 올 줄 일찍 알았다면
힘든 시간들을 더 잘 견딜 수 있었을까? 생각해보면 남편은 늘 나와
함께 있었다. 아이들 셋을 낳을 때마다 마지막 순간까지 내 손을 잡고
있었고, 어머니와 다섯 형제들이 함께인 구도에서 나 혼자였을 때도
욕을 먹어가며 내 편이 돼 주려 애썼었다. 요즘은 날마다 개구진 장난
으로 깔깔대며 웃게 해준다. 허구헌날 해외여행에, 골프에, 명품을 누
리게는 못해도 시까지 쓰게 하고, 노래까지 만들게 하는 남편이다. 슬
플 때는 슬픔이 거름이 된 시를 썼고, 가슴이 아릴 때는 절절한 기도문
을 시로 썼다. '청바지 예찬'도 남편이 내게 준 시다. 남편으로 인해
시를 쓰게 되는지, 원래 시 쓰기를 좋아해 시를 쓰는지, 둘 다인지는
모르겠다. 남은 날들도 이런 짓들에 빠져 사느라 나이 따윈 잊고, 생각
도 모습도 청바지랑 아주 잘 어울리도록만 살았음 좋겠다.

나는 내가 좋다

"그때는 그 서푼짜리 습작 하나가 이리 쓰일 줄 몰랐다.
앞으로도 이런 짓 하며 살 거다. 나이값 따윈 눈 감고 이런 나로 살 거다! 생각으로는 나이를 토해내는,
여전히 푸른 청춘이다. 이게 나다. 남이사 뭐라든 이런 내가 나는 좋다!"

─설악 대청봉 12시간 무박 종주

일시: 2016. 9. 8. 금

들머리: 한계령 휴게소(06:25 출발)

날머리: 백담사(17:50 도착)

날씨: 안개 비 햇빛 오락가락, 마무리는 비 흠뻑 맞으며 30분 행군

홀로 1박 2일 23시간 지리산 종주를 다녀온 기백(!!)을 되살려 석 달여 만에
설악 대청봉 무박 종주에 도전해보기로 했다. 이번에는 늦은 휴가로 남편과 함
께 떠나는 트레킹이라 마음이 놓이긴 했지만, 가보지 않은 길이라 약간의 걱정
과 설렘을 섞어 안고 새벽길을 나섰다. 한계령 아래 숙소에서 새벽 5시 13분쯤

출발해 30분쯤에 한계령 휴게소에 도착해보니 집 떠나기 전 일기예보에 잡힌 바 없던 부슬비가 계속 내리고 있었다. 우비도, 우산도 없는데, 설상가상 숙소 쥔장 말씀과는 달리 한계령 휴게소는 문이 닫혔고 주위는 껌껌했다. 어묵과 함께 먹으려고 전날 밤 사놨다 가져간, 어느 떡볶이집 꼬맹이 주먹밥 몇 개씩을 껌껌한 데 서서 국물도 없이 목이 메게 나눠 먹었다. 씻어간 사과들이 있어 그나마 마음이 놓였다. 그런데 문제는 물! 어묵을 팔 거라니까 당연히 물 정도는 살 수 있을 거라 생각하고 그냥 갔는데, 문도 닫혀있고 자판기 물도 품절이었다. 이 노릇을 어쩔...!!

다행히 중청까지 앞서거니 뒤서거니 함께 오르며 초행길에 힘이 되어 준 일행분들이 물 두 병을 나눠 주셔서 어찌나 감사했는지!

하여 정리가 필요하다.

하나, 한계령 휴게소는 동절기 전까지는 새벽 3시부터 입산 가능하되

둘, 새벽시간에는 휴게소 문은 닫혀 있으므로 아침식사를 미리 준비할 것! 물론 산에서 먹을 점심 준비도.

셋, 중청 대피소까지 4시간 가까운 산행에 꼭 필요한 물도 품절 상황을 대비해 미리 준비해갈 것(이라고, 제법 산행을 해본 지금 초창기 때 기록한 글을 따라 써보며 피식 웃음이 난다. 산행 고수들이 보면 어이없다 못해 차리리 귀여운 걸로 하자!!고 한대도 할 말이 없다. 그때는 나름 진지했음. 흐흐)

한 번 가보면 니만의 지도를 남길 수 있다. 가지 않으면 남이 남긴 지도를 읽을 수만 있다. 읽고만 가서 틀리게 행군한 페이지를 지우고 다시 쓴다.

이하 이어지는 사설들은 사진들 아래 붙인 사설들이다. 읽으며 대청까지 오르는 길들에 상상력을 발휘해보시길...

—표지 하나 고르고 출발(계속 안개에 싸여 있다 처음 안개가 걷힌 능선들 바라보며 팔 벌리고 찍은 멋진!! 사진 하나 고름).

—새벽 5시 30분 불 꺼진 한계령 휴게소.
—6시 25분, 무박 종주라 더 이상 지체할 수 없어 조금 잦아든 비 맞으며 첫 계단을 오른다.

—능선들 너머에서 잠을 깨는 아침.

—이정표들만 보면 설레는 병은 병명이 뭘까요?(당연히 이정표를 찍은 사진 아래 붙인 사설임)

—빗물 머금은 초롱꽃. 종일 길동무가 되어 주었다. 곰배령 오르는 길에서 본 금강초롱은 보랏빛이 더 짙었던 것 같다.(빗물 머금은 초롱꽃들 찍은 사진이 그

려지시나요?)

－자동차 트렁크 열고 물 두 병 기꺼이 꺼내주신 고마운 분들! 종일 길동무까지, 감사합니다.

－서둘러 온 만추를 즈려밟고(나무 데크 계단 오르는데 색색으로 물든 가을잎들이 어지러이 널려 있었다. 남편과 내 발을 모아 함께 즈려밟은 사진 아래 붙은 사설).

－운해, 뛰어들면 솜털처럼 받아줄 거지?

－한계령 삼거리 가까워지는 고지대에서 계단 공사 중인 분들, 고맙습니다아~~

－한계령 삼거리, 휴게소 백구가 일하시는 분들 따라 여기까지 올라와 있다.

－한계령 삼거리 뒤쪽으로 펼쳐진 산악 파노라마, 서북능선 맞나요? 첫 종주길이라 여기저기 블로그에서 대략 보고 간 능선과 봉우리들의 이름, 위치들이 헷갈린다.

－오르는 내내 오늘 봐야 할 것들을 가려놓을까봐 가슴 졸이게 했던 운무,
어느 순간 구름이 걷히고 거짓말처럼 자태를 드러내는 너희들! 반갑다
아~~

－앙증맞은 **빨간 손 내미는 가을**오르는 길 내내 빠알간 열매들과 잎들이 계속 발길을 잡
음. 그 중 하나를 찍은 사진 아래 붙은 사설).

－저 봉우리들의 이름을 너는 알지? 오늘도 묵묵한 고사목들.

－이리 높은 산꼭대기에 이렇게 평평하고 넓은 자연학습장이 곳곳에서 나
타나, 눈 맑은 아이들을 풀어놓고 싶게 한다.

－어쩌자고 저 홀로들 저리 나고 자라 제 빛으로들 저리 고울까?
투구꽃, 맞지? 아무렇지도 않게 발길을 잡아끈다.

－중청대피소가 가까워지면서 이리 예쁜 숲길들이 이어지고, 양 옆 풀섶마
다 이름모를 가을꽃들이 걸음걸음을 부여잡는다. 아무렇게나 찍어도 어디나
그림엽서가 된다.

－자작나무 맞니? 원대리에 있어야 외롭지 않지, 어쩌다 여기 혼자 와 있

니?

　—드디어 백담사와 소청 대피소를 가리키는 갈림길이 나타난다. 바로 앞에 보이는 중청 대피소와 운무에 싸인 대청봉! 드디어 너를 만나는구나!

　—11시 40분, 대청봉 정상에 서다. 만세에! 감격도 잠시, 설마 계속 이럴 거 아니지? 다 보여줄 거지이?? 아무도 없는 대청봉에는 짙은 안개와 센 바람과 먹이를 찾아 헤매는 다람쥐들뿐이었다. 자연 상태 그대로인 지리산 천왕봉과 달리 설악 대청봉은 중청 대피소에서 오르는 길 전 구간이 잘 정비되어 있어 비교가 되었다.

　—가슴 졸이고 있는데 갑자기 너무나 비현실적으로 나타나는 저 곳은? 할 말을 잊는다. 진정 미 서부 캐니언들이 부럽지 않았다. 설악을 계속 찾는 이들을 절로 이해할 수 있겠다.

　—대청봉과 마주선, 중청 대피소를 품은 너의 이름은 의당 중청이겠지? 설악 출석부를 다시 익히고 와야겠구나!

　—천불동 계곡, 공룡능선! 말로만 듣던 그곳의 비경을 무어라 형용할 수 있을까? 대청봉에서 소청 대피소까지 내려가는 길 오른쪽으로, 천국문이 열린 듯 이어지던 비현실적인 풍경 앞에 우와~ 우와~만 연발한다. 사진으로는 어

림도 없다.

- 중략 -

다녀온 지 일주일이 가까워오는데 여행기는 여적 끝을 못 맺고 있다. 멋모르고 단순 무식했을 때가 편했다. 이제 겨우 한두 걸음 앞의 세계로 발을 내디딘 시점이라 어정쩡 눈치꾸러기가 되어 첫 배움의 적용 언저리를 맴돌고 있다. 여행 작가과정 2주차다. 가나다라 몇 글자 배웠다고 일기를 쓸 수는 없다. 일단은 해온 대로 펼칠 밖에... 한 가지는 의식 속에 계속 있었다. 단문으로 쉽게 쓰기! 아직도 많은 지우개가 필요하다. 나이가 들면, 더 많은 책을 읽고 공부를 하면 세상살이가 더 만만해지고 쉬워질 것 같지만, 그로부터 길어올린 슬기가 이끄는 길은 반대로 길을 내듯이 이 배움의 길도 그리 흘러갈 것이다. 많이 지우고 다시 쓰고, 수도 없이 잘못 가고, 되돌아오고... 비뚤비뚤 걸어갈 길들이 보인다. 하지만 길이지 않은가? 늘 보이면 뛰어들고, 걷고, 오르고 싶은 길들... 그것이면 족하다. 모든 즐길 만한 것들로 가득한 길이면, 그 길들을 두 발로든 배움으로든 걸을 수만 있다면...

이라고 생뚱맞기 짝이 없게 마무리를 덧댄 서푼짜리 습작 하나가 허기를 불러댄다.

—여행기/2016. 9. 17일자 블로그에서 가져옴—

그때는 그 서푼짜리 습작 하나가 이리 쓰일 줄 몰랐다. 내 생각대로 이런 짓을 해놓은 내가 맘에 든다. 앞으로도 이런 짓 하며 살 거다. 나이값 따윈 눈 감고 이런 나로 살 거다! 생각으로는 나이를 토해내는, 여전히 푸른 청춘이다. 이게 나다. 남이사 뭐라든 이런 내가 나는 좋다!

[제 5 장]

꿈 한 번 가져볼래

글쓰기와 함께라면 무슨 일이든 해낼 수 있을 것 같다.
글쓰기는 만병통치약에, 만능 요술 램프 속 지니라고까지 해야 할랑가 모르겠다.

1

내가 하고 싶은 일

"미국 서부 트레킹 확정 일정을 메일로 받았다. 그렇게 걸어보고 싶었던
길들의 행로가 적힌 그 석 장의 일정표를 보는 순간 나는 가슴이 터져나가는 것 같았다.
나는 이 시큰대는 두 다리로 세상 모든 아름다운 길들을 다 걷고 싶다."

　　내가 가장 하고 싶은 일은 트레킹이다. 왜 이렇게 트레킹
에 마음이 끌리는지 모르겠다. 우리 집은 다른 집들에 비해 집에서 밥
을 먹는 식구들이 많은 편이다. 집에 있는 두 아이도 오후에 일을 시작
할 때가 많고, 남편도 건축 현장이 가까워 하루 세 끼를 거의 날마다
집에서 먹는 사람이라 음식 만들기나 설거지하는 데 들이는 시간이 많
은 편이다. 그러다 보니 나는 창가에다 폰을 세워놓고 트레킹하는 모
습들이 펼쳐지는 영상들을 찾아서 볼 때가 많다. 〈영상앨범 산〉을 주
로 많이 봐서 안 본 영상이 별로 없을 정도다. 동물들이나 바다 풍경,
물고기들이 나오는 영상들이 섞이면 지나가 버리게 한다. 나는 늘 산
으로, 들로 난 길들이 펼쳐진 풍경들에 끌린다. 왜 이렇게 산길, 들길
에 마음이 무작정 끌려가는지 나도 이유는 모른다. 아마도 어렸을 때

부터 산길, 들길을 헤매며 뛰어다녀서 그럴 거다.

　학교를 갈 때도 논두렁 밭두렁 길을 따라 삼, 사십 분을 걸어야 했다. 만화책을 빌리러 읍내를 갈 때도 그렇게 걷든가, 나중에는 자전거를 타고 씽씽 신작로를 달렸었다. 지금도 아련히 떠오르는 장면이 있다. 중학교 때였던 것 같다. 하굣길이었는데 그날은 자전거를 타지 않고 가을걷이가 끝난 들판을 걸어서 집으로 가고 있었다. 위쪽으로 난 길을 두고 나는 논길, 밭길을 되는 대로 걸어서 집 쪽으로 향하고 있었는데 손에는 책이 들려 있었다. 무슨 책이 그리도 재밌었는지 손에서 못 놓고 천천히 읽으면서 걷다가 베어진 벼 포기에 발이 걸려 넘어지고 말았다. 그때 머~얼리서 마주 보이던 서쪽 하늘에는 붉은 노을이 타고 있었다. 그때 당시의 내 눈에는 붉은 노을에 물이 든 구름들이 어두워진 산 위에서 만드는 풍경이 늘 바닷가 풍경이었다. 주홍빛 구름들은 바다를 가운데 두고 양 옆으로 좌악 펼쳐진 해변의 모습을 그리다가 허물곤 했는데, 나는 늘 그 서산 위에서 요술을 부리는 붉은 노을 빛 구름들의 묘기에 넋을 빼앗기곤 했다. 아~ 그리고 늘 그 붉게 타는 저녁 하늘을 향해, 이어진 꺽쇠 모양 대열을 이룬 새떼들이 점점이 날아가고 있었다. 처음에는 커보였다가 어느 순간 그 새떼들의 대열은 점점점... 으로 이어진 선이 되어 붉은 노을의 밥이 된 듯 까마득~ 사라져 버렸다. 나는 그런 환상 퍼포먼스를 벌이는 저녁 하늘이 늘 좋았다. 빨려들 듯 혼을 빼앗기며 바라보노라면 내 영혼은 그 하늘가로 당겨가는 듯했고, 발은 땅에 닿아 있지만 반쯤은 공중부양을 일으킨 듯 현실감이 흐려지곤 했다. 짚을 베어낸 그루터기에 걸려 넘어졌다가 일어나 바라보던 그날의 하늘도 그렇게 요술을 부려대고 있었고, 마침 그 곁에 높다랗게 쌓인 짚가리가 보여 나는 아예 거기 몸을 구겨넣고 한참이나 환상 퍼포먼스를 구경하고 있었다. 그러다 싫증나면 책을 읽다가 또 노을 구경을 하다가...

그 장면이 떠올라 어느 날, 그날은 절로 흘러나와서가 아니라 의지를 가지고 그 그림같이 아름다운 저녁 무렵을 아리아리한 느낌의 노래 하나로 만들어내고 싶었다. 아~ 왜 그 만들어지다 만 노래는 녹음으로도, 메모로도 남겨놓질 않았나 모르겠다. 내 귀에는 그 기억들을 불러들이는 주술인 듯 아득히 띄운 고음 한 소절로 시작한 처음 부분의 멜로디가 꽤 인상적이었던 것만 기억나고, 곡도 가사도 떠오르질 않는다. 붉은 하늘가로 새떼들이 점점이 사라지고... 눈길을 빈 들판으로 내리니 저 홀로 바람결에 흔들리는 코스모스 한 포기가 어쩌고 저쩌고... 했던 것 같다. 그날 짚가리에 묻혀 바라보던 장면들을 정말 아름답게 노래 하나로 살려내 보고 싶었다. 그렇다. 나는 노래도 만들고 싶다. 곡을 악보로 옮기지는 못하니 그냥 지금까지 그랬던 것처럼 여러 번 불러 익히며라도 만들고 싶다. 그렇게 만들어 녹음만 해두면 악보로 옮겨줄 사람은 많다. 내 기타 실력이 그 실력이 되면 참 좋겠다.

　그 한 장면 속에 내가 하고 싶은 일들이 다 들어 있다. 세상 모든 아름다운 길들을 걷고 싶고, 그 아름다운 길들이 주는 느낌들을 노래로도, 글로도 그려내고 싶다. 나는 그 여러 가지를 동시에 즐기며 자랐다. 내 뿌리가 그것들이다. 같은 환경 속에서 자란 내 친구들이 많지만 다 나 같지는 않다. 나보다 먼저 더 깊은 시들을 써내며 사는 시인 친구가 하나 있다. 그 친구가 길어올리는 시심의 경지는 내가 감히 넘겨다볼 수도 없을 만큼 깊다. 그 시들의 뿌리도 함께 본 들판과 하늘과 노을과 새떼들이었으리라 짐작만 해본다.

　요즘 자꾸 무릎과 발목이 시큰댄다. 하루 서너 시간 이상 걸을 예정이면 무릎에 발목에 보호대를 하고 집을 나선다. 이게 다 단순 무식 용감(!!)으로 뭉쳐 해댄 선무당짓들이 남긴 결과다. 트레킹이 너무 좋아 50대 중반의 나이에 하루 15시간을 절룩대며 걸었고, 그 다음날도 이어서 8시간 가까이를 절룩대며 걸었다. 또 어느 날은 좀 늦게 앞산에 올랐다가 무서워져서 집까지 30여 분을 한 번도 안 쉬고 팍팍팍팍 뛰어서 내려오는 짓도 했다. 설악 무박 종주 때도 하루 12시간을 산 속에서 헤매고 다녔다. 그런 무리를 잘 하는 짓인 줄 알고 해댄 결과가 이 모양이다. 그런데도 나는 여전히 산길, 들길에 끌린다. 예전에 우리 엄마가 '다리만 안 아프면, 허리만 안 아프면 얼마나 좋을까' 하시던 얘기가 귀에 쟁쟁한데, 내가 그 나이가 돼 있는 게 믿어지지가 않는다.

나이에게 지고만 있을 수는 없다. 나는 파스도 붙이고, 압박 붕대도 감고, 안티푸라민도 발라가면서 그랜드 캐니언 종주를 해낼 것이다. 자이언의 아찔한 절경, 엔젤스랜딩을 세포 하나하나마다 새겨 넣고 올 것이다. 붉은 첨탑들 사이로 난 나바호루프와 퀸즈가든 트레일에는 그림자도 붉게 지는지 내 두 눈으로 똑똑히 보고 올 것이다. 요세미티 국립공원의 파노라마 트레일과 미스트 트레일이 내가 상상하는 그대로인지 세세히 느끼고 올 것이다. 아~ 모하비 사막이란 말만 들어도 나는 가슴이 이상해진다. 서부 개척 역사에서 청교도들의 배척을 피해 서부지대로 이주해오던, 브리검 영(Brigham young)이 이끄는 몰몬교도들의 이동로가 됐다는 모하비 사막! 그 사막길도 차로가 아니라 내 발로 걸어서 종일 건너보고 싶다. 노을이 저녁 하늘을 붉게 물들이는 시간까지 꼬박 걸어보고 싶다. 그러면 내 입에서는 절로 아름다운 노래 하나가 흘러나오지 않을까? 호텔로 돌아오자마자 나는 옷도 못 벗어던지고 그 형언할 수 없이 차오른 가슴 한 귀퉁이로 줄줄이 새어나오는 말들을 노트에다 주워 담아야 할지 모른다.

여행기

Dreams come true!

이 나이에 젊디젊은 사람들도 아무렇지 않게 다녀오는 먼 나라 여행을 처음으로 다녀와서 '꿈은 이루어진다!!' 씩이나 식상하고 거창한 제목까지 붙여 여행기를 쓴다는 것이 여러 얘기들과 느낌들을 불러일으킬 수 있을 것이다. 그러나 적어도 내게는 맞는 얘기였다. 다 제각각 사정으로 제 나름으로 사는 인생! 누군가들에게는 꿈같이 부러운 얘길 수도 있음을 생각하면 그저 감사할 뿐이다.

내게 있어 여행은 늘 자연 속으로의 여행이다. 화려한 도시, 음식, 쇼, 쇼핑... 같은 것에는 별 관심이 없다. 그저 매일 보던 자연이 아닌, 새롭고 신비로운 자연 속으로 내 발로 걸어 들어가 보고, 듣고, 만지고, 냄새 맡고, 느낄 수 있는 여행! 나는 늘 그런 여행을 꿈꾼다. 이번 여행도 트레킹으로 그 속살들을 헤집어 느끼고 싶었지만 여러 상황들을 맞출 수 없었다. 그렇지만 미국이라는 대국의 내로라하는 여행지라는, 그 도시들도 한 번 보고 싶었다.

LA. 샌프란시스코. 라스베가스와, 그랜드. 브라이스. 자이언... 3대 캐니언을 둘러보는 일정이었다. 트레킹 비슷한 거라도 포함된 상품을 찾고 찾아 겨우 발견한 상품이었건만, 브라이스 캐니언에서의 '1시간 트레킹' 이라는 한 줄 광고가 무색하게 선라이즈에서 선셋 뷰 포인트까지의 트레킹 거리와 시간은 너무 짧았고, 유니온역에서 암트랙으로 산타바바라까지 가는 기차 여행 또한 가장 설레며 기대했던 일정이었건만, 아~ 모든 장미빛 꿈은 깨지라고 있는 거였다! 으이그으! 내가 가끔씩 가족 카톡방에서 애들에게 쓰는 요 말이 우리 남편은 참 좋댄다. 그래서 요쯤에서 추임새로 넣는다. 흐흐

왜 으이그!냐면 그 햇살 찬란하던 아침, 유니온 스테이션까지 사진 촬영도 하며 설레는 맘으로 잘 갔는데, 화장실 찾아 혼자서 뛰어다니다 일행을 놓쳐 가슴 바짝 태우며 기다리던 남편한테 엄청 혼나고, 둘이서 기차 찾아 얼마나 뛰어다녔던지!

뿐이랴? 승무원 아저씨한테 물어물어 겨우 찾아서 올라 탄 기차에서 거의 30여 분간 기침이 멈추지를 않아 얼마나 창피하고 어이없고 기막히던지! 흐흐... 그래서 또 하나 심심치 않은 얘깃거리 양념처럼 만들었다. 근데 거기서 끝이 아니었다. 그 기차는 그 시각, 그 지역 사정상 가다 멈춰서 우린 한참을 기다려 달려온 버스로 갈아타야 했다.

가장 기대하고 설레어했던 두 일정이 온전치 못하였지만 어떠랴? 여행 내내 날씨는 완벽할 만큼 좋았고, 가이드, 숙소. 음식. 일행... 등등이 다 괜찮았다. 그리고, 그랜드 캐니언을 보고 왔다! ......후략......

-여행기/2015. 5. 3일자 카스토리에서 가져옴-

오늘 메일로 미 서부 트레킹 확정 일정을 받았다. 그렇게 오래 걸어보고 싶었던 길들의 행로가 적힌 그 석 장의 일정표를 보는 순간 나는

가슴이 터져나가는 것 같았다. 황홀경이다!

재작년에 관광으로 다녀와 써 남겼던 여행기 2탄을 무어라 쓰게 될까?

나는 이 시큰대는 다리로 세상 모든 아름다운 길들을 다아~ 걷고 싶고, 그 아름다운 순간들을 모아 가두어 글로 쓰고 싶고, 노래로도 부르고 싶다. 이 나이의 내가 하고 싶은 일은 그 세 가지다. 걷고, 쓰고, 노래하고! 그 일들 하며 내 인생이 어여삐 물들어 가는 걸 구경하고 싶다. 그랬으면 참 좋겠다.

2

무슨 일이든 할 수 있다

"국민학교 때의 기억들 이후로, 어른이 되어 무슨 일인가에 도전해서
성과를 얻어낸 일은 겨우 서너 번이다. 그렇지만 내 안에는 분명 거인이 함께 있다는 걸 느낀다.
이 돌연한 나에 대한 발견과 깨달음은 글쓰기가 내게 건네는 선물이다."

–인왕산 자락 순성놀이

마지막일지도 모르는 가을의 뒤꽁무니를 붙잡으러 어디든 가야 한다는 조
바심에 집을 나선다. 미리 정해 둔 길이 그저 기껍고 반가운 것은 금세 다시 가
도 마음이 끌리는 그 고개에서 그 길의 오르막이 시작되기 때문이다.

경복궁역에 내려 동네길인 듯 익숙하게 버스를 갈아타고 자하문 고개에서
내린다. 그렇게나 끌렸던 자하문 밖 별세계가 이 고개 너머에서 펼쳐지고, 북
악으로 오르는 창의문이 지척이지만 마음만 보내고 발길은 인왕산 자락을 향
해 간다. 한양도성길 4개 코스 중 가장 긴 코스인 인왕산 구간은 숭례문(남대
문)에서 돈의문(서대문) 터를 지나 인왕산으로 오른 후 창의문까지 이어지는
5,3km 구간이다.

한양도성은 조선 태조 때에 외침으로부터 한양을 지키기 위해 도읍지였던 한양을 에워싸고 축조된 성곽으로 인왕산, 백악산, 낙산, 목멱산(남산) 능선을 따라 세워졌다. 성이 완공된 후 백성들 사이에서 성곽을 따라 하루 종일 걷는 순성놀이가 유행했다 한다. 과거시험을 보러 상경한 선비들이 도성을 돌며 급제를 빌었는데 이것이 도성민들에게 전해져 봄과 여름이면 성곽을 돌며 경치를 즐기는 풍습으로 자리잡았다고 한다.(출처:세계유산총회 홍보물, 서울시 제작)

그 유래를 알든 모르든, 시인의 언덕 뒤편 내리막길을 따라가며 줄지어 선 단풍나무들의 수줍은 홍조를 즐길 새도 없이 초소가 하나 나타나고, 건너편 산길을 계단이 이끄는 대로 잠시 오르면 곧바로 산성길이 시작된다.

머리 위로 부서져 내리는 햇살들의 향연에 겨워 폴짝대며 계단을 뛰어 오르다 휘릭 뒤돌아서면 오른 만큼의 내리막길이 말없이 제 길을 잇고 있다. 그 길 옆에 의젓이 서서 그 길들을 감싸안고 끝없이 뻗어 있다가, 휘이 구부러지다가, 다시 늠름히 제 길을 이어가는 도성길이 주는 안도감을 무어라 이를까?

조선 후기 한성부의 역사와 모습을 기록한 '한경지략'에는 '봄과 여름이 되면 한양 사람들은 해가 떠서 질 때까지 도성을 한 바퀴 돌면서 주변의 경치를 구경했다'고 적혀 있다는데, 왜 이렇게 아름다운 계절인 가을에는 순성놀이를 하지 않았을까?

그들은 그들의 도읍지를 한눈에 내려다보며 마음만은 평안했을까? 부신 햇살의 손을 잡고 뛰어오른 산 정상에 서서 이런저런 상념에 젖어 내려다보는 서울은, 따사로움을 놓친 저녁 햇살 아래 제 속살을 숨긴 채 평온하고 고요하다.

어느새 해넘이가 시작되려나 보다. 성곽 위로 막 몸을 누이는 햇살도, 성곽 구멍마다 까무룩 졸고 있던 햇살도, 부셨던 한낮의 햇살과는 남이라는 듯 낯설고 다른 제각각의 색을 풀어 놓는다. 나무도 바위도 성곽들도 서로서로 낯선 얼굴로 남이 되는 시간...

600여 년 전 한양도성 순성놀이에 나섰던 흰 무명옷의 백성들도 이른 아침에 집을 나서 어스름이 내리는 저녁 시간까지 소풍 놀이를 이어갔다고 한다. 그들이 손에 손잡고 돌고 돌았을 백악산, 낙산, 목멱산까지, 하루에 돌아볼 숙제가 남겨졌음이 그저 즐거울 따름이다. 인왕산 자락 순성놀이의 소득이다.

위 글은 지난 해 9월에 시작하여 11월에 수료한 건대 여행작가 과정 수료 과제로 제출한 여행기다. A4용지 한 장짜리 이 꼴난 여행기를 써내느라 하룻밤을 거의 꼬박 새웠다. 자하문 밖 거리를 걷고 먼저 써 놓은 글이 있었는데 미흡하기도 했고, 마침 남편이랑 성곽길 걷기를 이어가던 중이어서 전부터 걷고 싶었던 인왕산 코스를 걸으려 간 김에 여행지를 바꿔 다시 써내느라 여유가 없기도 했다. 게다가 빼도 박도 못할 지경의 독수리 타법일 때였다. 그야말로 한 글자씩 떠듬떠듬 써 갔다. 지금도 떠듬대는데 그때는 처음이다시피 했으니 오죽했을까?

다녀는 왔고, 늘 그렇듯이 너무 좋았고, 사진들도 준비되어 있는데,

도대체 무슨 얘길 어떻게 써 내야할지 아무 감도 잡히지 않았다. 여기 저기 헤집고 들어가 잡아챌 실마리 하나라도 찾아보려 했지만 도무지 아무 생각도 엮이질 않아 첫 문장 시작하는 데만 두어 시간이 걸렸던 기억이 난다. 그러다 어찌어찌 조선시대 백성들 사이에서, 태조가 외침으로부터 한양을 지키기 위해 축조한 성곽을 따라 하루 종일 걷는 순성놀이가 유행했다는 자료로부터 실마리를 잡아내 이야기를 이어갈 수 있었다.

결론은 대학식으로 하자면 A+였다. '흠잡을 데 없이 잘 썼습니다. 왜 숙제를 늦게 내서서 다른 사람들에게 공부할 (자랑할) 기회를 안 주셨나요?' 라고 쓰인 교수님의 평가를 받아든 순간 기쁨으로 뛰며, 지금까지 살아오면서 내가 거둔 몇 안 되는 빛나는 순간들을 떠올릴 수 있었다.

아이들이 어릴 때였는데, 그때는 시댁에서 살던 때였다. 어느 해 여름, 다니던 교회에서 전 교인 하계 수련회가 열렸는데, 수련회 일정 중 각 지역별 성경 퀴즈대회가 들어 있었다. 나는 우리 지역 대표로 뽑혀 퀴즈대회 준비에 들어갔다. 아이들이 다 잠든 밤 시간에, 오래된 한옥을 헐어내고 새로 지은 집 옥상으로 올라가는 계단참에 책상을 들여놓고서 밤마다 성경공부를 했다. 범위는 기억이 안 나지만 주어진 범위만큼의 성경을 꼼꼼히 읽고 외울 건 외웠다. 그런 다음 성경 퀴즈 문제

짐을 풀었다. 나는 기억력이나 수리 쪽은 꽝이지만 암기력 하나는 다행히 좋은 편이어서 마태복음 5장 전체를 토씨 하나 안 틀리고 두 번씩이나 암송해본 전력(!!)이 있다. 그때는 노회별 큰 대회였는데 똑같이 다 외우신 연세 드신 권사님이 일등상은 받으셨다. 그때의 나도 빛나는 기억 리스트에 올릴 만하다.

최선까지는 아니었지만 주어진 상황에서는 나름대로 열심히 했고, 내 주종목인 글에 대한 이해력과 암기력으로 도전해볼 수 있는 기회여서 그랬던지 나는 그때 신기한 경험을 했다. 문제를 출제하시는 목사님이 한두 마디 운만 떼셔도 답이 뭔지가 바로 보였다. 주관식도 객관식도 마찬가지였다. 그때 같이 출전했던 각 지역별 대표들이 꽤 여러 명이었는데, 참 미안하게도 아무도 부저 한 번 눌러볼 기회를 갖지 못했던 것 같다. 대회이기도 했고, 답이 빤히 보이는데 모른 척할 수도 없어서 독식을 해버리긴 했지만 얼굴 보기 참 미안했었다. 수련회에 함께 참여하셨던 어머니와 친구분들께 칭찬도 많이 들었다.

그때 처음 느꼈었다. 내 안에는 잠든 거인이 있는데 나는 그때까지 살면서 단 한 번도, 최선 비슷하게도, 그 능력을 흔들어 깨워본 적 없이 대충대충 살아왔다는 걸!

또 한 번은 한우리독서문화운동본부에서 독서글쓰기지도사 공부를 할 때였다. 강평연구위원들끼리 한 과제였던 것 같기도 하고, 전체 인원이 같이 한 과제 같기도 하고... 기억이 가물거린다. 지도 교수님이 내준 과제는 이미 우리 문학계에서 인정받아온 명시들을 비틀어 꼬아 비평을 해보라는 거였다. 나는 그때도 밤만 되면 초롱해지는 내 기질에 따라 밤을 꼬박 새며 과제를 해갔다. 내가 감히 무엄하게도 덤벼들어본 작품은 기억이 가물대긴 하지만 아마도 김소월 님의 '진달래꽃'이었던 것 같다. 그때 무어라 비비 틀고 꼬아서 그 시에 덤벼들었던지는 기억이 안 난다. 그런 기록들 좀 잘 간수해두지 못 하고 뭘 했나 모르겠다. 그날을 떠올리면 기억나는 건 한 숨도 못 자고 과제를 마치고, 한바탕 집안일로, 세 아이들로, 전쟁을 치른 후 10시에 시작되는 수업에 맞춰 가려고 역삼동까지 뛰어가던 그 아침의 현기증이다. 쨍한 햇살 속에 지하철까지 십여 분을 아침밥도 굶은 채 뛰며, 어질어질 현기증으로 휘청대는 내 몸에서 살이 빠져나가는 소리를 그때도 들은 것 같다. 꼭 닥쳐서 집중력 열 배로 끝을 내는 나한테 싫증도 느꼈던 것 같다.

그날 무슨 사정인가로 발표만 하고 교수님 평가를 듣지 못하고 먼저 나왔는데 나중에 동료들로부터 교수님이 칭찬하셨다는 얘길 들었다. 그 칭찬의 정도가 어떤 거였는지는 모른다. 그냥 지나가는 한 마디였을지도 모른다. '인왕산 자락 순성놀이'에 써 주신 지도 교수님의 한 마디도 대단한 의미를 담은 평가가 아니라, 그냥 좋은 게 좋으니 최대한 좋게 써 주신 한 마디였을 수도 있다. 그런데 나한테는 그게 아니었다. 그 한마디들은 '내 인생 찬란 리스트'로 올라있는 몇 가지 케이스가 되었다. 어쩌면 그건 그 칭찬들에 대한 찬란함의 기억이라기보다는, 그 칭찬 이전에 나 홀로 보낸 날밤의 치열함에서 오는 '찬란'에 더 가까울 것이다. 나는 도대체가 대학교까지의 학생 신분이었을 때 공부라는 걸 치열하게 해본 기억이 없다. 그런 면에서는 어쩌자고 난 그렇게도 우리 아버지의 '설렁설렁'을 그리도 닮았을까? 못된 건 다 조상 탓이라더니 나도 그 짝이긴 하다.

아뭏거나 이 몇 가지 기억들로부터 생각하게 되는 건, 오늘 내가 누군가에게 무심코 던지는 칭찬 한 마디가 누군가에게는 '인생 칭찬 리스트'가 되어, 스스로가 초라해 보일 때, 능력이 의심될 때, 찌질하게 느껴질 때, 부러라도 꺼내어 들여다보는 평생의 귀한 에너지가 되고 응원가가 될 수도 있다는 사실이다. 마음이 따뜻이 담긴 칭찬이라면 더 말할 것도 없다.

나는 이 정도밖에 안 되는 사람이다. 이 정도 칭찬과 몇 번뿐인 치열함의 기억이 인생 에너지요, 응원가로 남은 사람이다. 국민학교 다니던 때 시험 앞두고 잠깐 벼락치기해 일등하던 기억들 이후로, 어른이 되어 무슨 일인가에 도전해 제법한 노력을 기울여 이 정도 성과를 낸 일이 겨우 서너 번이다. 그렇지만 나는 알기는 안다. 내 안에 분명 잠들어 있는, 주인 잘못 만난 거인이 내 속에 함께 있다는 걸! 나는 단지 그 거인을 흔들어 깨우지 않고 내버려둔 채 설렁설렁 살아왔다는 걸!

이제는 그 거인이랑 친해지고 싶다. 내 안에 잠들어 있는 거인의 얼굴을 종종 보고 싶다. 내가 불러내기만 하면 되는데, 그 사실을 아예 잊고 살았다. 이 돌연한 깨달음도 글쓰기가 내게 건네는 선물이다. 이 후로의 내가 궁금해진다. 내 안의 거인이 잡고 있는 줄 하나가 조금씩 풀려나와 나를 그리 보듬고 북돋우는 듯, 어제보다 단단해지고 유연해지고, 어제보다 넓어지고 깊어지고 밝아진 나를 발견하는 즐거움을, 글을 써가며 느낀다. 글쓰기와 함께라면 무슨 일이든 해낼 수 있을 것 같다. 글쓰기는 만병통치약에, 만능 요술 램프 속 지니라고까지 해야 할랑가 모르겠다.

ㅌ

퇴근 후 세 시간의 발아

"탄천을 걸으며 그저 좋아서 듣던 얘기들, 과거의 어느 시점들을 돌아보며
글쓰기를 한 것이 이렇게 큰 자산이 될 줄은 몰랐다. 퇴근 후 세 시간들은 발아했고,
그때 던져놓은 시간들의 열매를 주우러 나는 달리고 있다. 살맛나는 청춘이다."

-퇴근 후 세 시간

작년 6월 초까지 학원에서 근무하던 시절, 나는 늘 퇴근 후 시간들을 기다렸
었다. 마음 푸근하신 원장님 덕분에 퇴근 후에 학원을 내 맘대로 사용할 수 있
었다. 아이들이 다 돌아가고 난 빈 교실에서 싸 가져간 도시락을 까먹고, 벽 한
구석에 세워둔 기타를 꺼내 안으면 절로 행복해졌다. 기타 연습이 내처 즐겁기
만 한 건 아니었다. 무더운 여름날에도 양심껏!! 에어컨은 안 켜고 벽에 매달린
선풍기 하나만 틀고 그 아래 앉아 기타를 쳤다. 벽 하나를 사이에 둔 이웃 학원
에 소리가 들릴까봐 크게도 못 쳤다. 땀이 차오르는 손가락들을 닦아가며 치다
보면 얼른 시원한 탄천으로 달려 나가고 싶을 때도 많았다. 그땐 그래도 거의
매일 한 시간씩 꾸준히 기타를 끌어안고 있었다. 그 공간과 시간들이 그립다.

남편은 미래의 자화상이라며 카스토리 공간에 꼬부라진 할아버지가 기타를 끌어안고 있는 그림을 프로필로 보관하고 있다. 대학 때부터 클래식 기타 동아리 활동을 했고, 그 이후 지금까지 꾸준히 기타를 즐기고 있는 남편은 연습도 참 꾸준하고 성실하게 한다. 아침 출근 전에도 10분씩 꼭 기타를 치고 나간다. 퇴근 후에도 뉴스까지만 보고는 지체 없이 기타를 들고 안방으로 들어가 꽤 오래 연습을 매일 한다. 남편은 '인생을 바꾸는 아주 작은 습관'이란 책도 안 읽었는데 읽은 나보다 더 잘 알고 잘 지키며 산다.

내가 매일 퇴근 후 세 시간 동안 규칙적인 일들을 하며 시간을 보내는 습관을 들였던 것처럼 남편에게도 좋은 습관들이 많다. 그것들은 대단한 것들이 아닐 수도 있지만, 그 대단한 것도 아닌 걸 못 따라하는 사람에게는 그만의 대단한 저력이고 자산으로 보인다.

남편은 드럼을 배울 때도, 기타 연주회를 앞두고 있을 때도, 현장에서 잠깐만 시간이 나면 오토바이 타고 금세 집으로 와서 지하에 있는 자기 방이 터져나가라고 두드려대며 연습을 하고 또 하는 사람이다. 늘 계획에 따라, 아마도 목표로 정한 횟수를 하나씩 지워가며 연습했을 것이다. '퇴근 후 세 시간' 같은 책이 있는지도 모를 남편은, 그 책도 읽고' 최소 습관' 책도 읽은 나보다 더 좋은 습관을 가지고 대부분의 시간을 허투루 내버리지 않는다. 내가 따라갈 수 없는 그만의 저력이다.

늘 메모하고 정리하고 계획을 세워 살며, 그 진행 과정과 결과에 대한 기록을 남기는 것도 그가 가진 강점이다. 아이들 성적표. 상 받은 것들, 일기장들, 중요한 사진들, 나한테서 받은 편지와 카드들뿐 아니라 우리 친정쪽 자료들과 생일, 제사까지... 남편이 다 기록하고 정리해서 보관하고 있다. 친정 부모님 기일도 남편이 알아서 챙기니 나는 무신경해진다.(이러언!!) 그래서 늘 생각한다. '내 부족한 면을 채워 주라고 찾아주신 짝이군요. 더더욱 저의 저된 모습 그대로를 받아들여 주고, 평생 이거 저거 고쳐보라 소리 한 번 해본 적도 없으니요. 딱 맞춤해주신 짝, 감사합니다.' 라고.

30년을 같이 살면서 일주일 이상 떨어져 살아본 적이 없는데, 나는 남편이 리모콘 틀어쥐고 소파에 드러누워 뒹구는 걸 한 번도 본 적이 없다. 어느 때 많이 피곤한 날, 저녁 뉴스를 보다 소파에 기대어 졸고 있으면 내가 끌어다 눕힌다. 그러는데도 그 잠깐 누워 쉬는 것도 당연히, 또 편히 여기질 않는 눈치다. 내가 소파에 드러누워 잠이 들면 이불을 가져다 덮어주면서 자신이 그러는 것에는 너그럽지가 않다. 천성이 부지런하고 반듯해서 시부모님께 '잘 키워 주시어 감사합니다!' 라고 속으로 종종 감사를 드린다.

남의 습관 엿보기가 길어졌다. 기타 연습이 끝나면 바로 옆에 있는 탄천으로 갔다. 둑에다 차를 세워두고 운동화로 갈아신고 계단을 다다다 뛰어내려 갈 때의 기분을 어디다 비할까? 말씀도 듣고, 강의도 듣고, 음악도 들으면서 걸으면 한 시간이 후딱 지나갔었다. 그때 참 많이도 들었던 이찬수 목사님 말씀과 김미경, 김창옥 교수의 강의... 들은 내 정신의 양식이었다. 깨어있게 했고 늘 꿈꾸게 했다. 내가 이 나이에도 꿈쟁이 얘길 듣는 건 아마도 그 시간들과 도서관에서의 시간들이 지속성을 가져서였을 것이다. 그 시간에 TV 앞에 앉아 있었다면 이나마라도 꿈꾸지 못했을 것이다.

어느 날은 배터리가 나가 아무 것도 들을 수가 없었다. 그런 날은 노래 하나가 만들어졌다. 내가 고등학생 때부터 만들어 온 노래들이 몇 되는데 그 노래들을 나는 악보로 옮기지는 못한다. 내가 노래를 만드는 방식은 순전히 내 멋대로다. 그냥 가사와 곡을 한꺼번에 한 소절씩 이렇게 저렇게 불러보다 맘에 들면 정한 후, 그 가사와 곡조를 여러 번 불러 익힌다. 같은 방식으로 그 다음 소절들을 익혀 이어붙이며 완성해간다.

내가 만든 노래들은 다 그렇게 탄천을 걸으며, 집 주변을 걸으며 흥얼거리다 만들어진 노래들이다. 대학 2학년 때 참가한 학교 가요제 본선 진출곡은 갈래머리 여고생 시절, 고향 집에서 엄마 도와 부지깽이로 불 지피면서 만든 노래로 기억된다. 막내가 자기가 만든 노래들을 악보로 척척 옮기고 맘껏 연주도 하며 잘도 부르는 모습이 딸이면서도 나는 부럽기 그지없다. 바쁘신⑪ 딸 말고, 한가하시어 대신 악보로 옮겨주는 남편이 있어 다행이다.

배터리가 나간 또 어느 날은, 들은 강의를 흉내내면서 20여 분짜리 내 강의를 해본 적도 몇 번 있다. 그 정도 시간이라면 딱 한 번은 나도 해볼 수 있을 것 같았다. 다시 생각해봐도 시간을 보내는 것들의 영향을 받는 건 백 번 맞는 말 같다. 아마 지금 이 얘기도 클로징 멘트 어디쯤에 넣었을 거다.

그 다음은 도서관 가기였다. 하루 일과 중 제일 기다려지고 행복했던 시간... 도서관으로 가면서는 짧은 시간이지만 '악마는 프라다를 입는다' 를 영화 보듯이 들으면서 갔다. 시동만 걸면 늘 들었다. 그건 그냥 영어 공부에 대한 내 애정과 의지 같은 거였다. 들을수록 안 들리던 말들이 들렸다. 그걸 발견해낼 때는 별것도 아닌데 기분이 좋았다. 근데 도서관까지는 10분밖에 안 걸렸다. 들어서면 늘 2층 자료실로 올라가 창가쪽 내 자리로 가서 책을 읽으며 가능하면 계속 서 있으려고 노력했다. 한 시간 가까이 걷고 갔지만 나이 들수록 조금만 방심하면 살이 찌는 데다, 남편이 살 찌는 걸 좀 유난스럽게 싫어하는 사람이라 늘 체중을 줄이려는 노력을 하게 된다. 서 있으면 칼로리 소모가 앉아 있는 것보다 훨씬 많다고 들었다. 고단한 날은 그때까지만 해도 창가쪽에 드문드문 놓여있던 푹신한 의자에 파묻혀 잠시 졸기도 했다. 10시에 자료실 문이 닫히면 3층 열람실로 올라갔다. 그곳에서도 주로 창가쪽 벽에 기대서서 책을 읽곤 했다.

처음에는 퇴근하고 집으로 오지 않고 몇 군데를 들러 오밤중에 퇴근하는 날 보고 뭐라 하던 남편도 나중에는 차려 먹을 저녁밥만 준비해두고 나가면 그러려니 했다. 그래도 10시까지는 들어갔었는데 차츰 11시로, 어느 때는 도저히 그만 못 둘 만큼 책에 빠진 날은 거짓부렁으로 남편한테 메시지를 남기고 12시 문 닫는 시간까지 있다 오기도 했다..

나는 저녁에서 밤 시간에 뭐든 하는 게 몸도 덜 힘들고 정신도 초롱초롱해진다. 그래서 도서관에서 책에 빠져있다 집으로 오는 시간이 늘 아쉬웠다. 시계를 보고 또 보면서 '아, 밤 새웠으면 좋겠다...' 라고 생각했던 적이 많았다. 대신 아침에는 헤맸다. 직장 다니던 때도 아침잠 한 시간을 안 자고 출근하는 날은 종일 졸립고 개운치를 않았었다. 그러던 나였는데 일주일 가까이 아침잠을 안 자고 잘 지내고 있다. 단테는 '지식이 깊은 사람은 시간의 손실을 가장 슬퍼한다.' 고 했다. 나도 이제야 겨우 지식이 조금씩 깊어가려나 보다. 시간의 손실이 이리 맘으로 불편하니...

퇴근 후 세 시간의 습관이 내 정신을 깨어있게 하고 북돋았으리라 믿는다. 나는 책을 읽지 않아도, 가까이서 자극을 받지 않아도 천성으로 바지런하고 계획적이고 좋은 습관을 지속해가는 사람이 아니다. 그러니 끊임없는 자극이 필요하고 동기부여가 필요하다. 정말 운 좋게도 함께 한 공부를 통해, 또 블로그를 통해 그런 영향력을 가진 이웃분들을 많이 알게 되었다. 참 감사한 일이다. 지속해갈 일만 남았다. 하나의 점으로 시작되어 길고 긴 선으로 이어질 때 하나의 작품이 완성되듯 무엇이든 지속되어야 열매를 맺을 수 있다. 시작점이 되어 준 '퇴근 후 세 시간들' 이 고맙다.

언제 또 들어왔는지 이 시간에도 아래층 남편 방에서 드럼 소리가 들린다. 저 성실함과 근성으로 50 즈음에 처음으로 도전한 철인 3종 경기도 완주해냈을 것이다. 평생 함께 살며 배우고 자극받게 하니 감사합니다! 수업료는 날마다의 세 끼 밥상이어요!

-2017. 2. 2일자 블로그에서 가져옴-

블로그에 기록해둔 글들이 과거의 어느 시점들을 돌아보는 글쓰기를 하면서 큰 자산이 될 줄 그때는 몰랐다. 그리고 그리 보낸 시간들이 이리도 빨리 발아를 시작할 줄도 몰랐다. 그 시간들이 없었다면 내 꿈들은 훨씬 느슨하고 허술해졌을 것이다. 걷고, 노래하고, 책 읽고, 글 쓰는... 내 꿈들이 그 세 시간들과 촘촘히 이어져 손잡고 있다. 그때는 그냥 본능에만 끌려 그리 했었다. 내 본능들이 다 이리 어여쁘고, 건실하고, 영양가 있는 것들이라 감사하고 감사하다. 김미경 강사는

"결국 오늘이다. 오늘이 비어있지 않게 질량을 채워 무게를 주면, 그것이 내일로 나를 밀어올린다. 그저 오늘 충실히 내 무게를 채우는데 집중하라. 그 오늘들의 총합을 가진 내가 기회도 만나고, 운도 만난다."

라고 했다. 그 세 시간들의 총합이 나를 지금의 나로 밀어 올렸다. 꿈은 오늘이 아니라 내일과 친하다는 얘기도 했다. 오늘의 경험들을 몇 년 후로 던져 놓으면 그때 가서 줍게 될 거라고도 했다. 탄천을 걸

으며 그저 좋아서 듣던 얘기들이 내 얘기가 될 줄은 몰랐다. 퇴근 후 세 시간들은 발아했고, 그때 던져놓은 시간들의 총합이 뭉쳐진 열매를 주우러 나는 달리고 있다. 살맛나는 청춘이다. 내 맘이다!

4

설렘과 흥분

"내게 있어 여행은 늘 아름다운 길들을 만나는 트레킹으로의 여행이다.
나는 남은 생애 동안 세상 모든 아름다운 길들을 걷고 또 걷고 싶다. 그 속에 섞여들 설렘과 흥분은
그것들대로 두리라. 그래야 인생답고, 그것이 바로 인생이다!"

그 설렘 속에는 약간의 두려움도 섞여 있었다. 내 스스로 가장 믿어지지 않는 것은 내가 한 계산이고, 해외여행을 위해 내가 꾸린 짐도 그에 버금가게 자신이 없는 주제인지라 2주 가까이나 되는 해외여행을 앞두고 나는 설렘 반, 걱정과 두려움 반의 상태로 스트레스도 함께 느끼고 있었다. 재작년에 남편과 함께 관광으로 다녀온 미 서부 여행을 이번에는 혼자서 트레킹으로 가는 여행이었다. 모든 준비에 빈틈없이 철저한 남편과는 달리 나는 늘 덜렁대고, 이런저런 준비에 허술한 사람인지라 여권을 몇 번이나 확인했는데도 공항에 도착하면 꼭 없어져 있을 것만 같았다. 내 그런 못 말리는 덜렁병은 트레킹 이틀째인 그랜드 캐니언 종주길에 하필이면 본색을 여실히 드러내고야 말았다.

스틱을 잊어버릴까봐 그 전날부터 우리가 타고 다닌 15인승 밴의 내 자리 의자 아래에 아예 미리 꺼내놓고 있었다. 그래놓고도 나는 그걸 두고 내렸다. 사우스카이밥 트레일 이정표 앞에서 세 명의 외국인 트레커들과 서둘러 인증샷을 남긴 후, 한 곳으로 모이라는 가이드의 지시에 따라 일행들에게로 달려간 후에야 그 사실을 깨달았다. 하필이면 그랜드 캐니언 종주였다! 36도를 넘나드는 불볕 더위, 그것도 깊고 깊은 협곡에 갇혀 있는 열기라 체감온도는 훨씬 더 뜨거울 뙤약볕 아래서 열 서너 시간을 걷고 걸어야 하는 날이었다. 게다가 협곡의 바닥, 콜로라도 강을 향해 먼저 걸어 내려간 후, 세 배쯤의 끈기와 인내로 끝도 없는 지그재그길을 걸어올라야 하는 그랜드 캐니언 종주였다. 눈앞이 하얘졌다. 이럴 줄 알고 미리 꺼내놓았던 건데 그걸 두고 내리다니!

어이없어하고 난감해하는 일행들의 표정을 십분 헤아리며, 그런 허술함으로 전체 분위기를 흐트러뜨리는 나 자신을 나 역시도 망연 구경할밖에 달리 어찌할 도리가 없었다. 오랜 꿈이었고, 그렇게 설레어했던 길을 나는 또 그렇게 지극히 나스럽게 시작하고 있었다. 그런 나를 나도 어찌할 수가 없다. 그런 내 모습은 언제라도 불쑥, 내 의지와는 상관없이 튀어나온다. 정말 안 그러고 싶지만 그렇게 된다. 그게 나다.

그 일을 겪으며 다시 한 번 남편에게 고마움을 느꼈다. 내 그런 모습을 평생 무어라 하기는커녕, 오히려 '그게 당신 매력이지!'라며 장난으로라도 이쁘다며 품어주는 남편이다. 참 다행인 건 그런 모습은 내 모습의 아주 일부라는 사실이다. 그게 아니라면 아무리 속 깊은 남편일지라도 어찌 평생을 너그럽게만 바라봐 줄 수 있겠는가!

터져나갈 듯이 벅찬 가슴으로만 그 협곡 속으로 한 발을 들이밀게 될 거라고 수도 없이 상상했건만, 인생길에는 늘 예상 못한 변수가 끼어들게 마련이다. 그래서 또 다른 스토리를 남기는 게 인생사다. 복잡한 마음으로 그 협곡의 아찔한 출발점에 섰을 때 룸메이트인 00씨가 스틱 하나를 내밀었다. 우리 일행 중 막내이고, 내 눈에는 다 큰 아이를 둘이나 둔 엄마처럼은 전혀 안 느껴지고, 골드 미스 같은 느낌을 준 일행이었다. 나라도 그 길고 긴 종주길을 견뎌내려면 그런 결단을 하기가 쉽지 않았을 것이다. 특히나 먼저 걸어내려갔다가 세 배의 시간과 인내를 요하는 오르막이 나중 순서로 기다리고 있는 종주길이었다. 힘이 빠져가는 오르막길에서 스틱이 얼마나 유용하게 쓰일지는 누구에게나 짐작이 되고도 남는 상식일 것이다.

그 고마웠던 마음을 어찌 다 표현하랴? 달랑 조그만 병에 담긴 꿀 하나로 대신한 마음이지만 평생 내 그랜드 캐니언 종주의 추억 속에 그때의 고마운 마음은 함께 녹아있을 것이다. "룸메이트잖아!" 라며 웃던 예쁜 미소도!

그렇게 예상 못한 스토리 하나를 남기고 내 꿈의 종주길은 시작되었다. 그 협곡으로 내려서기 시작할 때의 가슴 벅참을 늘 상상했었다. 내가 상상하던 그대로였다. 46억 년의 지구 역사 중 20억 년의 지질학 역사가 켜켜이 붉은 침묵으로 쌓여있는 협곡! 그 길을 걸어 내려가기 시작하던 때의 신비감과 감격을 무어라 표현할까? 해가 비치기 시작하자 붉은 기운은 찬란함을 더해갔고, 빛이 닿지 않은 경사면은 어둑한 침묵을 더하며 극명한 대비를 이뤘다. 인간의 발길이 일부 닿고는 있으나 그곳은 인간의 영역이 아닌 신의 영역이었다. 조물주만이 빚어낼 수 있고 그려낼 수 있는 절경이었고 신비였다. 그 길을 내가 걸어 내려가다니! 그 절경과 신비를 내 눈으로, 가슴으로 속속들이 다 보고 품을 수 있다니! 입을 반쯤 벌린 채로 나는 우와~ 우와~를 반복하고 있었다. 가기 전에 카스토리 프로필 사진으로 오래 간직하고 있었던 우아 포인트(Ooh Aah Point)는 출발지에서 1시간 조금 덜 걸리는 거리에 있었던 걸로 기억된다. 내가 상상하던 느낌과는 조금 달랐지만 이름 그대로 우와~ 우와~ 탄성이 절로 흘러나왔다. 그곳은 사람들의 피부색이 어떻든, 그들의 입에서 터져 나오는 소리를 하나로 통일시키기에 충분했다. 그리고 길! 끝없이 아래로 아래로 붉은 강, 콜로(color)라도(red)를 향해서만 제 길을 이어가던 붉은 흙길들은 수십억 년 전 지구 태동의 신화라도 풀어낼 듯했다. 신비로운 색채와 질감으로 저희들을 드러내고 숨기며, 신의 나라에 잘못 찾아든 피조물들을 구경나온 듯

발밑에서도 밟히지 않고 세상에 없는 저희만의 저희됨을 눈마다, 가슴마다 박아 넣어 주었다. 유독 더 붉었던 Cedar Ridge에 삼나무(Cedar)가 많은 건지도 확인 못 했고, 사람 키 두 배는 되고 기역 자로 구부러진 모양을 한 이름 모를 식물들 사진 찍느라 놓친 Skeleton Point의 이름이 가진 유래도 다시 못 물었다. 무슨 협곡 속에 그리 넓디넓은 평원이 펼쳐져 있는지! 협곡이란 말이 무색할 만큼 평평하고 너른 황야가 펼쳐져 있고, 내 눈에는 안 띄었던 Tonto East라는 이정표도 세워져 있다는 그 곳이 카이밥 트레일(Kaibab Trail)과 톤토 트레일(Tonto Trail)이 만나는 지점이란 얘기를 어느 블로그에서 본 적이 있다. 카이밥과 브라이트 엔젤(Bright Angel) 트레일만 있는 줄 알았는데, 처음 들은 톤토 트레일은 또 어떤 길일까? 우리가 13시간 동안 사력을 다해 이어서 걸은 두 길보다 더 길고 험한 길이라는데, 그 길은 대체 어떤 길일까? 아, 나는 어쩌자고 이렇게, 세상 모든 아름다운 길들에 다 마음이 당겨 가는지 모르겠다. 가보지 못한, 갈 수 없는 길들이 내게 남기는 감정은 애달픔이다. 맛있는 음식들도 아니고, 빛나는 보석들도 아니고, 어여쁜 옷들도 아닌, 세상 모든 아름다운 길들에 늘 마음이 끌려가는 내가 나는 참 좋다!

어딜 가든 나는, 어쩌다 떠나게 되는 여행길의 행로를 사진으로 찍어 남기는 걸 좋아한다. 일행들을 뒤따르며 뒤에서, 앞서가는 일행들과 길들이 하나로 어우러져 자연이 된 풍경을 찍어 남기는 게 나는 늘 참 좋다. 그러다보니 내 순서는 자연 맨 꼬래비가 될 때가 많다. 그런데 그런 내 뒤에서, 또 옆에서 그 끝도 없는 오르막길을 오르며 잠깐씩 정신을 놔버릴 것 같은 시간들을 함께하며 힘이 되어 준 일행들이 있었다. 나는 가기 전에 같이 갈 일행들에 대해 두어 번 여행사 대표를 통해 확인을 해야 했다. 가장 어려운 코스인 그랜드 캐니언 종주를 내가 해낼 수 있을지 자신이 없어서였다. 지리산 종주길에서 숲 속 그늘길 15시간도 죽다 살아났는데, 땡볕 속 그만큼의 시간은 그때보다 여러 신체 조건들이 안 좋아진 상황의 나로서는 도전 자체가 무모하게까지 느껴졌기 때문이다. 그러니 같이 갈 사람들이 너무 젊거나 쌩쌩한 전문 트레커들일까봐 걱정이 많이 되었다. 그런 일행들이라면 틀림없이 내가 민폐가 될 것 같아서였다. 다행히 일행들은 사십대 한 명에, 나머지는 다 오륙십 대였고, 여자들이 반이 넘었다. 나로서는 참 감사한 조건이었다. 그 일행들이 없었다면, 그리고 대부분의 사람들이 일생에 단 한 번만으로도 나가떨어질 길을 수도 없이 걸어 오르며 초탈과 무념무상의 경지에 오른 듯 묵묵히 이끌어 주었던 프로 가이드의 이끎이 없었다면 절대 해낼 수 없었을 것이다. 그들과 함께 걷고 걸은 그 길이 벌써 그립다. 두 종류의 진통제를 먹고, 밴드와 압박 붕대와 무릎 보호대와 스틱 하나로 버텨내며, 무슨 일이 있어도 끝까지 걸어야 했던 그 길! 내 오랜 꿈은 쉽게 이루어질 만한 시시한 꿈이 아니었다.

　다녀와서 뒤늦게 여행기를 쓰면서 그 생각이 났다. 어떻게 그 사실을 그제서야 꺼내들 수 있었을까? 해마다 그랜드 캐니언을 찾는 500만 명 중에 우리처럼 하루 동안 그 협곡의 바닥을 치고 다시 올라오는 숫자는 1%가 채 되지 않는다는 것이다. 여행기를 쓰면서 가이드 황 대장님께 다시 한 번 확인까지 했다. 너무 엄청난 확률수치여서 잘못 기억했나, 확인이 필요했다. 도대체 우리가 뭔 짓을 하고 온 건지 모르겠다. 확실한 한 가지는 그곳을 하루 동안 종주해낸 사람들 중 단 한 사람도 그 종주의 실상이 어떻다는 걸 미리 알았다면 시도해볼 생각 자체를 하지 않았을 거란 사실이다. 어려운 일일수록 멋모르고 해버리는 게 정답이다! 적어도 나한테는 그런 일이었으며, 아름답고 찬란하기 그지없던 딱 그만큼의 고통도 함께였던 그 하루! 내 인생 버킷리스트 첫 번째였던 그랜드 캐니언 종주! 시큰대는 무릎과 발목으로, 온통 부르트고 부풀어 오르는 두 발로, 이 나이의 내가 그 일을 해냈다는 게 가끔씩은 믿어지지가 않는다. 내 생애에서 가장 빛나는 순간은 아직 오지 않았을까? 그 협곡 속으로 첫 발을 내디딘 그 순간에는, 누가 뭐래도 그때가 바로 그 순간이었다.

　그랜드 캐니언을 사진으로 처음 봤을 때부터 나는 마음을 빼앗겼다. 꼭 그 신비로운 협곡 속으로 걸어 내려가 보고 싶었다. 그 이후에 알게 된 자이언 캐니언에도, 브라이스 캐니언에도 마음을 빼앗겼다. 아니 미 서부의 모든 곳들이 내 마음을 앗아갔다. 내 안에서 너무나 뚜렷했던 미 서부 쏠림증을, 막무가내로 당겨가던 내 마음을, 나도 어찌해볼 수가 없었다.

그 모든 것들에 가 닿았고, 눈으로 가슴으로 한껏 보고 누리고 왔다. 설거지하며 수도 없이 유튜브 동영상으로 보고 또 보고 간 길이었다. 브라이스 캐니언에서는 부러 그림자 사진도 찍어봤다. 그 붉은 첨탑들 사이로 난 길에 드리워진 그림자는 그저 늘 보던 그림자였지만 내 눈에는 붉어 보였다. 아, 그리고 요세미티 국립공원(Yosemite National Park)이 있다. 또 한 번 나를 감동시킨 요세미티!

북미 시에라네바다산맥의 중심에 위치한 요세미티 국립공원은 옐로우스톤 국립공원에 이어 미국의 두 번째 국립공원이 되었으며, 1984년 유네스코에 의해 세계자연유산으로 지정되었다고 한다. 크기는 제주도의 두 배 정도라고 하니 그 규모가 짐작되고도 남는다. 19세기부터 지금까지 가장 오랜 역사를 가진 환경보호단체 '시에라클럽'의 창설자이자 '미국 국립공원의 아버지'라 불리는 존 뮤어(John Muir)는 1869년 요세미티 계곡을 본 소감을 이렇게 남겼다고 한다. "산으로 된 그 원고의 장엄한 한 페이지를 읽을 수만 있다면 기꺼이 내 일생을 다 바치고 싶다. 그 광경은 얼마나 웅장한가! 그 장엄함을 생각해보면 인간의 삶이란 얼마나 짧은가!" 그는 자신의 말대로 뜻을 같이 하는 사람들과 요세미티 계곡에 모여 시에라클럽을 창설하였고, 평생을 그 위대하고 웅장한 자연을 위해 기꺼이 헌신하였으며, 요세미티를 언급할 때에 빠뜨릴 수 없는 인물로 자연보호의 역사에 자취를 남겼다. 나는 그가 한 얘기가 100% 이해되고도 남았다. 이국만리 동방의 어느 자그마한 나라에서 흘러들어가 단 이틀 머물다 온 내 눈에도 그곳은 그런 찬사를 받아 마땅한 곳이었을 뿐만 아니라, 글레이셔 포인트(Glacier Point)에서 바라다 보이던 그 세계는 빙하로 덮인 낯선 우주 속 외계의 어느 세상인 듯 땅을 딛고 선 그 시간에조차도 현실감이 흐려지게 했었다. 존 뮤어는 평생 '산으로 된 그 원고'의 몇 페이지까지나 읽었을까?

리틀 요세미티 밸리(Little Yosemite Vally)의 하프돔을 멀리 바라보며 걸어올라, 하프돔 옆꼭지를 지척에 두었을 때쯤 우리는 점심을 먹었다. 점심밥이 아니더라도, 하프돔이 손에 잡힐 듯한 그 세상에 내가 머물러 있음이 신기하여 불끈 솟는 기운으로 일어나 다시 걷다보면, 에덴동산일지도 모를 거대하고도 섬세한 천상 낙원이 외길을 따라 한참이나 펼쳐졌었다. 거대하다고 밖에는 표현할 수 없는 그 모든 은빛 화강암들의 세상이 다 우리 발 아래로 펼쳐져 있었으므로 그곳은 지상이기보다는 천상에 가까웠다. 우리가 걷는 방향에 따라 하프돔과, 네바다에서 흘러내려 버넬이 되는 길고 긴 물줄기의 위치와 모양은 수시로 바뀌었다. 그러다 드디어 당도한 네바다폭포의 거센 물줄기 앞에 우리는 막대기 하나인 듯 작아졌었다. 두 폭포가 어디에서 이어져 흘렀는지는 왜 기억에 없을까? 멀리서 봤을 때 네바다폭포를 이어 흐르던 버넬폭포가 바로 지척에서 몸체를 있는 대로 뒤틀며 떨어져 내리는 웅장한 소리로 자신의 존재를 알렸을 때 소리보다 더한 건 거센 물보라였다. 온 몸을 있는 대로 적셔놓는 물보라 세례를 맞으며 가파른 돌계단 길을 걸어 내려온 사람이면 누구나 일생 동안 그 머리에서 그 거세던 버넬폭포의 용틀임의 잔상을, 그래서 얻게 된 그 좁고 가파른 길의 이름이 미스트 트레일(Mist trail)임을 지워낼 수 없을 것이다.

그렇게, 눈 한 번 깜박이면 사라질 듯한 찰나의 강렬했던 기억으로만 그 낙원으로의 행군을 기억하는 나는 '산으로 된 그 낙원의 원고'를 몇 줄이나 읽고 왔을까? 줄은커녕 점 하나라도 읽었던 걸까? 그 산의 나머지 원고를 읽기 위해서라도 그곳에 기꺼이 깃들어 생애를 바칠 수 있었던 존 뮤어를 나는 1도 빠짐없는 온전한 공감으로 이해하고 이해할 수 있을 것 같다. 혹여 내가 혼자가 되어 어디론가 쥐도 새도 모르게 숨어 버려야 할 상황이 온다면, 나는 단 한 치의 망설임도 없이 미 서부의 어느 붉은 땅으로 기꺼이 숨어들 것이다. 미스트 트레일을 걸어 내려가 해피 아일(Happy Isles)로 끝나는 요세미티 파노라마 트레일은 거기서 끝이 아니다. 끝나는 그곳에서부터 존 뮤어 트레일이 시작되기 때문이다. 기왕이면 가보지 못한 그 길 어딘가로 숨어들기에는 내 나이가 너무 많을까? 그 길은 거칠고 황량하고, 부시도록 아름답기도 한 길이라고 들었다. 이렇게 뒤채는 '미 서부 쏠림증'이 언제쯤이나 내게서 떨어져 나갈지 모르겠다.

재작년에 남편과 함께 관광으로 갔을 때 저녁 무렵 도착해 급히 돌며 기념사진을 찍었던 곳이 인스퍼레이션 포인트(inspiration point), 일명 터널뷰(Tunnel View)였단 걸 이번에 가서야 정확히 알게 되었다. 말로 못할 영감이 서리는 그 포인트에 서서 멀리 바라보이는 하프돔(Half Dome)과 엘 캐피탄(El Capitan), 은빛 물줄기가 장쾌히 쏟아져 내리는 면사포 폭포(Bridalveil Falls)를 바라보는 순간 나는 전율을 느꼈다. 재작년에 남편과 함께 그곳에서 기념사진을 찍었고, 멀리 바라보이던 은빛 화강암 능선들을 걸어서 넘어볼 수 있다면 얼마나 좋을까, 홀린 듯이 꿈같은 꿈을 꿨다. 그리고 집으로 돌아와 그 사진들을 늘어놓고 들여다보며 다시 한 번 그 꿈을 떠올렸고, 여행기로 써서 남겼었다. 그런데 이번 여행 일정에 요세미티 국립공원에서의 이틀 간의 트레킹이 포함되어 있어서 선택을 했고, 막연히 그때 그려본 그곳이 트레킹 지점이라면 얼마나 좋을까, 생각은 했지만 세상에나!! 그렇게 정확히 그 지점들일 줄은 몰랐다. 그 터널뷰에 섰던 날은 전날 이미 요세미티 폭포 꼭대기까지 오르는 요세미티 폭포 트레킹을 마친 후였다. 터널뷰에서 바라보이던 폭포가 요세미티 폭포가 아니면 어떠랴? 내 눈에는 면사포 폭포도, 네바다 폭포도, 버넬 폭포도 다 내가 꼭대기까지 걸어오른 요세미티 폭포와 다름없었다. 그날은 하프돔을 향해 걸어 올라, 네바다 폭포와 버넬 폭포를 바라보며 걷다가, 종내는 그 폭포들에 홈빡 젖어 깃들기도 한 파노라마 트레킹을 위해 올라가던 길이었다. 내가 재작년에 그곳에 서서 바라보며, 걸어서 넘어보길 홀리듯 꿈꿨던 그 화강암 능선들이 정확히 이틀 동안 내가 오르고 돌게 될 그 지점들과 일치할 거라곤 생각지 못했었다. 나는 그때 다시 한 번 느꼈다. 꿈꾸고, 간절한 마음을 담아 기록하면 이루어진다는 것을! 그랜드 캐니언 종주도 그렇게 이룬 꿈이었다. 이제는 우리 방 보드에 몇 년 동안 붙여져 있는 사진과, 내 폰의 카스토리 공간 프로필 사진으로도 오랫동안 간직해온 그랜드 캐니언 사진들을 바꿔야겠다. 그 다음은 어디로 정할지, 한동안 행복한 고민을 한 후 바꿔도 늦지 않을 것이다.

내게 있어 여행은 늘 아름다운 길들을 만나고 걸을 수 있는 트레킹으로의 여행이다. 이번에도 라스베가스에서 분위기에 휩쓸려 거금을 들인 쇼를 보게 됐지만, 정말 돈 아깝게도 졸기만 하다 나왔다. 쇼핑에도 별 관심이 없다. 나는 그저 남은 생애 동안 건강한 두 다리로 세상 모든 아름다운 길들을 걷고 또 걷고 싶다. 그 길의 끝에서 무엇을 만날지도 궁금하지만, 나는 그저 그 길 위에서 만나게 될 모든 것들을 기뻐

하며 즐거워할 것이다. 그 길들을 걸으며 고요히 감사와 기쁨으로 물들어가는 내 인생을 들여나보고 싶다. 다른 무엇이어도 예전처럼은 나를 휘두를 수 없게 된, 깊어가는 내 인생을 감사할 것이다. 그 고요함에 섞여들 설렘과 흥분은 그것들대로 두리라. 그래야 인생답고, 그것이 바로 인생이다!

5

감사로 쓰는 일기

"감사일기를 가족들과 함께 쓰면서 평생 감사로 살 수 있으면 얼마나 좋을까 하는 소망을 갖는다.
매일매일 하루도 안 빠지고 쓸 수는 없지만,
만천하에 공표한 사실에 대해 내가 할 바를 마음으로 품으며 살아가게 된다."

−가족이 함께 쓴 첫 감사일기

혼자서 감사일기를 쓰다말다 한 지는 오래됐다. 〈어썸 피플〉 초인 용쌤 특강을 들은 후 그 가치에 대해 다시 생각하게 되었고, 전부터 생각해왔던 가족이 함께 쓰는 감사일기를 시작해보기로 마음을 다졌다. 혹시 반발하는 아이가 있을까 마음을 썼었는데 다행히 첫날 세 아이들이 다 잘 따라와 주어 참 감사했다. 참 좋은 생각이라고 칭찬해주었던 남편은 막상 패밀리방에 공개적으로 함께 쓰는 방법이 쑥스러웠는지 혼자 하겠다고 한다. 기록과 보존의 기적을 소망하며 첫날 기록을 여기로 옮겨본다. 처음이라 쑥스러워 약간 장난기들이 보이지만 시간과 함께 진심을 담아가리라 믿는다.

좀 전에 막내한테 오늘 감사일기 써 올리라고 했더니 그러잖아도 생각하고 있었다고 한다. 바로 그것, 하루를 돌아보며 감사드릴 마음의 준비를 하는 것! 그 자체가 감사이고, 감사일기의 가치일 것이다. 게다가 오늘 금요예배에서 아무것도 남은 것 없는 상황에서도 감사드릴 한 가지를 찾아 아뢰는, 남편을 잃은 한 여인의 비유를 통해 하나님이 기뻐하시는 감사에 대해 들으며(왕하 4:1~6), 다시 한번 마음에 감동이 되었다.

"사랑하는 가족 여러분 건의 사항이 있습니다.

오프라 윈프리가 쓰고 있어서 화제가 됐고, 훌륭한 일 이뤄낸 사람들이 많이 쓰고 있는 감사일기를 우리 가족도 시작해 보려고 합니다. 하나님이 자녀들에게 바라시는 것도 때를 얻든지 못 얻든지 범사에 감사하는 한 가지!

엄마는 예전부터 쓰다말다 했는데 며칠 전부터 다시 시작했지요. 아빠랑도 저번에 얘기 나눴고 좋은 생각이라고 즐거워하셨지요!

많은 현인들이 이 세상에서 가장 가치 있는 한 가지로 꼽은 감사!

우리 가족도 조금 더 가치 있는 삶을 살기 위해 감사일기를 시작하려고 합니다. 우선은 매일 각자가 한 가지씩만 여기 패밀리방에 올려주세요. 이 감사일기 쓰기가 신앙과 함께 정신의 귀한 유산으로 우리 집안 대대손손 이어지길 소원하고 소망합니다!"

가족 카톡방에 올린 내 건의에 따라 세 아이들이 처음으로 써서 올린 감사 일기는 일기랄 것도 없는 장난 섞인 한 마디들이었지만 첫 출발의 소중한 의미를 담아 기록해 남긴다.

우리 부모님 건강하셔서 감사합니당!(첫째)
오늘도 건강하게 해주셔서 감사합니당!(둘째)
어머니가 이뻐서, 아버지가 멋쟁이라서 감사합니다!(셋째)
'기록하면 이루어진다!' 의 기적을 소망하며, 우리 가족의 첫 감사일기를 기록으로 남김을 감사드립니다!(나)

얘들아, 아부지는 뭐라 쓰셨을지 궁금하다, 그치이??

-2016.10.15일자 블로그에서 가져옴-

예전에 기록해둔 글들을 읽게 될 때마다 느끼는 건 기록하면 이루 어진다는 비밀의 놀라움이다. 나 또한 누구나 누리지는 못하는 그 은 밀한 비밀을 알게 된 후 꼭 이루고 싶은 일들은 기록하려는 의지를 갖 게 된다. 어느 때는 '아, 이걸 왜 이렇게 만천하에 떠벌여놨지? 이 뒷 감당을 어떡해야 하나?' 하며 곤혹스러울 때도 종종 있다. 글쓰기와 관련한 몇몇 포스팅을 보면서도 그런 생각을 했었다. 그런데 그 기록들로 인해서도 나는 글쓰기를 이어올 수 있었다.

감사일기를 가족과 함께 쓰며 평생 감사로 살 수 있으면 얼마나 좋을까 하는 소망을 가지고 기록한 위의 글들도 늘 마음속에 그 뒷감당에 대한 책임감을 품고 살게 한다. 매일매일 하루도 안 빠지고 쓸 수는 없지만, 늘 저렇게 만천하에 공표한 사실에 대해 내가 할 바를 마음으로 품고 살게 된다. 때로는 혼자서만 쓰고, 때로는 패밀리방에 써놓으면 따라 쓰는 아이들도 있고 구경만 하는 아이들도 있다. 그렇게도 못할 때는 혼자 마음으로만 감사일기를 쓴다.

중요한 건 그 정도만 마음으로 품고 매일 정확하게 쓰지도 못하지만, 이런 시작을 한 이후 나는 예전보다 훨씬 더 감사할 일들이 많아지고, 마음의 평온함도 더 누리며 살게 됐다는 점이다. 안 좋은 상황이 주어져도 입으로는 나도 모르게 한숨이 새어나오지만 일초도 안 되어 곧바로 의지를 가지고 '감사합니다!'를 외친다. 내 뜻대로 되지 않는 자식을 바라보면서도 '저 자녀로 인하여 제 마음이 하나님을 향하고, 기도드릴 수 있으니 감사합니다.'라는 기도를 마음으로 드리게 된다. 나는 너무나 잘 안다. 내게 모든 것이 풍족하여 부족함이 없다면 내가 하나님 앞에 나아가지도, 바라보지도 않게 되기 쉽다는 걸!

아이들이 커갈수록 나를 자녀로 바라보실 아버지의 심정이 절로 헤아려진다. 우리 아이들도 모든 게 풍족하고 부족함이 없다면 부모가 아쉬울까? 그래서 나는 조금 부족하고 덜 만족스러운 상황들에도 마음 다해 감사를 드린다. 그 부족함으로 인해 나를 돌아볼 수 있기 때문이다. '뜻대로 되지 않는 자식들은 세상만사가 내 뜻대로 되지 않는다는 걸 보여주기 위함' 이라는 말도 있다. 딱 맞는 말이다. 그 자식들로 인하여 내가 잘못 끼친 것들과 그 시간들을 돌아보게 된다. 그래서 자식은 내 삶을 비춰보이는 거울이다. 내 자식들도 이 다음에 부모가 되면 이 만고진리를 깨닫게 될 것이다. 그 자식들에게로, 그 자식들의 자식들에게로 이 감사의 에너지가 정신의 유산으로 신앙과 함께 흘러가길 간절히 빌어 본다.

단꿈
(우현. 서현. 영현에게)

내가 품은 한 나무 얘기 들려줄게 들어봐
물가에 심기운 뿌리 깊고 품 넉넉한 한 나무

바람결에 실려온 노래 그 나무가 부르는 노래

내 노래가 된 나의 기도 고운 꿈 품은 나무

그 나무는 감사와 긍정의 거름으로 키 키웠고
찬양과 기도의 햇살로 넉넉한 품 펼쳤다고
부끄러움 없이 말하며 내 아이들에게 남기고 싶은
내가 품은 한 그루 나무지요

아버지 내 아버지
이 철든 꿈 인하여 오늘도 감사드려요
그 품 안에 거하면 크고 비밀한 것으로 이뤄주실 것만 같아요

그 나무에 짙푸른 잎 하나 더하실 거죠?
아~~~멘!

이 찬양은 몇 년 전에 교회에서 〈예수님의 사람〉이라는 성경공부 과정을 마친 후 써낸 간증문의 마지막 부분이 가사가 된 찬양이다. 이 찬양도 집 주변 걷는데, 탄천 걷는데, 입에서 저절로 흘러나왔다. 제목처럼 그야말로 나 홀로 꾸는 단꿈이다. 그렇게 살지 못하였으니 간절히 꾸게 되는 꿈이다. 부제는 세 아이 '우현. 서현. 영현에게' 다. 이 찬양 또한 이 다음에 내 자식들이 제 자식들과 함께 쓴 감사일기를 나누

며 할머니가 만든 노래라며, 우리와 너희에게로까지 흘러가길 바라며 만든 찬양이라며 함께 불러준다면 얼마나 좋을까?

내가 가장 좋아하는 도서관에서 홀로 눈 지그시 감고 달디단 꿈을 꾸어본다. 아무도 못 말릴 단꿈이다.

6

내 허술한 꿈의 프로포즈

"이제 제 길을 찾은 내 꿈이 갈 방향을 나는 아직 정확히는 모르지만,
평생 내 꿈과 돈독히 동행할 거라는 것은 알겠다. 그저 오롯이 함께 걸어갈 그 길이 기쁘다.
내 허술한 꿈이 내게 내민 프로포즈의 답은 이것만이어도 족하다."

참 오래도 뜸들이다 어제 드디어 초고 쓰기를 시작했습니다.
그동안 글을 써야 한다는 생각과 함께 살았습니다. 설거지를 하면서도, 씻다
가도, 늘 마음 한 구석에 매달려 있는 그 생각을 들여다보곤 했습니다. 글쓰기
의 기쁨도 알게 됐고, 그 가치들도 알게 됐으면서도 좀더 일찍 시작할 수 없었
던 건, 천성이 느긋도 하지만 다른 한 가지 생각에 붙잡혀 있었기 때문입니다.

제게는 참 철없기 짝이 없고 어이없는 꼬락서니로 살았던 시간이 있었습니
다. 인생을 다시 살 수 있다면 딱 그때로 돌아가 다시 살고 싶은 시절, 바로 대
학 시절입니다. 너무 부실하게 보낸 시간들, 또 결혼 후 힘겹게 보낸 시간들과
다시 만나는 글쓰기가 과연 내게 기쁨일까?에 계속 생각이 붙잡혀 있었습니
다. 굳이 안 그래도 되는데... 라는 생각도 들었구요. 당장 쓰지 않으면 안 될 절

박함이 있지도 않았지요. 제 인생의 첫 글쓰기는 여행기일 거라고만 막연히 생각하고 살았으니요.

지난 서울 4차 글쓰기 첫 수업을 응원차 가서 다시 들으며 첫 시동이 걸렸고, 이틀 전 수요일에 '세바시' 강연에서 강원국 작가의 강연을 들으며 그 시동이 길을 이어가리라는 예감에 휩싸였습니다. 특히 집으로 돌아오는 지하철 안에서 읽을 책이 없어 다시 꺼내 읽게 된, 글쓰기 과정 첫 수업 때의 필기 내용이 마음을 흔들었지요. 그 메시지들이 생생하게 들어왔습니다. 흔들리는 채로 다시 한 번 정리하여 써 본 강연 내용들도 흔들림에 힘을 보냈습니다.

두 작가님의 강의 내용이 비슷하게 느껴진 건 저만일까요? 일단 써라, 쓰면 계속 이어가게 되어 있다... 란 메시지가 그렇고, 일정 양과 시간을 들여 쓰는 습관에 대한 얘기도 수도 없이 들었지요. 욕심을 버리고 그냥 쓰란 얘기두요.

그래서 그냥 시작해보기로 했습니다. 정말 시작만 하면 그 글이 제 스스로 길을 만들어 이어가나?도 확인해보고 싶구요. 제가 그리도 읽었던 박완서 선생이, 박경리 선생이 될 수 있는 것도 아니니 그냥 말하듯이 써보려고 합니다. 글쓰기 수업에서 여러 번 들었던 '시간의 권위'라는 경지, 비슷한 곳에라도 한 번 기웃거려 보고 싶습니다.

나름대로 초고를 끝내는 시점과 그 이후에 일어날 상황들을 꿈꿔보며 성공

확언문도 매일 열 번씩 쓰고 있습니다. 다 글사랑 식구들한테서 배운 참 바람직한[1] 짓들을 이 나이에 제가 실제로 해보게 될 줄 한 번도 생각해본 적 없습니다. 이런 짓들을 즐겁게 들떠서 하고 있는 제 모습이 제 눈에도 신기합니다. 심심할 새도, 아플 새도, 늙을 새도 없이 깊고 고운 재미들에 빠져 살 수 있는 시간들이 감사합니다. 이런 재미들을 알아보는 저에게 감사합니다.

'들어가는 글'에서 자연히 글사랑 식구들 얘기가 흘러나왔습니다. 저 혼자라면 아마 시작하지 못했을 겁니다. 함께 으싸으싸 힘 주고 힘 받는 블로그 이웃들이 없었다면 감히 엄두도 못 냈고 말구요.

'라아 님, 글쓰기는 어떻게 돼 갑니까?' '라아 님도 할 수 있습니다.' '라아 님 글도 기대하고 있습니다.'라고 지나가는 얘기로라도 물어봐 주고 던져준 얘기들이 채찍이 되었습니다. 저도 당연히 글을 써야 하는 사람처럼 느껴지게 했으니까요. 다시 생각해도 참 감사합니다. 이 나이에 무슨 복인지 모르겠습니다. 이 모든 상황들이 감사하고, 함께인 분들이 고맙습니다. 글쓰기의 기쁨을 처음으로 알게 해준 이은대 작가님께 무엇보다 감사드립니다.

이렇게 공표[2]를 해놔야 죽든 살든 이어갈 것 같아 만천하에 드러내 놓습니다. 내가 과연 해낼 수 있을지 무척 두렵습니다. 그럼에도 불구하고 한번 해보기로 작정한 제 용기에 스스로 박수를 보냅니다. 두려우면서도 어제 '들어가는 글' 첫 꼭지를 쓰면서 순간순간 기쁨을 느낄 수 있었습니다. 이래서 다들 그 새벽에 일어나 잠도 잊은 채 이 기쁨에 빠져드는구나! 라는 생각도 들었습니다. 저도 어찌됐건 따라 해보려 합니다. 그럴 만한 가치가 있다고 느껴지니까요.

이런 기특한 용기를 내보는 저 자신이 대견해 감사를 드립니다. 제가 이렇게 해보도록 날마다 앞서서 먼저 걸어간 길을 보여주고, 에너지를 불어넣어 주는 글사랑 식구들께 감사를 드립니다. 모두 다 덕분입니다.

제 인생에서 이렇게 역사적인 사건을 기록으로 남길 수 있어서 감사합니다. 평범하고 허술하기 짝이 없는 아줌마의 특별한 히스토리를 만들어갈 엄두를 내게 되어 감사합니다. 평범할수록, 기대치가 낮은 사람일수록 그 변화의 과정과 결과가 더 큰 감동으로 남을 수 있을 것을 알기에 감사를 드립니다. 어쩌면 저도 이 세상 누군가 단 한 사람에게라도 희망이 될 수 있을지도 모르니 감사합니다. 그 단 한 사람을 위해 글을 쓰라고 한 귀인을 만날 수 있었던 행운에 대해 감사합니다. 모두 다 덕분입니다.

감사합니다. 고맙습니다.

라고 들떠서 초고를 시작한 감회를 블로그에 감사일기로 기록한 것이 두 달여 전이다. 이제 마지막 두 꼭지를 남겨놓고 있다. 그 기간은

〈숲길체험지도사 과정〉을 공부하는 기간과 겹쳐 있었고, 주말에만 있었던 그 쪽 수업이 겹치는 날은 컴퓨터 앞에 앉지 못했다. 그 이유로 두 달 가까이로 기간이 늘어나 버렸지만, 내게는 꿈과 같은 일이다. 이렇게 끝이 보이는 날이 오다니!

　처음 시작은 한 치도 흔들림 없는 확신이었다. 처음 이은대 작가의 글쓰기/책쓰기 과정 강의를 들으며 나는 한껏 출렁였었다. 느낌과 생각으로는 바로 글을 시작하고 잇따라 책을 펴내게 될 것 같았다. 나는 그런 사람이다. 내 안에 예전부터 들어있던 걸 누군가 조금만 툭 쳐서 건드려 주어도 와락 쏟아져 나오고 격하게 흔들려 휩쓸리는 사람이다. 그런 순간의 나는 참 단순 무식 용감하다! 좀 은근히 품고 관망도 하고 재보기도 해야 하는데, 나는 있는 그대로 내보이고 쏟아내 버린다.

　그런 내 기질을 때로는 지나놓고 망연 구경하게 될 때가 있다. 그런 모습으로 인해 내가 우스워질 수도 있다는 걸 아니, 주워 담고 싶을 때도 있다. 근데 생각해보면 앞뒤 재고 눈치보며 계산하지 않고, 내 본연의 솔직한 감정과 욕구를 드러내고 표현한 기록들이 내 삶의 추진력이 될 때도 많았다. 이러저러하게 하고 싶다고, 강력한 욕구나 의지를 있는 그대로 쏟아낸 기록들의 뒷감당을 하기 위해, 그 일들을 처음에 해내고 싶다고 표현했던 목표까지 해내고 만 경우들이 종종 많았다. 그렇게 해야만 해낼 수밖에 없는 의지박약의 나 자신에게 내리는 극약처

방이기도 했단 걸 나는 안다. 그래야 겨우 해내게 되는 게 나다. 이 글의 시작도 그래서 그렇게 시작될 수밖에 없었다

초고를 정확히 35일 만에, 혹은 허걱 소리 나게 21일, 급기야는 12일 만에 완성했다는 대단한 사람들 얘기를 들을 때면 그런 사람들이 내게는 다 외계인 비슷이 느껴진다. 나랑 다른 행성에 사는 사람들 같다. 나는 절대 그런 일을 거뜬히 해낼 수 있는 사람이 아니다. 시작해놓고도 며칠은 마이웨이도 하고, 며칠 써 보다 도저히 내가 해낼 수 있는 일이 아니라는 판단이 뒤늦게 들어 포기도 했었다. 뭣보다 이은대 작가의 글쓰기/책쓰기 과정을 통해 등단한 많은 신인 작가들은 육아, 독서, 부모공부 등의 객관적이고 뚜렷한 주제를 가지고 글을 쓴 반면, 나는 그저 막연히 내가 살아온 얘기를 써내야 한다는 점이 말이 안 되게 느껴졌다. 혜민 스님도, 공지영도 아닌 무명의 일개 작가 지망생의 지극히 개인적인 인생사를 누가 읽어주겠는가? 그러나 결국은 다시 시작할 수 있었다.

"명심하십시오! 당신이 생각하는 그 평범한 이야기가 누군가의 삶에 힘과 용기를 줄 수 있다는 사실을 말입니다. 이미 많은 분들이 자신의 삶을 글에 담아 세상을 변화시키고 있습니다."

이 얘기가 한 치도 틀림없는 사실임을 나는 이미 확인했다. 이은대 작가 자신이 누구보다 먼저 자신의 파란만장한 삶을 있는 그대로 기록한 글과 강연을 통해 많은 사람들의 가슴을 뒤흔들었고, 글 쓰는 삶의 가치를 일깨웠다. 나한테까지 올곧게 전파되었다. 아니 전도되었으리라!

글쓰기 수업 첫 시간부터 그 울림은 내 오랜 꿈을 흔들어 깨웠고, 아주 허술하게 간직되어 있던 내 꿈의 손을 잡아 일으켰다. 잠에서 깨어난 내 오래된 꿈은 자신의 허술함조차 잊은 채 나에게 손을 내밀었다. 자신을 알아봐 달라고, 자신이 내 안에서 참 오래도 잠들어 있었다고...

나는 내 허술한 꿈의 프로포즈를 받아들였다. 다시 생각해봐도 참 막연했던 꿈이었다. 언젠가 한 번은 글을 쓸 수 있길 바랐다. 이때일 거라고는 꿈조차 꿔 본 적 없다. 그러나 또 한편 생각해보면 나는 한 번도 그 꿈을 내 안에서 떠나보낸 적이 없다. 허술하게라도 늘 품고 있었다. 그래서 그 꿈은 자신을 깨우는 귀인의 목소리를 알아들을 수 있었고 깨어날 수 있었다.

이제 제 길을 찾은 내 꿈이 갈 방향을 나는 아직 정확히는 모른다. 그러나 이 한 가지는 알겠다. 나는 평생 내 꿈과 돈독히 동행할 거라는 것! 이미도 내 꿈은 내 삶의 동행이었지만 이후로는 더 단단히 내 꿈의 손을 잡고 기쁨에 겨워 함께 걸어갈 것이다. 내 꿈으로 하여금 더 깊이 내 삶을 목도하도록, 그래서 더욱 뚜렷한 내 삶의 목격자가 되도록 허락할 것이다. 나는 그저 오롯이 함께 걸어갈 그 길을 기뻐할 것이다. 내 허술한 꿈이 내게 내민 프로포즈의 답은 이것만이어도 내게는 족하다.

7

깊어가는 인생

———

"책 읽고, 글 쓰고, 걷고, 노래하고... 내가 걸어갈 길들이 보인다.
꿈의 손을 잡고 걸어갈 길은 멀고 아득하다. 그 길 끝에서 무엇을 만날지 알 수 없지만,
그 길을 오래 걸을수록 내 삶이 붉게 익어가고, 고요히 깊어갈 거란 걸 안다."

감 사 장

김창수

내 남편, 그리고 우리 세 아이들의 아버지,

당신은 지난 30년 동안

한결같은 마음과 성실한 삶으로,

하나님 앞에서 언약으로 이룬 우리 가정을 위하여

헌신하고 최선을 다하였음을 압니다.

이에 아내인 나 이경연과 우현. 서현. 영현 세 딸들은

그 수고와 헌신에 감사드리며,

사랑과 존경을 담아 이 감사장을 드립니다.

수고 많으셨습니다!(우현)
감사합니다!(서현)
사랑합니다!(영현)

2016. 11. 29. 결혼 30주년 기념일에

언젠가 한 번 남편에게 감사장을 쓰고 싶단 생각을 했었다. 30주년 기념일쯤에는 충분히 받을 만하다는 생각이 들어 여러 장을 쓰고 또 다시 쓰며 준비해 건넸는데, 정작 한 마디밖에 못 읽고 눈물부터 쏟아지고 목이 멘 건 나부터였다. 혹 날아가 버린 30년 세월이 남긴 것들을 무어라 형용할 수 있을까? 옆에서 지켜보던 아이들은 엄마가 써 놓고 엄마가 감격해서 운다며, 둘째가 뺏어가 대신 읽어줬다. 남편은 자기가 준비한 현금 봉투를 부끄러워하며 감격에 겨워했다. 일 억짜리 선물이라며...

기념일이나 생일... 들을 한 번도 잊어버린 적 없이 평생 성실히 챙겨준 사람인지라 요즘 정신없이 바쁜 현장 상황에 카드 하나 준비 못한 것쯤 넘어가 준다. 이렇게 아름다운 해피 앤딩으로 오는 길목길목, 때때로 섞여든 거칠고 쓰라린 것들을 인하여 나는 슬픔이 거름이 된 시들을 썼었고, 그런 시들을 앞으로는 영 안 쓰게 되길 바라보지만 과연 그럴 수 있을까?

저녁이면
눌러둔 슬픔들을 불러낸다
나와도 된다고
나를 차지해도 된다고

가만히 말하고
슬픔들에게 나를 내어준다...

이 시는 어떤 슬픔으로 썼던지 기억도 안 난다. 이런 눅눅한 시들을 쓰며 견뎌내야 할 만큼 삶이란 것, 녹록지 않다는 것쯤 나도 안다. 30년이 2시간짜리 무성영화 한 편처럼 휘릭 지나가 버렸고, 전반부 대부분은 흐림이었다. 그 시간들은 그때를 살아내기에도 버거운 시간들이었다. 그 삶에 우러나는 감사가 끼어들 여유는 없었다. 내 꿈은 어디에 박혀 있었는지, 한참을 찾아봐야 하는 때였다. 때로는 그 삶에서 도망치려고도 했다. 그때마다 나를 붙잡은 건 아이들이었다. 남편에 대한 마음이나 부부로서의 의리보다 더 강하고 본능적인 건 모성이었다. 셋이나 되는 아이들은 삼 겹 밧줄이 되어 30년의 세월을 단단히 이어 붙였다. 그렇게 견뎌온 시간들 뒤에 이런 감사의 강이 흐르고 있을 줄 몰랐다. 어딘가에 박혀있던 꿈이 제 부피를 늘리고 덩치를 키워갈 날이 이렇게 빨리 당도할 줄 몰랐다.

나를 삼키던 시간들을 견뎌낸 후 가장 먼저 나를 일으켜 세운 건 내 오래된 꿈이었다. 나를 속박하던 여러 이름들에서 자유로워진 나를 그 꿈이 굳이 오래 흔들어댈 필요는 없었다. 나로 살 수 있는 여유가 생기자 당연하다는 듯, 내 안에서 숨쉬듯 함께 있어온 꿈들과 나는 손을 맞잡았다. 그때는 그럴 여유가 없어 그럴 줄 몰랐을 뿐, 여유가 주어지자 그건 숨쉬듯 자연스러운 일이 되었다. 그렇게 나는 〈여행작가 과정〉을 찾아 나섰고, 여행작가가 되리라는 꿈을 꾸었고, 여러 권의 여행기들을 사들였다. 그리고 한참을 도서관에서 여행기들만 읽어댔다. 〈여행작가〉 안에는 내가 좋아하는 두 가지가 함께 들어 있다. 여행과 글쓰기... 그래서 나는 그 한 마디에 끌렸다. 그러다 한 발짝 더 나가봤고. 그 한 발짝은 내 꿈에 날개를 달아 주었다. 다 내 꿈이 가르친 길이다. 이끌어 준 길이다.

그런데 참 이상한 일 한 가지는 내 꿈이 조금씩 익어갈수록 내 삶에 감사가 흐르기 시작한 것이다. 나는 분명 내 꿈이 이끄는 길을 따라가고 있는데, 그 길에는 긍정과 감사의 에너지가 넘쳐흘렀다. 나는 그 길을 가며 그것들을 피해 갈 수가 없다. 어인 일인지 모르겠다. 내 꿈이 익어갈수록 내 삶이 감사로 깊어가는 것을 나도 어찌할 수가 없다. 꿈이라는 자기장이 감사를 끌어들이는지, 감사의 에너지가 꿈의 거름이 되는지는 나도 알 수가 없다.

– '감사의 힘'을 읽고 –

일을 하다보면 하루에도 몇 번씩 부정적인 생각들에 사로잡힌다. '내가 지금 왜 이걸 하고 있지?, 이럴 시간에 곡 하나라도 더 만들어야 할 텐데...' 이런 생각들은 언제나 무표정한 인상을 쓰고 있는 나의 모습을 거울로 확인한 후에야 끝이 난다. ('젠틀몬스터' 매장은 사방이 거울로 둘러싸여 있다.)

책을 읽기 전 엄마가 전해 주셨던 '감사의 힘'은 내가 여유 있을 때 잠깐 들여다보는 정도의 작은 울림이었다. 그렇기 때문에 일을 하거나 공연 준비로 바쁘고 예민할 때는 쉽게 지나쳐 버리게 되었다. 지극히 수동적인 입장이었다. 하지만 책을 읽고 난 후 '감사의 힘'의 가장 근본적인 문제는 감사를 함에 있어서 얼마나 능동적이고 주체적으로 삶에 적용시키느냐, 그렇지 못하느냐에 달려있다는 것을 알게 되었다. 왜냐하면 책 속에서 소개된 데비의 이야기처럼–생방송을 앞두고 비행기가 취소되었음– 세상은 내가 예측하지 못하는 일들의 연속이다. 그 일들은 갑자기 찾아온 행운일 수도 있고, 그 누구도 예상하지 못한 불행일 수도 있다. 행운만 찾아온다면야 문제가 없겠지만 아쉽게도 인생은 그렇게 관대하지 않다. 그렇기 때문에 예고 없이 닥친 불행 앞에서는 어떻게든 감사한 점을 끌어내는 능동적인 노력이 필요하다고 생각했다. 비행기가 취소된 후 벌어진 짜증나는 그 모든 순간들 속에서 데비가 '그럼에도 감사해야 한다' 는 마음의 소리를 무시하고 지나쳐 버렸다면, 그가 받았던 기적과 같은 행운들은 아마 그에게 가지 않았을 것이다.

나는 그 동안 나쁜 생각들에 사로잡혀 나에게 오려던 감사한 일들과 행복들을 얼마나 놓치고 살았을까? 그러니 지금부터라도 감사하는 습관을 들이기 위해 방금 했던 생각을 이렇게 바꿔본다. '감사하는 힘으로 인해 내 삶에 어떤 행복한 변화와 행운이 찾아오게 될까?'

'감사의 힘' 이 여러 연구결과를 통해 과학적으로도 입증되었다는 사실은 어떻게 보면 당연하다. 왜냐하면 무엇이든 시간과 노력을 쏟은 일에는 긍정적인 결과가 따르듯, '감사의 힘' 역시 힘든 상황 속에서도 감사할 수 있는 일을 애써 떠올리려는 노력과 그 시간들이 만들어낸 결과라고 생각하기 때문이다. 인생의 큰 굴곡은 나의 영역이 아니지만 그 굴곡 속에서 어떻게 살아가느냐는 나의 몫이다. 또한 크고 작은 낭떠러지에서 '감사의 힘' 은 내 안에 숨겨져 있던 날개가 될 수도 있지만, 그걸 사용하느냐, 놓치고 지나치느냐 하는 것도 나의 몫이다.

언제 어떤 일과 마주치더라도 그 속에서 또 다른 행복과 행운을 찾을 수 있도록, 숨겨진 날개로 낭떠러지에서도 더 높이 날아오를 수 있도록 매일매일 감사하는 능력을 기르고 감사하는 시간을 가지기 위해 노력해야겠다.

-2017. 3. 17 김영현-

　꿈으로, 감사로 깊어가는 내 인생을 들여다보며, 그 놀라운 비밀을 남편과 아이들에게도 알려주고 싶었다. 위 글은 그래서 가족이 함께 읽게 된 '감사의 힘'이라는 책을 읽고 막내가 써 보낸 독후감이다. 막내는 감사일기도 쓴다고 했다. 나는 뛸 듯이 기뻤다. 부모가 자식에게 주고자 하는 가장 귀한 것의 가치를 알아보고, 부모가 주고자 하는 것을 곱게 받아들이는 자식이 얼마나 대견하고 고마운지는 주고받아봐야 안다. 그 전에 줄 수 있는 '나'부터 먼저 되어야 한다. 무엇을 줄 수 있을지는 나 먼저 넓어진 다음이다. 나 먼저 깊어가야 줄 수 있다. 내 뒷모습을 보일 자식이 있음은 내가 살아갈 힘이고, 동시에 나를 수시로 일깨우는 퍼런 서슬이기도 하다. 내가 더욱 꿈으로 익어가고, 감사로 깊어가야 할 충분한 이유이기도 하다.

　책 읽고, 글 쓰고, 걷고, 노래하고... 내가 걸어갈 길들이 보인다. 꿈의 손을 잡고 걸어갈 길은 멀고 아득하다. 끝이 보이지 않아 좋다. 그 길 끝에서 무엇을 만날지 알 수 없어서 더욱 좋다. 지금까지도 그래왔다. 답을 몰라 따라오는 재미가 있었다. 그냥 그 길 위에서 걸을 수 있어서 좋았다. 앞으로도 그럴 것이다. 한 가지는 알겠다. 그 길을 오래 걸을수록 내 삶이 붉게 익어가고, 고요히 깊어갈 거란 걸! 그 한 가지만으로도 살아볼 만한 인생이다. 아직 반도 못 산, 창창하고 푸른 청춘이다. 삶이야 붉게 익든 깊어가든, 꿈에게 길을 물어 여기까지 걸어온 나도, 꿈의 손을 잡고 계속 걸어갈 나도 맘으로야 늘 푸른 청춘인 걸 나도 어찌할 수 없다. 내 인생만 일렁이며 익어가길 바라는 욕심까지 부려볼 참이다!

내가 글을 쓰는 이유

내 반쪽, 긴 인생길의 든든하고 따뜻한 동행, 남편과 세 아이들—우현, 서현, 영현에게
존경과 사랑을 전하며, 무두질로도 다듬어지지 않는 날것 그대로의 내 인생길을 좇은 긴 습작 여행을
마친다. 기쁨, 설렘, 눈물, 후회, 인정, 회복, 감사...그 모든 것들 또한 이 긴 여행길의 동행이었으며,
섞여 쓰인 물감들이었다.주인 잘못 만나 날것만 더욱 드러나게 쓰이지 않았길 비는 마음 간절하다.

첫째, 내 꺼멓던 기억의 먹물이 자꾸 빠지기 때문이다. 한 가지 색이었던 기억의 색깔이 옅어지고, 때로는 숨어있던 다른 색깔도 찾을 수 있다. 뭣보다 좋은 건 내가 자꾸 다른 색깔을 찾으려 한다는 것이다. 전에는 그래본 적이 없다.

둘째, 글을 쓰면서 나는 종종 운다. 왜 그렇게 울게 되는지는 나도 잘 모르겠다. 그러고 나면 내 마음이 순해지고 말랑해진다. 그런 내가 다시 바라보는 기억도, 그 기억 속의 사람들도, 예전과는 달라진다. 그것이 글쓰기의 치유능력인지는 잘 모르겠다. 그 느낌들이 글쓰기의 스

트레스보다 강한 건 알겠다.

셋째, 책을 읽고 글을 써갈 뿐인데 자꾸 내 삶을 바꾸려는 의지가 생긴다. 무엇보다 내 아이들에게 잘못 끼친 내 모습을 나 먼저 바로잡고 싶어진다. 그렇게 변화된 내 모습을 아이들에게 보여주고 싶다. 글쓰기가 그렇게 만들었다고 얘기해주고 싶다. 꼭 그러고 싶다.

넷째, 아이들에게 늘 책을 읽으라고 했다. '책이 네 삶의 질을 바꿀 것이다.' 라고 해왔다. 그렇게 노래 불러온 책으로 엄마가 무슨 일을 해내는지를 아이들에게 보여주고 싶다. 책읽기의 열매가 어떤 건지 알려주고 싶다.

다섯째, 예전에 도서관에서 늘 시간을 보낼 때, 혼자 생각했었다. '이 시간들이 열매를 맺었음 참 좋겠다' 라고... 그 열매가 책으로 맺는 열매였음 좋겠다고 생각했다. 꿈이 연료가 되길 바랐다. 그 모든 것들에 답하는 것이 글쓰기인 것을 알게 되었다.

그래서 나는 글을 쓴다. 모든 부끄러움을 무릅쓰고 계속 쓴다. 그 다음에 무엇이 주어지든 나는 글을 쓴 시간들을 두고 후회하지는 않을 어렸을 때부터 내 꿈은 '작가'였다.
책이 주는 재미를 알게 되면서 그냥 막연히 작가라는
꿈을 함께 떠올리게 되었다.

것이다. 이 놀라운 비밀을 알게 되고, 경험해볼 수 있어 감사하고, 내가 글을 쓰는 이유를 뚜렷이 깨달을 수 있어서 감사한 시간이었다.

한 가지 간절한 바람은 있다. 이 나이까지 살면서 쉬이 품어지지 않는 사람들이 있었다. 나 또한 누군가에게 그런 사람이라는 걸 느끼게 될 때도 있었다. 전지전능하시고, 무소불위하신 하나님을 두고도 여러 마음과 입장들이 난무하는데 하물며 인간 한 사람을 향한 입장이야 오죽하랴?

이 글 또한 그럴 것이다. 누구라도 그걸 각오하지 않으면 그 부끄럽기 짝이 없고 남루한 얘기들까지 끄집어내 풀어 쓸 엄두를 낼 수 없을 것이다. 누군가에게는 품어지기는커녕 우습기가 짝이 없는 얘기일 테고, 잠시 잡고 시간을 보낼 가치조차 없는 얘기일 수도 있다. 그럼에도 불구하고 나는 끝까지 썼다. 내가 이 글을 끝까지 쓴 이유를 이렇게 밝히고 싶어서라도 썼다. 나 스스로를 치유하는 글쓰기였다고 말할 수 있으면 충분하다고 생각했다. 더군다나 이 글을 쓰면서 나는 내 인생이 바야흐로 익어가고 깊어가리란 걸 내다 볼 수 있었다. 뿐이랴? 이 글을 써 가던 어느 날 나는, 세상 어느 선물과도 견줄 수 없는 어여쁘고 귀한 선물까지 받았다. 내가 왜 오랜 꿈이었던 글쓰기를 계속 해내야 하는지, 내 꿈의 손을 잡고 계속 살아가야 하는지를 말해주는 선물이다. 다정하고 오랜 친구이자, 내 삶과 꿈의 목격자이기도 한 그녀 또한 자신의 꿈을 들여다보고, 잠들어 있는 꿈을 불러내어, 자신부터 깜짝 놀랄 자신 안의 거인과 만나게 되길 마음 다해 빌어본다. 내 친구뿐 아니라 누군가 단 한 사람이라도 내가 쓴 글을 읽고 자신 안에 잠들어 있는 꿈이 있음을 기억해낼 수 있다면, 나아가 그 꿈을 잡아 일으키는 자극으로 삼을 수 있다면 나는 말로 할 수 없이 기쁠 것이다. 내 친구의 시 한 편이 내게 그랬듯이, 이 글이 어느 꿈쟁이의 응원가가 될 수 있다면 나는 조용히 감사의 기도를 드릴 것이다. 뜨거운 눈물을 흘릴 것이다. 이 간절한 바람이 터무니없이 야무진 꿈일지라도 나는 감히 꿈이라도 꿔 본다.

이 글이 어느 꿈쟁이의
응원가가 될 수 있다면 나는 조용히
감사의 기도를 드릴 것이다.

꿈쟁이 내 친구

김은숙

들풀과 시냇물을 친구 삼아
강아지처럼 살던 자유로운 영혼

오빠야 따라 서울로 유학 와
노래를 꿈꾸고 문학을 꿈꾸었다

오랜 시집살이와
세 딸의 엄마를 잘 살아내고

다시 자유로운 영혼으로
글 따라

길 따라
꿈쟁이의 길을 찾아나섰다

꿈쟁이 친구는
지금도
가고 있다

가고 싶은 길을 따라
이루고 싶은 길을 따라
현재 진행형으로
ing......

꿈의 열매는 나 혼자만의 열매가 아니다. 이렇게 꿈길을 따라 익어가고 깊어갈 내 인생이 남길 실한 열매들을, 어찌 못 할 혈육의 정을 담아 들여다 볼 자식이 내게는 셋이나 있다. 이 글을 써온 시간들이 가르쳤듯, 꿈의 손을 잡고 끝까지 걸어가며 어제보다 더 깊어가는 인생을 남겨야 할 가장 큰 이유이다. 꿈에게 길을 물어 여기까지 걸어온 길도, 꿈의 손을 잡고 계속 걸어갈 길도, 어리버리 야물딱지지도 못한 엄마가 남길 미숙함 가득한 습작과도 같은 길일 걸 나는 안다. 숲길 독도도, 꿈길 독도도 한 가지로 서툴지만 끝까지는 가 볼 것이다. 무수한 습작만 남길 인생일지라도 끝까지 내 꿈의 손을 잡고 내 꿈길을 가리키는 나침반을 손에서 놓지 않을 것이다. 내 미숙한 숲길 독도를 기꺼이 이끌어 준 마음 따뜻한 사람들이 있었다. 이 한 권의 책이 어느 꿈쟁이의 응원가요, 꿈길을 풀어가는 따뜻한 동행이 될 수 있길 간절히 빌어본다. 나 역시도 혼자서는 여기까지 걸어올 수 없었다.

내게 처음으로 책이라는 큰 세상의 씨앗을 뿌려 준 것조차 잊고 다섯 살 아이가 되어 사는 사랑하는 언니에게, 그 배움의 길에서 지울 수 없는 흑역사를 썼으나, 여러 동생들의 아버지가 되어 대학이라는 멋진 세계를 내게 안겨 준 오빠에게 이 책을 바친다. 그 지혜의 출발이 없었다면, 그리고 대학 4년이라는 화려찬란한 시행착오의 성숙기가 없었다면 이 글은 시작되지도, 숙성되지도 못 했을 것이다.

여행작가의 꿈을 안고 본격적인 글쓰기 여행의 출발을 도모했던 〈건대 여행작가과정〉도 꼭 필요한 과정이었다. 그 과정이 있어서 그 다음을 바라볼 수 있었다. 그래서 만난 〈이은대의 글쓰기/책쓰기 과정〉! 글쓰기의 기쁨을 일깨웠고, 오랜 꿈을 이뤄가는 모든 과정을 인내로 이끌어 주신 이은대 작가님께 감사의 마음을 전한다. 내 꿈길의 등대였고 나침반이셨다. 마지막으로 생전 처음 써 본 초고를 매력있는 글이라고 칭찬해 주시고, 한 권의 책이 되어 세상 속에 태어날 수 있도록 엮어 주신 프로방스 출판사의 조현수 대표님께도 감사의 말씀을 전한다. 그 이른 아침에 처음으로 받은 기쁜 소식을 잊지 못할 것이다.

모두 감사합니다! 마음 다해 고맙습니다! 저 혼자서는 절대 할 수 없는 일이었습니다.

내 반쪽, 긴 인생길의 든든하고 따뜻한 동행, 남편과 세 아이들—우현, 서현, 영현에게 존경과 사랑을 전하며, 무두질로도 다듬어지지 않는 날것 그대로의 내 인생길을 좇은 긴 습작 여행을 마친다. 기쁨, 설렘, 순수, 아픔, 눈물, 혼돈, 혼탁, 후회, 인내, 허술과 부실, 함량 미달,

순전, 인정, 기도, 회복, 웃음, 성장, 나눔, 감사... 그 모든 것들 또한 이 긴 여행길의 동행이었으며, 섞여 쓰인 물감들이었다. 주인 잘못 만나 날것만 더욱 드러나게 쓰이지 않았길 비는 마음 간절하다.

2017년 9월

저자 **이경연**